GIRLS LIKE GIRLS

UMA HISTÓRIA DE
AMOR ENTRE GAROTAS

GIRLS LIKE GIRLS

UMA HISTÓRIA DE AMOR ENTRE GAROTAS

HAYLEY KIYOKO

Tradução de Helen Pandolfi

intrínseca

TÍTULO ORIGINAL
Girls Like Girls

REVISÃO
Ana Beatriz Omuro

DIAGRAMAÇÃO
Ilustrarte Design e Produção Editorial

IMAGENS DE MIOLO
Rhys Davies

ARTE DE CAPA
Laura Athayde

DESIGN DE CAPA
Larissa Fernandez Carvalho
Leticia Fernandez Carvalho

CIP-BRASIL. CATALOGAÇÃO NA PUBLICAÇÃO
SINDICATO NACIONAL DOS EDITORES DE LIVROS, RJ

K68g

Kiyoko, Hayley, 1991-
Girls like girls : uma história de amor entre garotas / Hayley Kiyoko ; tradução Helen Pandolfi. - 1. ed. - Rio de Janeiro : Intrínseca, 2023.
320 p. ; 21 cm.

Tradução de: Girls like girls
ISBN 978-65-5560-691-1

1. Romance americano. 2. Lesbianidade - Ficção. I. Pandolfi, Helen. II. Título.

23-83792 CDD: 813
CDU: 82-31(73)

Meri Gleice Rodrigues de Souza - Bibliotecária - CRB-7/6439

[2023]

EDITORA INTRÍNSECA LTDA.
Av. das Américas, 500, bloco 12, sala 303
22640-904 – Barra da Tijuca
Rio de Janeiro – RJ
Tel./Fax: (21) 3206-7400
www.intrinseca.com.br

Às pessoas que já se sentiram perdidas,
sem acreditar que teriam um final feliz.
Você vale a pena.

UM

Posso te contar um segredo?

Acho que a resposta para essa pergunta nunca foi "não". Mesmo que o segredo resulte em um apocalipse ou algo parecido, uma parte de quem somos sempre vai precisar da resposta. Uma parte sempre vai querer *saber,* apesar de tudo.

De segredos eu entendo. Há segredos inofensivos, como matar aula, presentes de Natal ou um bolo gostoso escondido na geladeira. Mas há também os segredos ruins, aqueles que te corroem por dentro até escaparem pela boca em forma de grito. E há também os segredos ruins, que estão mais para mentiras: *Estou bem, Coley* (ela não estava bem). *Vou ligar para a minha psicóloga* (ela não ligou). *Vou estar aqui quando você chegar da aula* (mentira, mentira, mentira).

Tinha uma época em que eu achava que sabia lidar com isso. Era como fazer malabarismo, equilibrando os meus segredos e os da minha mãe para que eles nunca entrassem em colisão. Mas tudo desmoronou.

Agora minha mãe não está mais aqui, e meu pai mal sabe o que *ser pai* significa. Além disso, tem um monte de coisa acontecendo comigo. Segredos que são mais como fatos, se você olhar bem de perto:

Eu sou diferente das outras garotas.

E não, não tem nada a ver com o tipo de baboseira que os homens dizem como se fosse um elogio. Sério, me dá um pouco de crédito.

Está em vários filmes, em várias músicas, em vários livros. Todos eles deixam muito explícito o passo a passo de *como as coisas devem ser*:

Meninas usam trancinhas e têm sardinhas delicadas no rosto. Meninas usam tênis cor-de-rosa e andam saltitando e rodopiando pela cidade. Meninas não têm uma preocupação sequer. Nenhuma pulga atrás da orelha. Não escutam um "E se você for...?".

Meninas crescem. Chamam a atenção dos garotos da rua e fazem os jogadores de futebol americano errarem o arremesso, ou tiram os nerds tímidos do casulo. (Meninas dão uns beijos também, sejamos sinceras). Por fim, elas se casam com um menino. Felizes para sempre. O caminho já foi percorrido tantas vezes que a terra já está completamente batida. É o caminho que as meninas devem trilhar. O caminho que todo mundo espera que elas escolham.

Mas você, a garota que é diferente das outras garotas... você olha para esse caminho e percebe que ele não é lindo nem maravilhoso. Pensar nele não faz você se sentir das formas descritas nas músicas ou nos livros. Mas a maioria dessas histórias é verdadeira, o que significa que existe um segredo que você está escondendo até de si mesma. Um sentimento que você não consegue (ou talvez não queira) nomear.

Então você se reprime. Ignora tudo como se fosse uma planta que vai acabar definhando se não for regada. Mas, no fim das contas, quem definha é você.

Então, num belo dia, você entende: não é que você seja diferente das outras garotas.

É que você nunca conheceu uma garota como você.

Então você conhece *aquela garota*.

E todas as músicas românticas começam a fazer sentido.

DOIS

Usuário do LiveJournal: SonyaSol

Postagem pública

8 de junho de 2006

[**Humor:** aff]
[**Ouvindo agora:** "SOS", Rihanna]

Que tédio, que tédio, que tédiooooo.

Nada muda nessa cidade. Só uma coisa: acho que está ficando mais quente. Parece que o Al Gore estava falando sério no filme *Uma verdade inconveniente*.

Acho que só me resta falar do clima, amores. Alguém me salve desse terrível destino! Alguém me leve para uma festa ou sei lá, pra qualquer coisa que esteja rolando amanhã. Preciso desesperadamente me distrair.

Bjs,
Sonya

Comentários:

TrentOnnn:

Vem aqui que eu te distraio.

> **SonyaSol:**
>
> *Sai fora, Trenton. Não foi isso que eu quis dizer.*
>
> **SJbabyy:**
>
> *Haha. Vc não pensa em outra coisa, Trenton?*

SJbabyy:

Quer ir naquela festa amanhã? O Alex conhece um cara que consegue fazer a gente entrar.

> **SonyaSol:**
>
> *Topo! Fala com o Alex!*

Brooke23:

Trenton não contou para vocês? Falei para ele contar quando a gente estava no estúdio de piercing. É dia de ir para o lago, amores! Mas preciso esperar minha mãe sair para trabalhar, pq ela ainda está mordida por eu ter furado o umbigo.

> **SJbabyy:**
>
> *Calma aí, você furou o umbigo e não me chamou?*
>
> **SJbabyy:**
>
> *E por que o Trenton foi com vc?*
>
> **SonyaSol:**
>
> *Verdade, Brooke. Por que ele foi com você?*

Brooke23:

Ele me ofereceu carona. Eu não podia pegar o carro da minha mãe emprestado, porque ela não gosta de piercings. Lembra? Eu contei para vocês! Malucas.

SonyaSol:

Que seja. Avisa quando você chegar no lago, então.

TRÊS

É o seguinte: meu lugar não é aqui. Não que eu já tenha sentido que pertenço a algum lugar. Nunca sou branca o suficiente para determinados espaços, nem asiática o suficiente. Nunca sou... suficiente.

Mas aqui estou eu, em Oregon, morando num fim de mundo, num lugar com mais árvores do que gente.

Sinto falta dos ruídos das pessoas *vivendo a vida,* sabe? Gente na rua. Sirenes. Buzinas, falação, luzes da cidade e todo o frisson gerado por uma multidão enfiada num espaço pequeno.

Mas aqui tudo é silencioso, tudo é muito distante, e toda hora fico ouvindo grilos — sim, *grilos.* E todas essas árvores filtram a luz de um jeito que deixa tudo ainda mais verde. Estou tão cercada por essa paleta de cores que é capaz de eu me tornar um *leprechaun* irlandês.

Eu não deveria estar aqui, mas estou. Presa no meio do nada em Oregon, com um pai distante que perdi pelo caminho. Talvez distante nem seja a palavra, e sim imprestável. Mas acho que certas circunstâncias forçam alguns caras como ele a assumir suas responsabilidades. No caso, não tinha mais ninguém para fazer isso além dele.

Minha mãe se foi. Isso parece muito verdadeiro e muito surreal ao mesmo tempo.

Além disso, eu não queria me mudar para cá. Falei isso para o meu pai assim que abri a porta e percebi quem era o homem de semblante cansado e cabelo levemente grisalho na minha frente.

Sabe, acho que *realmente* perdi meu pai pelo caminho, nas lembranças turvas que acabam lá pelos meus três anos. É meio difícil se lembrar de alguém que ficou em um passado tão distante.

E agora eu não só estou sendo obrigada a me lembrar dele, como também a *morar* com ele. Na terra dos verdes, do silêncio e da completa inexistência de transportes públicos.

É uma droga.

Sei que deveria me sentir grata por Curtis não ter me abandonado completamente, à mercê de algum programa do governo. Talvez eu devesse agradecê-lo por ter me recebido.

Pois é, a régua está bem baixa, mas assim tem sido minha vida nos últimos tempos. Hoje em dia vivo de migalhas, mas fazer o quê?

Curtis não faz ideia do que é ser pai. E mesmo que ele descubra, eu com certeza não sei o que é *ter um pai*. Aprendi da pior maneira que a única pessoa com quem posso contar é comigo mesma. Então acho que é isso. Eu e ele estamos ferrados, secretamente contando os dias para meu aniversário de dezoito anos, quando vou poder dar no pé e ele vai se ver livre de mim.

Que fase. Será que era assim que minha mãe pensou que minha vida seria? Mas, para falar a verdade, quem eu quero enganar?

Minha mãe não pensou em mim. Eu preciso acreditar que ela *não pensou em mim*. Se ela tivesse pensado em meu nome, em meus olhos, em meu sorriso ou em qualquer parte de mim, teria conseguido atravessar a neblina que cobria sua visão. Não teria feito aquilo.

Se ela tivesse pensado em mim, teria hesitado. (Porque eu não estava lá pra impedi-la.) Eu avisei que estava me contentando com migalhas.

Acordo antes de o alarme tocar, então desativo o despertador e cubro a cabeça com o edredom, apesar de já estar calor às nove da manhã. Dá para ouvir Curtis na cozinha, fazendo barulho ao se arrumar para o trabalho enquanto eu continuo escondida no quarto. Ele é inquieto. "Uma alma inquieta", dizia minha mãe nas raras vezes em que eu conseguia que falasse sobre ele, quando eu era pequena e curiosa. Naquela época, eu pensava que talvez um dia meu pai voltaria.

Minha mãe sorria quando falava dele, embora o gesto fosse uma mistura estranha de amargura e afeto, como se ela nunca tivesse conseguido entender o que deveria sentir em relação a ele. Eu me perguntava se um dia ela conseguiria.

Será que aqueles últimos momentos lhe trouxeram alguma lucidez?

Arrependimento?

Será que *alguma coisa* conseguiu romper a névoa que tomou conta dela, do nosso apartamento e das nossas vidas antes de...?

Não consigo pensar nisso. Quando insisto, acabo me lembrando daquele dia, das semanas que vieram antes e de todos aqueles meses em que eu queria me convencer de que tudo estava bem, mesmo sabendo que não estava. E então tudo se resume a: *Por que você não foi uma filha melhor, Coley? Por que você não foi mais rápida? Como não percebeu que ela estava tão mal?*

Não existe resposta simples ou certa para nenhuma dessas perguntas, então vou só continuar fugindo delas. Obrigada. De nada.

Ouço Curtis sair para o trabalho. Agora que a casa está vazia e não corro o risco de ter que aguentar um café da manhã tenso, afasto o edredom e pulo da cama. Estou aqui já tem mais de uma semana, mas mal comecei a desempacotar minhas coisas. Quando eu começar a abrir as caixas, tudo vai se tornar permanente.

Não estou me iludindo nem nada. Sei que estou fadada a ficar aqui, mas decidi adiar um pouquinho a hora de arrumar minhas coisas, mesmo que seja inevitável. Por isso existe aquele ditado sobre adiar o inevitável. Acho que é um problema inerente ao ser humano.

Ou seja, estou agindo de maneira perfeitamente normal.

Ele deixou café pronto. Encaro a cafeteira por uns segundos, me perguntando se isso é uma tentativa de fazer as pazes. Assim que eu cheguei, ele me viu bebendo café e começou a encher meu saco como se aquilo fosse prejudicar meu crescimento ou algo do tipo. Ou como se ele tivesse o direito de opinar sobre a minha vida depois de tantos anos fingindo que eu não existia.

A possibilidade de isso ser uma tentativa de fazer as pazes me deixa ainda mais irritada do que a ideia de ele só ter se esquecido de desligar a cafeteira. Sei que eu deveria ser *grata*... e acho que uma parte de Curtis está meio confusa por eu não demonstrar isso. Tá vendo só? A régua realmente está muito baixa. Daria para uma formiga saltar por cima dela.

Percebo que tem um bilhete e uma nota de vinte dólares presos na porta da geladeira com um ímã de plástico: O PESSOAL DA MUDANÇA TROUXE SUA BICICLETA. VÁ FAZER AMIGOS.

Guardo o dinheiro e jogo o papel no lixo. Tento não pensar em todos os bilhetes que tenho guardados em alguma das caixas que ainda não abri. Minha mãe adorava escrever coisas e deixar na geladeira. Citações, letras de música, piadas e frases motivacionais. De vez em quando, nos dias difíceis, eu sabia que ela estava começando a melhorar quando voltava a colocar bilhetes na porta da geladeira outra vez. Mas nem sempre isso era sinal de algo bom.

Da última vez não foi.

VÁ FAZER AMIGOS. Como se fosse fácil, Curtis. Como se eu tivesse alguma coisa em comum com as pessoas daqui. Se houver uma garota por aí adiando o inevitável, pode até ser. Mas não vou sair perguntando isso para alguém que acabei de conhecer. Seria estranho.

Considero a possibilidade de ficar em casa o dia inteiro só para contrariar o conselho, mas Curtis ainda é uma caixa de surpresas, então não sei qual seria sua reação. Ele nunca gritou comigo nem nada assim, mas nunca se sabe. Tudo que eu sei sobre Curtis se resume ao fato de que para ele foi fácil me abandonar, além de poucas histórias que aconteceram quinze anos atrás.

Além disso, ficar enfiada nessa casa abafada e sem ar-condicionado é uma espécie de amostra grátis do inferno. Decido pegar minha bicicleta e sair por aí. Talvez eu fique fora o dia inteiro e volte bem tarde. Não é como se ele tivesse o direito de ficar preocupado. Ou de dizer que tenho hora para voltar.

Tenho quase certeza de que ele mal imagina que precisa me dizer a hora em que preciso voltar. Que amador.

O bairro de Curtis está meio que caindo aos pedaços, mas os moradores tentam fingir que não. Tipo o próprio Curtis. As casas são velhas, mas conservadas de um jeito modesto. Nos jardins estreitos e bem-cuidados, a grama é esburacada, como se até ela tivesse decidido que seus esforços são em vão e desistido de tentar.

Passo por uma senhora.

— Tarde! — diz ela.

Que jeito idiota de cumprimentar alguém.

— Oi? — grito em resposta por cima do ombro, como uma boba.

Sério, quem fala só "tarde"? É isso, então? Nossa, *que droga*. A escola vai ser um saco. Tenho um tempinho até começar o ano letivo, já que estamos nas férias de verão, mas quais são as chances de Curtis me deixar pular o último ano do ensino médio?

Pego a ponte para sair do bairro. A construção feita de pedra é imensa, mas não há ciclovia nem espaço para pedestres. O motorista do caminhão atrás de mim acha que é uma boa ideia buzinar a cada segundo, ainda que eu esteja pedalando o mais rápido que consigo. O veículo acaba me ultrapassando e, quando faz isso, o cara me mostra o dedo do meio. A verdadeira gentileza do interior!

Depois, ao passar pelos trilhos de madeira, começo a pensar em como seria subir em um trem e deixá-lo me levar rumo ao desconhecido.

Aposto que minha mãe teria feito isso quando era jovem. Acho que chamavam de "surfar nos trens", mas provavelmente deve ter um termo mais legal. Minha mãe era destemida. Era muito a cara dela simplesmente subir num trem e deixar tudo para trás.

Nós duas sempre fomos um time. Mas pelo jeito a gente estava em um jogo com regras que eu não entendia e, no fim das contas, eu e minha mãe saímos perdendo. Parece que vivo perdendo as coisas.

Finalmente avisto indícios de civilização em vez de um monte de árvores e casas capengas. Está tão quente que dá para ver as ondas de calor emanando do asfalto no horizonte, e o centro comercial logo adiante parece mais uma miragem do que um refúgio com ar-condicionado. Sinto gotas de suor escorrendo pelas costas. O lugar tem um restaurante chinês, um salão de bronzeamento artificial chamado *Beijada pelo Sol* com uma logo bizarra de um solzinho mandando um beijo... e um fliperama com um letreiro enorme que diz: TEMOS AR-CONDICIONADO. Vejo algumas outras lojas por ali e uns garotos com skates fazendo manobras no quebra-molas. Parece que vou ter que me contentar com o pouco asfalto que a terra das árvores e das ruas de mão única tem a me oferecer.

Desço da bicicleta e vou com ela até um poste perto do fliperama — o lugar perfeito para prendê-la. Será que preciso mesmo usar a corrente em Oregon? As pessoas roubam aqui? Lógico que sim. Que pergunta idiota. As pessoas roubam em qualquer lugar.

De repente, do mais absoluto nada, ouço um pneu cantando, e uma minivan vira a esquina a toda velocidade, tão depressa que recuo, assustada, e acabo caindo. Ralo os cotovelos, e minha bicicleta despenca em cima de mim, o pedal batendo com tudo na minha coxa enquanto o carro continua avançando.

Minha vida não passa diante dos meus olhos. É só um "Ai" seguido de "Droga", seguido de…

Nada.

Fecho os olhos com força, mas percebo que não senti batida nenhuma. Abro os olhos devagar e estou toda encolhida, pronta para receber o impacto.

— Caramba!

— Ai, meu Deus. *Trenton!* — exclama uma garota.

— Oi! *Que foi?* Ela apareceu do nada!

— Seu idiota! — grita ela.

Ainda meio tonta, não posso deixar de concordar que Trenton *de fato* deve ser um idiota.

Eu me apoio nos cotovelos machucados para erguer o corpo dolorido. Quando olho para o garoto que quase me atropelou, ele abre um *sorriso* para mim como se daquele jeito fosse me amolecer. Tem outro garoto no banco do passageiro, mas ele não está sorrindo. Em vez disso, parece ter visto o mesmo fantasma que eu.

— Trent! Você é inacreditável! — grita a garota outra vez.

Ela abre a porta e sai do carro. Está com uma blusa listrada que deixa a barriga à mostra. Sabe como algumas garotas se vestem como se as roupas tivessem sido feitas exatamente para elas? Ela é alta, tem a pele bronzeada, pernas compridas e cabelo escuro. A garota coloca uma mecha atrás da orelha e corre até onde estou. Observo o movimento com atenção e fico hipnotizada pela cor das unhas dela, um tom curioso de esmalte entre o roxo e o azul, algo parecido com lavanda.

Estou mais ofegante agora do que quando estava no chão, quando tinha certeza de que ia partir dessa para uma melhor.

Os olhos escuros da garota — profundos, destemidos, infinitos — encontram os meus, e é quase como se agora eu estivesse realmente sendo atropelada. Sinto uma espécie de cataclismo nos sentidos.

Não consigo ver mais nada em volta. Não há nada em minha visão periférica.

Ela é a única coisa que vejo.

QUATRO

— Ei... Você está bem? — pergunta a garota.

Ela tem uma beleza inquestionável. A maioria das garotas tem uma beleza mais ou menos, e não estou sendo hipócrita nem nada. Eu mesma me incluo nesse grupo, o das meninas "fofas", sabe? É a vida. Só estou sendo realista.

Mas essa garota... ela é linda. É de parar o trânsito. É linda a ponto de fazer as pessoas perderem a linha de pensamento.

Ela está olhando para mim, então preciso sair do transe e falar alguma coisa, mas estou paralisada. O idiota que estava dirigindo ri como se o fato de minha bicicleta estar no chão fosse a coisa mais engraçada do mundo.

— Ei, está me ouvindo? — indaga ela, agitando a mão diante de meu rosto, meio impaciente.

Faço uma careta.

— Aham. Estou bem.

Bufo e me abaixo para erguer minha bicicleta, ainda na intenção de prendê-la em algum lugar. Preciso voltar à realidade, porque o dia já foi ruim o bastante. Mas, pensando bem, aquele idiota podia ter me atropelado *pra valer*. Pelo menos não foi isso o que aconteceu.

(Enfim. A régua está baixíssima.)

— Você apareceu do nada! — grita o garoto.

Odeio o fato de meu rosto estar em chamas e me seguro para não mostrar o dedo do meio para ele. Em vez disso, vou depressa até o fliperama. Prendo minha bicicleta em um poste de metal próximo à entrada e entro no lugar, tentando ignorar o frio na barriga. Mas não funciona, então tento me convencer de que só estou nervosa assim porque quase fui atropelada.

A adrenalina faz com que as pessoas sintam todo tipo de coisa. Eu só preciso relaxar.

Pelo que vejo, isso vai ser difícil, porque o "ar-condicionado" que o letreiro prometia não passa de um ventilador mixuruca e inútil. Ótimo. Que beleza. Eu estaria passando menos calor em casa.

Pelo menos faz um ventinho. A essa altura já estou aceitando qualquer coisa.

O fliperama é pouco iluminado, mas o ambiente brilha com as luzes coloridas das máquinas de jogo gigantescas — há três fileiras delas. Mais para o fundo, há uma mesa de pebolim e outra de air hóquei. À direita, vejo uma pequena praça de alimentação com um conjunto de mesas lascadas. Fico de frente para o ventilador e fecho os olhos, tentando me acalmar de alguma forma.

— O cara da festa estava quase morrendo! — grasna alguém à direita. — Ele não conseguia pegar o ritmo! E aí a SJ... Bum! De cara no chão.

Ele gargalha.

Tento ignorar.

— Você precisa parar com essas merdas, Trenton — intervém alguém, aquele outro garoto da minivan. — Você quase me fez ter uma crise de asma.

— E se a SJ tivesse se machucado?

É a voz *dela*. Como é possível identificar uma voz depois ter ouvido apenas algumas palavras?

— Até parece. Você não parou para ajudar a SJ, Sonya — implica Trenton.

O ventilador não está fazendo efeito, então começo a sacudir minha camiseta pela barra, tentando fazer o ar circular. Nossa, como está calor.

— Ei!

O idiota que não sabe dirigir também já falou o suficiente para que eu consiga reconhecer sua voz. Não me dou ao trabalho de olhar.

— Ei. Vem aqui, gatinha.

Que garoto insuportável. Ele não vai largar o osso.

— Para de encher o saco dela — diz o outro garoto.

— Só estou sendo legal! Ei! Vem aqui!

Eu me viro a tempo de ver Trenton se esquivando enquanto o amigo tenta cobrir a boca dele, mas meus olhos se focam na garota: Sonya. Foi assim que ele a chamou. Sonya está sentada entre os dois em uma das mesas da praça de alimentação. Quando ela ergue o olhar, decido me aproximar. Trenton parece animado, como se eu estivesse indo até lá só porque ele chamou, mas a garota está sorrindo de um jeito que me faz desconfiar de que ela sabe qual é o verdadeiro motivo.

— Precisa de alguma coisa? — pergunto para Trenton.

Antes que ele possa responder, as portas do fliperama se abrem de maneira tão dramática que as mesas chegam a estremecer. Uma garota de franja e joelhos ralados se aproxima da mesa, meio cambaleante.

— Não acredito que vocês fizeram isso! — esbraveja ela, jogando-se na cadeira livre ao meu lado. — Não acredito que vocês me deixaram sozinha com aquele brutamontes. Se meus joelhos ficarem cheios de cicatrizes vocês vão pagar pela cirurgia plástica.

Trenton ri.

— Relaxa. Que tal me pagar uma Coca-Cola?

A garota dá um tapa nele. Quase admiro seu autocontrole. Eu teria dado logo um soco.

— Caí *por sua causa,* seu idiota. *Você* quem tem que comprar uma Coca-Cola *para mim.* E um pretzel. Uns carboidratos cairiam bem.

— Foi mal, amiga — diz Sonya, passando o braço pelos ombros da outra garota em um gesto de consolo. — Eles me fizeram sair correndo. Não tive escolha.

— Você nunca fica do meu lado — resmunga a outra, parecendo estar magoada.

Então a garota com franja olha para mim, parada igual a uma idiota. O desdém na expressão dela faz minhas bochechas ficarem quentes outra vez, logo quando eu estava começando a me refrescar.

— Quem é essa? — pergunta ela, chegando mais perto de Sonya.

— A garota que eu quase atropelei — explica Trenton, parecendo achar graça. — Na verdade, dependendo da perspectiva, podemos dizer que ela é a garota que eu *salvei,* freando o carro bem na hora. Minha mãe ficaria orgulhosa.

Não me dou ao trabalho de responder. Eu deveria ir embora, mas é como se eu não conseguisse erguer os pés do chão.

— SJ, a Brooke disse alguma coisa sobre o lago? — pergunta Sonya.

— Ainda não — responde ela, olhando para mim de novo. — Você se chama...?

— Coley.

— E o que está rolando com você? — indaga SJ. — Não sabe falar?

— Sei — respondo.

— Dizem que as pessoas mais inteligentes também são as mais quietas, porque elas sabem ouvir — comenta o outro garoto, de quem eu automaticamente gosto, só porque ele não é o Trenton.

— Que maravilha — responde Trenton, sarcástico. — Outra sabichona. É tudo de que eu precisava. — Ele se inclina sobre a mesa com um sorriso malicioso. —Você deve ser uma excelente ouvinte, Coley.

— Olha, você não fala nada de útil — rebato —, então não deve ser difícil.

— Essa doeu — diz SJ.

Sonya e a amiga riem, e os dois garotos ficam sem reação. Outra coisa chama a atenção de SJ.

— Brooke respondeu. Vamos ficar na área norte do lago.

— Maravilha — diz Trenton, ficando de pé.

Ele deve ser o líder do bando ou algo assim, porque todos os outros o imitam e se levantam também. Dou um passo para trás, deixando o caminho livre para Sonya.

Eles passam por mim como se eu nem estivesse ali. Antes de saírem, Sonya me olha mais uma vez, e não consigo resistir: decido ir embora também.

O calor ainda está de matar do lado de fora. Eu me abaixo para soltar a bicicleta, tentando ignorar o grupinho deles mais à frente.

Trenton entra no carro.

— Coley! — chama Sonya.

Olho para trás, e ela já está entrando na minivan. Trenton faz uma careta atrás do volante.

—Vamos ver uns amigos no lago — diz Sonya.

— Beleza — concordo.

Ela revira os olhos e estala os dedos. O gesto é grosseiro e meio autoritário, mas parece que estou despencando de um precipício quando ela questiona:

— E aí? Você vem ou não?

De repente, visualizo duas opções: voltar para a casa de Curtis, que não está nem perto de ser a *minha* casa, ou ir com essa garota.

Qualquer coisa é melhor do que Curtis.

— Estou indo — respondo.

CINCO

Sonya tira a chave da ignição.

— Alex, vai na frente. Vou atrás com a Coley.

Ela sai do carro, abre o bagageiro e acena para mim. Eu me apresso para acompanhá-la antes que Sonya volte a estalar os dedos. Não sei se eu deveria gostar da sensação que aquilo me traz. Será que ela é… *mandona*?

Eu teria rotulado SJ assim antes de Sonya sair me dando ordens. De repente começo a me perguntar: será que fui quase atropelada pela versão ensolarada do grupinho popular da cidade? O que estou fazendo aqui? Eu deveria dar no pé. E é exatamente o que vou fazer. Vou dar a volta, me aproximar de Sonya e dizer: "Ah, acabei de lembrar que tenho uma coisa para fazer." É melhor ir embora antes que as coisas fiquem esquisitas. Além da garota, ninguém me quer ali.

Mas por que parece que meus pés se fincam no chão sempre que ela sorri?

— Tem bastante espaço — comenta Sonya, levantando minha bicicleta pelo arame das rodas.

Estou numa espécie de transe, tentando memorizar cada traço dela, para absorver cada detalhe. Olho para suas unhas outra vez, para aquele esmalte que não é azul e não é roxo. Uma cor intrigante para uma garota intrigante.

— Cuidado — alerto, quando as rodas começam a girar.

— Pode deixar.

Ela ergue minha bicicleta amarela pelas rodas dianteiras enquanto eu pego as traseiras e, juntas, a acomodamos no bagageiro do carro.

— Anda logo! — grita Trenton, do banco da frente.

— Eu poderia ter ido de bicicleta — comento.

Ela dá uma risada.

— Você já foi ao lago?

Balanço a cabeça.

— Acabei de me mudar — respondo.

— Bem, isso explica por que eu nunca tinha visto você antes — observa ela. — Enfim, o lago fica a meia hora daqui indo de bicicleta. Tá calor demais para isso. Vamos.

Sonya se senta no banco traseiro, e eu faço o mesmo, e não demora muito para um cheiro forte de maconha misturado com de salgadinho invadir meu nariz. Os garotos estão sentados na frente e SJ está sentada sozinha no banco do meio. Ela se vira para falar com a gente enquanto colocamos o cinto de segurança.

— Então você acabou de se mudar para cá, Coley?

Sonya acena com a mão, parecendo distraída.

— Que fofoca velha! Coley já me contou.

SJ revira os olhos.

— Era só uma pergunta! Onde você morava antes?

— San Diego — respondo.

— Uma cidade de verdade — diz Sonya, suspirando de um jeito sonhador.

— Mas não chega aos pés de Los Angeles ou Nova York — comenta SJ.

— Não mesmo — concordo.

A garota olha para mim sem dizer nada, meio surpresa por eu ter concordado.

— Você sente saudade de lá? — pergunta Sonya.

A resposta resumida é *não.* A resposta completa é complicada demais.

— Aqui é... diferente — declaro, por fim.

Sonya parece entender nas entrelinhas, porque se aproxima e me dá um tapinha amigável na perna. Sinto minha boca ficar seca quando ela me toca.

— Vamos fazer você se sentir em casa rapidinho — promete Sonya. — Você tem sorte por ter encontrado a gente.

— Tenho sorte por quase ter sido atropelada? — retruco.

— Ei! Estou fazendo um favor em transportar você e sua bicicleta velha no meu carro — grita Trenton, do banco do motorista.

Fico com uma sensação estranha. Não tinha percebido que ele conseguia nos ouvir lá da frente. Levanto a cabeça e percebo que ele está me observando pelo retrovisor. Trenton tem um olhar profundo — não do tipo que inspiraria músicas, mas um com certa sagacidade e peculiaridade traiçoeiras, que me encara com um brilho febril.

— Ignora ele, sério, por tudo que é mais sagrado — diz Alex, virando-se para mim com as mãos em súplica.

— Eu devia largar todos vocês no acostamento — resmunga Trenton.

— Se me deixar para trás de novo, eu acabo com você — ameaça SJ.

Tenho que baixar a cabeça para conter uma risada. Garotas como SJ em geral não gostam de garotas como eu, e essa SJ em particular não estava me dando motivo algum para pensar diferente, mas esse tipo de ameaça é bom demais.

— Isso aí, SJ — diz Sonya.

Sonya se recosta no banco, esticando os braços, seus dedos muito perto, perto do meu rosto, suas unhas contrastando com o tecido marrom aveludado e gasto do assento.

— Não começa com essa baboseira de *sororidade,* Sonya — reclama Trenton.

Ele entra com a minivan num estacionamento cercado de... isso mesmo, pinheiros. Será que existe outro tipo de árvore nessa cidade?

Sonya não responde, apenas tamborila no banco, parecendo irritada. Quando paramos, os garotos saem da minivan, e eu fico me perguntando como ela consegue aturar essas coisas.

— Vem, Sonya, vamos procurar a Brooke — chama SJ assim que saímos do carro.

Sonya hesita, e SJ bufa.

— Podem ir — digo. — Eu só preciso amarrar minha bicicleta em algum lugar.

SJ ri.

— Ninguém vai roubar essa lata-velha.

— SJ! — repreende Sonya, balançando a cabeça.

— Fala sério — exclama SJ, em tom de ultraje.

Eu baixo a cabeça, encarando o chão.

— Anda logo — insiste SJ. — *Seus amigos* estão esperando, Sonya.

Ela pega a amiga pelo braço e a puxa pelo caminho em meio às árvores. Volto para o carro, abro a porta do bagageiro e puxo minha bicicleta. Não quero saber se Sonya está olhando para mim. Não importa.

Deixo a bicicleta amarrada em um dos postes de luz e depois vou atrás do pessoal. O caminho por entre as árvores é escuro, mas o trajeto é curto, e em instantes estamos em um lugar aberto outra vez.

Meus olhos se fixam em Sonya no mesmo instante, embora ela já esteja bem longe de mim, mas a verdade é que eu a encontraria mesmo que ela estivesse do outro lado do lago. Sonya ri de alguma coisa que SJ diz e inclina a cabeça para trás. Nesse momento, o sol a ilumina de uma forma que me faz pensar em um filme adolescente dos anos 1980.

Ela parece se encaixar ali, em meio a garotos pulando na água, garotas deitadas em toalhas sobre a orla de pedrinhas, uma fogueira crepitante e *coolers* cheios de latas de cerveja sob as mesas de piquenique.

Eu é que não me encaixo. Nem um pouco. Nossa, por que eu vim? Sonya nem sequer me esperou. Preciso ir embora.

— Coley!

Droga. Olho para o lado, e Alex está acenando para mim. Ele está sentado em uma das mesas com um *cooler*. Percebo que tem uma latinha com sedas e maconha equilibrada em um de seus joelhos. Talvez eu consiga suportar tudo isso se estiver chapada.

Não posso cair fora agora, então vou até ele. Alex não tem a energia babaca e insuportável de Trenton, e me pergunto qual é o papel que ele desempenha nesse grupo. Todos os grupinhos são como uma gangorra; tem sempre um jogo de equilíbrio acontecendo. Eu me sento ao seu lado, e ele sorri, gentil e bonito. Seu cabelo preto com certeza tem uma legião de fãs. Talvez ele seja a pessoa que mantém o grupo de amigos equilibrado.

Tento não dar muito na cara quando olho para trás. Só uma espiadinha. Mas Sonya não está virada para onde estamos. Ela está chutando uma bola para uma das amigas, provavelmente a tal da Brooke de quem eles estavam falando. É como se eu não existisse.

— Fiquei com medo de você ter se perdido entre as árvores — comenta Alex.

— O caminho é bem fácil — digo.

Eu me viro um pouco no banco para não ter que me contorcer tanto ao olhar para a água. No caso, para *ela*.

— Mas é bom tomar cuidado. Tem ursos por aqui.

Ele tem uma expressão divertida, deixando óbvio que está brincando. Então decido entrar na onda.

— Ah, é verdade. Encontrei uns três vindo para cá, foi um problema *colursal*.

Ele ri do trocadilho deplorável.

De canto de olho, vejo Sonya jogar a bola para dentro do lago e tirar a blusa para entrar na água. Quando ela mergulha, os respingos cintilam em seu biquíni vermelho. Sinto meu estômago congelar quando ela desaparece debaixo da água e depois emerge, brilhando como uma sereia. *Preciso* desviar o olhar, porque se não fizer isso vou ficar tão vermelha quanto o biquíni dela.

— Você está morando na cidade? — questiona Alex.

— Aham.

— Então os ursos não vão te incomodar. Só precisa ter cuidado nas áreas mais afastadas da cidade. Onde minha ex-namorada mora, eles têm até que colocar o lixo num lugar fechado.

— Olha, parece horrível. Meus únicos inimigos em San Diego eram os ratos e as baratas.

— Espere até ver as centopeias da floresta.

— Eca! — Sinto um arrepio. — Fico assustada só de pensar naquelas perninhas.

— Eu também.

Alex distribui a erva pela folha de seda, fecha o baseado com movimentos ágeis e depois o oferece para mim.

— Acho que te devo um desses, já que a gente quase te atropelou.

— Eu não poderia concordar mais — respondo, aceitando o baseado e o guardando no bolso. — Valeu.

— Imagina. Pode falar comigo se precisar comprar. Mas só a erva. Não curto outras coisas.

— Legal. Não curto mais nada também.

— Olha só, que caretinha.

Dou uma risada. A presença dele é relaxante.

Em minha visão periférica, Sonya torce o cabelo para tirar o excesso de água e conversa com SJ. Ela está rindo de alguma coisa e gesticulando, fazendo a outra garota cair na risada também. Sonya passa um braço pelo ombro de SJ e dá um beijo estalado e teatral em sua testa, depois finge um desmaio. SJ a segura antes que ela caia de volta na água.

Que dramática.

Quero saber tudo sobre ela.

— Espero que a gente não tenha assustado muito você — diz Alex, parecendo sincero e cuidadoso. — Trenton é meio...

Alex parece ter conjurado o amigo só de mencionar o nome dele. De repente Trenton começa a se aproximar de onde estamos, seguido por três garotos. Ele sacode o cabelo molhado em cima de Alex como se fosse um cachorro, o amigo dá um grito, tentando proteger suas coisas.

— Vai se ferrar, Trenton! Minhas sedas!

Trenton apenas ri.

— Vai nadar? — pergunta Trenton para mim, acenando com a cabeça para o lago.

— Não — respondo, curta e grossa, torcendo para que ele se toque.

Mas não surte efeito.

— O que foi? — indaga ele. — Então quer dizer que você não consegue ficar molhada?

Sinto meu estômago embrulhar com a indireta.

— Pelo amor de Deus, Trenton — intervém Alex.

Trenton abre um sorrisinho dissimulado e diz:

— Não se preocupa, Coley. Posso ajudar com essa questão.

Antes que eu possa sequer pensar em uma resposta, Trenton se aproxima e literalmente *vem pra cima de mim*. Ele é bem mais alto do que eu, então consegue me erguer no ar como se eu fosse um saco de farinha e me joga por cima do ombro.

Droga. Eu *detesto* garotos como ele. Eles acham engraçado erguer as garotas sempre que dá na telha. Acham divertido ver as garotas se debatendo para se desvencilhar. Além disso, usam isso como desculpa para tocar em partes que não deviam.

Garotos são um inferno. As pessoas não deviam pegar em parte *nenhuma* de alguém a menos que a outra pessoa queira. Não é tão difícil de entender.

— Pode me colocar no chão? Eu não trouxe biquíni — peço.

Estou tentando ficar calma, porque esse é o cara que quase me atropelou e achou superengraçado, sem demonstrar o mínimo de preocupação. Ele *quer* que eu fique irritada. E eu estou, mas também estou me esforçando para não entrar no joguinho dele.

Meu cabelo balança no ar enquanto Trenton corre até a água, morrendo de rir e me segurando com firmeza. Sinto todo o sangue do meu corpo descendo para a cabeça e penso seriamente em abaixar a sunga dele ali mesmo, como vingança. Mas Trenton já está entrando no lago, as pontas do meu cabelo já estão tocando a água. Os peixes carnívoros não existem mesmo, né? Isso é coisa da minha cabeça. Estou em Oregon, não na Austrália, o país onde todo animal foi projetado para matar. Certo?

Ele rodopia, e sinto minha visão começar a escurecer — ser girada desse jeito, ainda mais estando de cabeça para baixo e na água, me deixa tão zonza que não consigo me debater. Mas eu tento. Consigo levantar a parte superior do corpo, e a oscilação do meu peso faz com que ele se desequilibre e cambaleie para o lado, caindo na água e me levando junto. A água é barrenta e completamente diferente de uma piscina, mas o impacto gelado é suficiente para fazer passar minha tontura.

Fico de pé com dificuldade, e estou morrendo de raiva de tudo e todos, ainda mais ao ver Sonya ali, com a água na altura das canelas, só me encarando. De uma hora para outra, o pensamento mais absurdo do mundo me ocorre quando nossos olhos se encontram e ela franze a testa: *Você estava vindo me ajudar?*

— Qual é o seu problema? — grita Trenton, chegando bem perto do meu rosto. Ele bloqueia minha visão de Sonya e espirra água em mim com aquelas mãos gigantes. — Eu só estava brincando! Não ia jogar você na água!

Não dá mais. Ele não merece nem mais uma palavra. Nenhum deles merece. Mostro o dedo do meio para Trenton e saio da água. Todos eles me encaram enquanto passo reto e vou até o lugar onde estacionei minha bicicleta. Que se dane tudo aquilo. Todos eles. E Curtis que se dane também, com essa idiotice de me dizer para "fazer amigos". Que amigos? Por que raios eu ia querer ser amiga dessas pessoas? Só porque *elas moram aqui?*

Localização geográfica é um motivo péssimo para ser amigo de alguém.

Aqui *nunca* vai ser minha casa. E agora com certeza não vão me deixar em paz na escola, porque eu não dei risada quando um garoto me carregou como se fosse um homem das cavernas e me jogou na água.

— Coley! Espera aí!

Continuo andando, apesar de aquela ser a voz de Sonya. Consigo vê-la de canto de olho enquanto avanço em direção ao lugar onde estacionamos. Ela coloca a camisa listrada por cima do biquíni, mas não fecha os botões. Vou precisar me concentrar apenas nas cordinhas do biquíni amarradas em torno de seu pescoço. E em nada além disso.

— Você está bem? — pergunta ela.

Alcanço a bicicleta e seguro o guidão. Sempre que dou um passo, meu tênis faz um barulho molhado, e eu rezo para ser só água e não aquelas algas nojentas.

— O Trenton é um babaca às vezes — declara Sonya, com um sorriso constrangido que me dá um frio na barriga. — Mas juro que ele é um cara legal. A gente se conhece há séculos.

— Ah, com certeza, *um cara muito legal* — respondo, o sarcasmo escorrendo da boca como a água que pinga de meu cabelo.

— Ei… Não precisa descontar em mim — diz ela, franzindo o cenho. — Eu vim até aqui só para saber se você está bem.

— Ah, sim, "até aqui", como se fosse muito longe.

Ela parece franzir o cenho ainda mais. Parte de mim quer continuar provocando para ver até onde Sonya vai, porque ela parece o tipo de garota que não está acostumada a ser contrariada. E, quando isso acontece, fica desconcertada de um jeito que chega a ser fofo.

Mas, não. Quero encerrar este dia. Meu cabelo está pingando e eu estou completamente ensopada. Ainda bem que decidi colocar uma regata cinza em vez de uma branca antes de sair de manhã, senão Trenton provavelmente me pediria para ficar.

— Olha, não conheço você nem seus amigos. Não conheço ninguém aqui. E aí você… — Hesito. Estou tão cansada. Encharcada, cansada e *de saco cheio.* — O que ele fez foi muito ruim. E não parar quando eu pedi… foi muito nada a ver.

Ela revira os olhos.

— Você quis vir com a gente.

— Você me *convidou*! — retruco, exaltada. — Não sei quem vocês são. E estou começando a achar que nem quero saber. Aquele cara é muito babaca.

De repente, as sobrancelhas dela relaxam.

— Olha, não sei o que aconteceu entre você e o Trenton, mas *eu* não fiz nada. Só vim aqui perguntar se você está bem.

— Por que não tentou fazer ele parar?

O semblante de Sonya se torna pura confusão por um nanossegundo e depois suaviza, como um bug na tela de um videogame. Acontece tão rápido que eu penso ser coisa da minha imaginação.

Então ela diz, dessa vez mais suave:

— Eu não sabia como...

Eu me enfureço.

— Então ele pode fazer o que quer? E tudo bem por vo...

— Não! *Lógico que não!* — interrompe ela.

— Para você o que importa é estar com o seu grupinho, né? Sempre sendo o centro das atenções, mesmo quando o *cara legal* está sendo um idiota.

— Nossa — diz ela. — Isso foi cruel. E injusto.

— Então o que foi aquilo? — Gesticulo para o lago e encaro Sonya.

Ela me convidou, conversou comigo o caminho inteiro e depois me deixou de lado como se eu não fosse legal o suficiente para merecer a atenção dela. Eu não devia ter ficado tão chateada assim, tão depressa. Mas fiquei.

— Eu... — começa ela.

Sonya não consegue mais disfarçar que está desnorteada. Das duas, uma: ou a deixei muito irritada, ou sem reação. Não sei qual das duas foi, mas também não sei se me importo.

— Não tenho saco para gente que fica dando desculpinhas — digo, tentando ser categórica, mas fico com raiva, porque minha voz soa meio hesitante.

Saio empurrando minha bicicleta, então pelo menos acho que pareço um pouco mais durona. Sinto meu coração disparado, e ele quase sai pela boca quando ela grita:

— Quem você pensa que é, hein?

Ela começa a me seguir. Nunca senti nada parecido, porque a sensação quando um garoto começa a me seguir é de terror, não empolgação. Mas isso é...

Meu coração martela o peito.

—Você não tem o direito de me julgar! — vocifera ela.

Continuo andando, zonza com o tom de voz de Sonya e sem poder sair correndo, porque aí ela *saberia*.

Saberia *o quê*, Coley? Nem *você* sabe.

— Fala sério! Quem você pensa que é? — continua ela. — Você não passa de uma... reclamona *insuportável*!

Ao dizer a última palavra, ela me segura por um dos ombros e me vira.

Então é como se todo o sangue do meu corpo estivesse concentrado no meu rosto e prestes a transbordar dos meus olhos em uma enxurrada de lágrimas. Não consigo sair dali, não consigo respirar. Tudo que consigo fazer é esconder o rosto nas mãos. Que *humilhante*.

— Ei — chama ela, a voz agora suave novamente. — Ei... Você está bem?

Quantas vezes ela me perguntou isso hoje? Será que respondi com sinceridade em alguma das vezes?

Os braços de Sonya envolvem meu corpo antes que eu consiga pensar nas possíveis consequências, e, de repente, tudo fica quente. Não de um jeito estranho, sabe? Só quentinho, como quando entro em uma banheira com a água na temperatura perfeita.

— Desculpa por ter dito aquilo — diz Sonya em meu ouvido.

Não sabia que um arrepio podia ser tão *violento*. Vai da minha nuca até a ponta dos meus pés, me fazendo questionar a última vez que senti algo nos pés que não fosse dor depois de derrubar um objeto neles.

— Não foi... Não tem nada a ver com o que você disse... É que...

Não consigo pensar no que dizer.

Ela me aperta com mais força pela cintura.

— Podemos começar de novo? — pergunta ela, ainda muito perto do meu ouvido.

Posso jurar que é assim que vou morrer. Vou simplesmente desfalecer em arrepios bem ali, na saída do estacionamento. Sonya se afasta só um pouquinho, e ficamos perto o suficiente para que eu veja os olhos dela, que são castanhos, mas ficam dourados sob os feixes de luz do sol que penetram pelas árvores. Ela se afasta um pouco mais, e eu percebo que vou passar séculos pensando na forma como o toque dela se demorou em mim. Sonya sorri e inclina a cabeça.

— Você tem que me dar uma oportunidade para me desculpar. Sou meio… idiota. Sério. Sempre tomo as piores decisões. Pode perguntar para qualquer um.

— Não precisa — respondo. — Além disso, você não é.

— Não sou o quê?

— Idiota. Você pode até fingir ser, mas isso é o que garotas inteligentes fazem quando querem se safar de alguma situação. E parece ser o seu caso.

Ela abre um sorrisinho genuíno.

— Isso faz de *você* uma garota inteligente também, Coley?

— Ah, sim, achei que isso tinha ficado óbvio no fliperama — retruco. — Até o *cara legal* sabe que sou inteligente, para a infelicidade dele.

Sonya deixa escapar uma risada. Sinto uma onda de empolgação. Ela está se divertindo comigo.

— Você é muito séria — comenta ela, apesar de eu ter acabado de fazer uma piada.

Mas eu também disse algumas verdades difíceis de serem ouvidas. Estou começando a perceber que ninguém faz isso por aqui.

— Você acha? — questiono.

— Sim. Muito intensa.

Ela faz uma careta séria, supostamente me imitando.

Arqueio as sobrancelhas.

— Não é ruim! — diz ela, depressa. — É diferente. Todo mundo aqui é... sei lá... todo mundo se conhece, sabe?

— Não. Na verdade, não sei.

— Ah. Hum... — Sonya hesita, a ideia parecendo inédita para ela. — Bem, você não está ajudando.

— Eu deveria estar?

Ela ri.

— Aff! Quero fazer você rir também.

— Então precisa ser engraçada — digo.

Sonya leva as mãos ao peito em um gesto teatral.

— E *você* precisa relaxar um pouco!

Isso finalmente me faz rir, porque ela parece ser a pessoa menos relaxada do mundo.

— Rá! Consegui! Ser dramática tem uma vantagem.

— Não estou rindo disso — respondo, ainda dando risada.

— Então está rindo do quê?

Abro um sorrisinho e fico em silêncio. É fascinante observar Sonya. Ela está impaciente, quase vibrando, porque alguém está se recusando a fazer as coisas do jeito que ela quer.

Você está acostumada a ditar as regras, penso, quando Sonya morde o lábio inferior. E depois não consigo pensar em mais nada.

— Não, é sério, me fala! — pede ela, entrando na frente da minha bicicleta.

— Você odeia silêncio, né? — pergunto. — Mesmo quando alguém está se despedindo.

— Só estava tentando animar você — responde ela, fazendo beicinho.

— Acho que, mais do que o meu bem-estar, o que te preocupa é saber se gostei de você. O que é engraçado, porque nunca dei a entender que *não gosto* de você. Só falei a verdade sobre o seu namoradinho.

— Ele não é meu na... — começa ela, depressa, com um tom indignado.

— Tanto faz — interrompo, em parte porque não vou aguentar ouvir uma explicação.

Uma pessoa só defenderia um cara como Trenton se já cometeu o erro de ter tido *algo mais* com ele. Ao pensar nisso, aperto o guidão com força.

— Eu preciso mesmo ir. Moro na rua Cliff's Edge. Curtis... quer dizer, meu pai... ele deve estar esperando.

Percebo que ela reparou na hesitação. Sonya inclina a cabeça como se estivesse guardando a informação para mais tarde.

— Ah, beleza. Vai lá, então.

Como se a decisão fosse dela. Que mimada. Ela continua:

— Mas você tem que me dar seu número para marcarmos alguma coisa.

Enfio a mão no bolso encharcado e pego meu celular. Mostro o estado do aparelho, também ensopado.

— Acho que meu celular já viu dias melhores.

Sonya faz uma careta.

— E uma caneta? — sugere ela.

— Uma caneta?

— Sim, aquele objeto usado para escrever. Conhece? Nossos antepassados usavam para fazer anotações antes de computadores e celulares.

— Acha mesmo que eu tenho uma caneta? — pergunto, gesticulando para minhas roupas molhadas.

— Olha, Coley, em geral as pessoas não me dão tanto trabalho assim.

Ela suspira e, de repente, tira uma caneta do bolso de trás, como se estivesse preparada para aquele momento.

— Estica o braço!

— Hã?

Sonya revira os olhos e pega meu braço. Sua mão se fecha em meu punho como se aquilo não fosse algo magnífico. Mas é. Não é? O toque dela faz minha barriga se contrair, e de repente eu me sinto viva. É como se a primavera tivesse acabado de chegar, depois de um inverno em que estive hibernando numa caverna de negação com um pedregulho de luto impedindo a saída.

Ela pressiona a caneta em minha pele, e eu sinto cócegas quando ela anota seu número e seu nome de usuário do bate-papo on-line em meu braço. Sonya escreve devagar, e minha mão está a centímetros da barriga dela; sua blusa está aberta, e a pele exposta parece muito macia. Se ela não terminar isso logo, vou ficar vermelha feito um tomate.

— Pronto! Me liga quando chegar em casa. Vamos conversar à moda antiga.

Dou uma olhada no meu braço, tentando respirar e entender a reviravolta em meu peito.

— Você podia ter anotado num papel — respondo, sem reconhecer minha voz.

Por que estou rouca assim? Sonya realmente me deixou desse jeito só com alguns sorrisos e poucos minutos de conversa? E depois ainda rabiscou na minha pele como se estivesse rabiscando meu coração?

Sonya dá uma risada, inclinando o pescoço para trás.

— Arruinaria tooodo o *romantismo* da coisa.

A palavra "romantismo" rodopia em minha cabeça. Ela sopra um beijo exagerado e se vira para voltar ao lago.

Sigo sozinha pela estrada, sentindo um frio gostoso na barriga. Só que a ideia de ir para casa e dar de cara com Curtis e todas aquelas caixas e lembranças de uma vida que ficou para trás estraga um pouco o sentimento.

— Coley! — grita ela, de longe.

É como se o sol estivesse brilhando só para mim. Como se Sonya tivesse percebido que eu estava precisando de mais um pouco de felicidade, de mais uma desculpa para olhar para ela.

— Esqueceu alguma coisa? — pergunto.

Ela balança a cabeça.

— Promete que vai ligar?

Toco meu braço, o lugar em que o número dela está anotado. O frio na barriga está de volta, tão forte que parece que nunca mais vai embora.

— Prometo! — grito.

A promessa ecoa nas árvores. E só quando o último eco cessa ela se vira para ir embora.

SEIS

Usuário do LiveJournal: SonyaSol

Postagem privada

9 de junho de 2006

[**Humor:** Curiosa]

[**Ouvindo agora:** "Portion for Foxes", Rilo Kiley]

Em cidades pequenas, tudo é sempre igual. Até que alguma coisa muda. Posso jurar que até a menor das ondas causa um tsunami quando isso acontece.

Hoje eu conheci uma garota.

E quase atropelei essa garota. Bem, Trenton quase atropelou. Eu teria sido considerada cúmplice se ele realmente tivesse atropelado e depois dado no pé.

(Cara, ele com certeza é o tipo de cara que fugiria sem prestar socorro, né?)

Ele não aceita que a gente terminou, e ficou a tarde inteira tentando desamarrar meu biquíni. Trenton sempre quer as coisas do jeito dele. Acho que seria mais fácil ceder, mas a gente sempre briga. Cansei de discutir.

Brooke diz que sou sortuda e SJ diz que estou melhor do que a maioria das garotas da escola.

Mas será que era para ser tão difícil assim?

Coley. Será que é apelido de Nicole? Ela não tem cara de Nicole. Ela tem cara de Coley. Tipo, sem rodeios, direta ao ponto, uma lâmina afiada. Ela faz parecer que, se tocar nela, posso acabar me cortando. Ela estava com uma calça jeans rasgada e uma gargantilha que parecia uma fita de renda. Aff, que inveja. Da última vez que usei uma gargantilha, minha mãe disse que o acessório fazia meu pescoço parecer gordo. Eu devia ter dito que não ligava, mas acabei tirando.

Mas a garota usa uma gargantilha como se fosse um desafio. Como se dissesse "Vamos ver se você tem coragem de mexer comigo".

Para falar a verdade, ela teve sorte de quase ter sido atropelada por Trenton. Caso contrário, a gente não teria se conhecido e ela provavelmente não teria ninguém legal para conversar quando as aulas voltarem. Estou salvando Coley do terrível destino de ter que passar o intervalo com os excluídos. Ou, pior ainda, de ter que passar o intervalo sozinha.

E ela...

Bem, ela não me deixa entediada.

Sonya.

SETE

Entro de mansinho em casa, ensopada da cabeça aos pés, rezando para não dar de cara com Curtis. Mas, para meu azar, ele chegou mais cedo do trabalho e está na sala de estar.

Ele parece preocupado, o que me deixa nervosa. Ainda não saquei qual é a dele.

Durante boa parte da minha vida, Curtis foi apenas o cara de jaqueta de couro na única foto dele que minha mãe guardou para me mostrar. Na imagem em preto e branco, ele está misterioso de um jeito descolado, como se tivesse saído de um ensaio de revista. Curtis sorri para a câmera com um cigarro pendurado na boca. Pela expressão em seu rosto, parecia amar muito a pessoa que tirou a foto.

Foi assim que Curtis ficou congelado na minha memória, em uma imagem monocromática, com jaqueta vintage de couro; mais como uma ideia do que como uma pessoa propriamente dita. E agora percebo que ele é de fato uma pessoa, e talvez eu seja uma pessoa para ele também. Não somos mais possibilidades, e isso é *uma droga*. Não sei como lidar com isso. Acho que não consigo amar Curtis. Não sei *como* fazer isso. Eu mal o conheço.

Ele fica de pé e me encara. Meu cabelo está escorrendo e, pelo jeito, meus tênis vão demorar uns dois dias para secar.

— O que aconteceu? — pergunta ele, apreensivo.

— Fui dar um mergulho no lago — respondo.

Passo pelas guitarras penduradas nas paredes do corredor, deixando poças d'água pela casa toda.

— Espere aí! — protesta ele, indo atrás de mim. — Coley, você está bem?

Olho para ele e tento não me sentir humilhada, mas falho drasticamente na missão.

— Fiz o que você pediu. Fui fazer amigos. Agora preciso muito tomar um banho, beleza?

Antes de escutar uma resposta, me enfio no banheiro e fecho a porta com força suficiente para encerrar o assunto. Pelo menos Curtis não vai me incomodar aqui dentro.

Abro o chuveiro, e o vapor da água quente inunda o banheiro enquanto tiro meus sapatos, meias e calça jeans. Assaduras nas coxas por atrito de jeans molhado é algo que não desejo nem para meu pior inimigo. Bem, talvez para Trenton. Se ele estiver com assaduras como as minhas, talvez exista algum tipo de justiça divina no mundo. Mas, infelizmente, duvido muito.

Tiro a regata e, ao me ver ali, de calcinha e sutiã em um banheiro que obviamente é de um homem, percebo o que aconteceu. Tem um borrão de tinta no meu braço.

— Não, não, não, não, não!

O telefone e o nome de usuário que Sonya escreveu agora não passam de uma mancha ilegível. Devo ter encostado o braço nas roupas molhadas enquanto voltava para casa.

— Merda!

Viro o braço em um ângulo diferente para analisar o rabisco sob outra iluminação, mas já era. As letras e os números não passam de uma mancha escura na minha pele.

Eu me sento na beirada da banheira, sentindo um punho se fechando em volta do meu coração.

— Merda — repito, tentando engolir o choro.

Mas que besteira, né? Posso fazer amigos quando as aulas voltarem em agosto. Ou posso continuar na minha. Não preciso de...

Não preciso de nada. Nem de ninguém.

Não mais.

Não mesmo.

Quando acordo na manhã seguinte, a primeira coisa que vejo é o caderno em cima da minha barriga. Foram quatro páginas rabiscando combinações de números e possíveis nomes de usuário, tentando lembrar o que Sonya tinha escrito no meu braço.

Pois é. Não desisti de tentar lembrar mesmo depois de ver que tinha borrado tudo. Que patético.

É que...

Sei lá.

Conversando com ela, eu meio que esqueci por um segundo que as coisas não são terríveis o tempo todo.

Mas não quero me esquecer de tudo. Não quero esquecer minha mãe.

As pessoas precisam esquecer algumas coisas para seguir em frente, caso contrário passarão a vida assombrada pelos próprios traumas. Não entendia isso antes — se entendesse, talvez tivesse conseguido ajudar minha mãe —, mas agora consigo compreender. Sei também que não vou conseguir fugir de alguns pensamentos. Estou tentando aprender a viver em meio a tudo isso, mas é muito difícil.

Tudo ficou difícil demais depois daquele dia.

— Coley?

Levo um susto e jogo o caderno na montanha de roupa de cama. Curtis abre a porta devagar e espia dentro do meu quarto.

— Já acordou?

— O que você acha? — respondo, gesticulando para mim mesma.

Curtis não sabe. Não tem a menor ideia de que eu estava prestes a desabar, bem ali, enrolada no edredom que minha mãe me deu quando eu tinha treze anos. Ele não me conhece bem o suficiente para enxergar os sinais. Ele nunca nem tentou me conhecer.

— Fiz café, se você quiser.

Franzo o cenho.

— Pensei que café atrapalhasse meu crescimento.

— Como você disse, talvez você já tenha crescido o que tinha para crescer.

Curtis dá de ombros e vai embora.

Eu me arrasto para fora da cama e troco de roupa, prestando atenção na barulheira na cozinha. Quando passa das nove da manhã e ele continua em casa, deduzo que deve estar de folga.

A vontade de tomar café acaba sendo maior do que a de ficar sozinha, então vou até a cozinha e despejo um pouco numa caneca. Curtis está encostado no balcão, tomando café também.

— O que vai fazer hoje? — pergunta ele.

— Hum…

— Pensei que nós podíamos…

Ah, não. O famoso "nós". Não existe "nós". Ele existe, eu existo, e é isso. Existimos separadamente. Fim.

— Vou desempacotar minhas coisas — respondo, depressa, antes que ele termine a frase.

Qualquer coisa para fugir de planos que envolvam a companhia dele.

— E se eu ajudar você? — sugere ele.

Pensar em Curtis mexendo em minhas coisas me dá um calafrio.

— Não! Não precisa, sério. Eu faço sozinha. Eu só…

Olho em volta e vejo um pacote de batatinhas em cima do balcão.

Pego o pacote e continuo:

— Eu só precisava de um pouco de sustância. Sabe como é. Para ter energia.

Saio depressa da cozinha com o café e as batatinhas sabor sal e vinagre nas mãos. Não gosto desse sabor, o que eu estava pensando? Mas agora vou ser obrigada a fazer o que eu disse que ia fazer. Devia ter dito que ia sair ou algo assim, mas não é como se eu tivesse para onde ir ou tivesse o que fazer. Talvez fosse diferente se eu não tivesse perdido o número de Sonya. Sinto um nó na garganta toda vez que penso nisso, por mais que eu tente me convencer de que não me importo.

Eu me tranco no quarto e fecho as cortinas para aumentar ainda mais a sensação de caverna. Parece errado deixar a luz do sol entrar enquanto desempacoto uma vida que nunca mais vou ter de volta.

A primeira caixa está pesada, então deve ter livros. Não sei por que trouxe meus antigos livros da escola; talvez porque a ideia de me desfazer de objetos enquanto tentava fazer minha vida caber em quinze caixas tenha sido difícil demais. Agora vejo que foi uma decisão idiota. Por que raios eu precisaria de um livro de História velho?

Tiro tudo do caminho e coloco uma pequena pilha de livros sobre a mesa de cabeceira. Vi alguns blocos de concreto no quintal; se eu conseguir arranjar algumas placas de madeira ou coisa parecida, posso fazer uma estante. Não quero pedir nada que não seja essencial para Curtis. Preciso lembrar que ele não é esse tipo de cara; ele só apareceu quando a pior coisa possível aconteceu. Então só posso esperar algo dele em momentos críticos.

Pego a segunda caixa. É mais leve e é justamente a que mais ocupa espaço no quarto. Na lateral, está escrito ROUPAS.

Tenho usado apenas as poucas peças que enfiei na mala, então até que é legal rever as minhas coisas, como, por exemplo, o coelhinho de quimono cor-de-rosa que ganhei da minha avó.

Pego também meu All Star preto favorito, minha blusa cinza que é três vezes maior do que meu tamanho e mais confortável do que qualquer outra roupa do universo, e todas as minhas regatas, que apareceram em boa hora, já que aqui é tão quente quanto a Califórnia — e abafado também, para piorar a situação. Tiro mais algumas roupas da caixa, e lá está ela, dobrada entre um pijama e um moletom: uma jaqueta jeans clássica da Levi's, que foi usada até ficar molinha e confortável por uma mulher que amou muito e viveu muito.

Era o que ela sempre me dizia. *É preciso amar muito e viver muito, Coley.*

Pego a jaqueta e pressiono o tecido contra a bochecha. Um perfume de óleo de rosas — o cheiro é fraco, mas consigo sentir — invade minhas narinas. Com os olhos ardendo, eu me sento no chão, segurando a jaqueta contra o peito da mesma forma que segurei minha mãe, e tento me acalmar.

A gente tem que esquecer algumas coisas para conseguir seguir em frente, mas não sei como fazer isso sem me esquecer dela.

Com peito e a garganta em chamas, respiro fundo, relaxo as mãos que seguravam a jaqueta e a visto. Preciso dobrar as mangas, já que minha mãe era muito mais alta do que eu, mas a jaqueta me recebe como um enorme abraço.

Encosto na penteadeira, imersa em minhas próprias lembranças, sabendo que o cheiro de rosas pode desaparecer um dia, mas a dor de perder minha mãe sempre vai estar aqui. Quero dar a volta por cima e viver a vida que minha mãe sempre sonhou… a mesma vida que ela mesma não conseguiu viver.

Mas como posso amar muito e viver muito se só consigo sentir dor?

OITO

Usuário do LiveJournal: SonyaSol

Postagem pública

10 de junho de 2006

[**Humor:** maléfica]

[**Ouvindo agora:** "It's My Life", No Doubt]

Hoje estou cuidando da minha irmã mais nova. Na cabeça da minha mãe, esse é o castigo perfeito por ter chegado tarde depois da farra no lago da @Brooke23. Valeu a pena!

Além disso, corromper minha irmãzinha e transformar ela numa miniatura de mim mesma em vez de uma miniatura da minha mãe pode ser considerado como bom uso do meu tempo.

Aposto que tem ingredientes para fazer s'mores na despensa. Vamos rezar para Emma não colocar fogo na casa!

Beijos,
Sonya

Comentários:

SJbabyy:

Amiga, você é um terror. Amei.

SonyaSol:

Minha mãe concorda com você.

SJbabyy:

Mas ela te ama!

SonyaSol:

Haha. Pode me lembrar disso quando ela ficar brava por eu ter tirado 9 e não 10?

SJbabyy:

Suas notas são ótimas! Eu faria qualquer coisa pra tirar 9 na aula do professor Anderson. Eu sofri muito pra tirar 8!

SonyaSol:

"Ótimo" não é "excelente", como minha mãe faz questão de lembrar.

SJbabyy:

Poxa. É... <3

Usuário do LiveJournal: SonyaSol

Postagem privada

10 de junho de 2006

[**Humor:** irritada]

[**Ouvindo agora:** "Escape", Enrique Iglesias]

Não é como se eu tivesse ficado o dia inteiro esperando Coley me mandar mensagem. Seria patético demais, coisa que eu não sou. Até deixei um status superlegal e gentil e, tipo, receptivo. Mas nenhuma notícia dela. Nem uma mensagem na caixa postal.

Quem ela pensa que é, me ignorando assim?

Talvez ela não esteja me ignorando. Talvez ela só tenha esquecido.

Aff. Eu não sou "esquecível". Eu sou o exato oposto!

Não sou?

Será que não mereço uma chance? Eu sei ser uma boa amiga!

Eu estou... tipo... "como assim", sabe?

Na verdade, eu sei a rua onde ela mora. Eu poderia muito bem ir até lá e procurar a bicicleta dela nas garagens.

Mas talvez isso seja exagero. Se ela estiver mesmo me ignorando, seria até humilhante.

Então, não. Nem pensar.

Mas...

E se ela tiver esquecido?

É que ela parecia estar precisando de uma amiga. Não passei meu número só porque ela estava toda molhada e naquela situação constrangedora.

Ela retribuiu meu abraço como se não recebesse um abraço há muito tempo. E foi... Sei lá. Como será que é isso? Minha mãe não é muito fã de abraços, mas Emma é supercarinhosa.

Acho que talvez Coley precise de mim. Sabe, como amiga. E eu sou uma boa amiga. SJ com certeza diria que eu sou uma boa amiga se alguém perguntasse. Brooke... Bem, Brooke tem as questões dela. É que ela está a fim do meu ex. Mas tanto faz.

Vou dar uma passada na rua Cliff's Edge amanhã. Vai dar tudo certo.

Sonya

NOVE

Parece que nunca consigo escapar dele. Já é um novo dia, mas Curtis *continua* em casa, perambulando pela cozinha como se fosse a casa dele. E, beleza, eu sei que é! Eu sei! Mas não sabia que ele passava *tanto tempo* dentro dela. Ele não tem que trabalhar? Não sei direito o que ele faz, mas com certeza precisa ir para algum lugar *fazer alguma coisa*, né?

Desempacotei tudo ontem, então não tenho mais essa desculpa para evitar a presença dele. Que droga! Devia ter deixado metade das caixas para hoje, só por via das dúvidas.

Pensei que ficaria sozinha com mais frequência. Eu sempre ficava com o apartamento só para mim quando minha mãe estava tendo dias bons, trabalhando, saindo com as amigas e até com uns paqueras. Depois, quando os dias bons se tornaram raros, ela começou a passar mais tempo no quarto. Nos dias ruins, eu tinha que pisar em ovos, morrendo de medo de dar um pio, porque qualquer coisinha mínima tirava minha mãe dos eixos. Mas acho que a questão, no fim das contas, era que para ela não eram "coisinhas mínimas". Longe disso.

Queria ter percebido isso. Queria ter visto a situação com mais discernimento.

Mas agora estou aqui com Curtis, pisando em ovos outra vez. É a mesma sensação. O que me faz pensar: será que o problema sou eu?

Saio do quarto e vou buscar café na cozinha. Quando passo pela sala de estar, ele está no sofá.

— Posso fazer alguma coisa para você comer, se quiser — oferece Curtis ao ver a caneca na minha mão.

Depois de algumas refeições duvidosas, acho que é um pouco improvável esperar que ele tenha habilidades culinárias misteriosas que se revelam apenas no café da manhã, então recuso.

— Vou ficar só no café mesmo — respondo. — Não gosto muito de comer de manhã.

— Sério? Acho que você puxou isso de mim.

Quase me engasgo. Não esperava ouvir isso.

— Ah. É, deve ser.

— Quer ver o que estou fazendo? — pergunta ele, acenando para que eu chegue mais perto.

Tem algumas caixas de plástico com divisórias na mesinha de centro. Quando me aproximo, vejo que há vários tipos de pedras preciosas dentro de uma delas e joias prontas em outra.

— O que é isso?

— Meu trabalho.

— Você que fez?

Sou vencida pela curiosidade. Ele *faz joias?* Mas Curtis não usa nenhum acessório! Não o conheço tão bem; na verdade, não o conheço nem um pouco, mas uma coisa é fato: ele não faz o tipo de cara que usa pulseiras com pedrinhas de esmeralda.

— Comecei a fazer joias para poder pagar as contas e trabalhar com música ao mesmo tempo. Acabei entrando nesse ramo quando um amigo conseguiu um bom desconto em algumas pedras. Ele me ensinou o básico e me ajudou a aprimorar minha técnica ao longo dos anos. Minhas primeiras peças eram terríveis — explica ele, rindo.

Nesse momento, sinto um aperto no peito. É a primeira vez que vejo o sorriso de Curtis… e é igualzinho ao meu.

Todo mundo sempre disse que sou a cara da minha mãe: temos os mesmos olhos, mesmo formato de rosto, mesmo nariz pequeno e o mesmo cabelo liso e pesado. Mas o sorriso de Curtis está ali, bem na minha frente. É o *meu* sorriso, e é quase como se ele tivesse roubado de mim uma coisa que eu pensava ser só minha.

— São bonitas — comento, baixinho, apesar de mal conseguir olhar para as joias.

Então *é isso* que ele fez todos esses anos em vez de ser meu pai? Ficou polindo pedraria e derretendo prata feito um ferreiro ou… sei lá. Ele podia ter trabalhado com isso em qualquer lugar no mundo. Podia ter ficado em San Diego, mesmo que não quisesse continuar com minha mãe.

Mas, em vez disso, preferiu ficar nesse fim de mundo repleto de pedras.

— Pode pegar — diz ele, muito empolgado.

Pego um colar só para agradar, porque minha cabeça está em outro lugar.

— Tenho um estúdio na garagem — conta ele. — Posso ensinar você a fazer também.

A corrente escorrega entre meus dedos, e eu viro o pingente de metal liso nas mãos. De repente parece que levei um soco no estômago.

— Esse é um estilo que faço desde que comecei — explica Curtis.

Passo o dedo pelas folhinhas entalhadas com delicadeza na prata que emoldura a pedra olho de tigre.

Conheço de cor cada detalhe daquele pingente. Minha mãe usava um colar igualzinho quando eu era criança. Eu me lembro de ficar segurando o pingente quando ela me colocava para dormir, como se fosse um talismã para afastar os monstros. Em algum momento da minha infância ela parou de usar — acho que nós duas pensamos que os monstros já tinham ido embora. Só fui ver aquele pingente outra vez quando o legista me entregou um saquinho com os itens pessoais da minha mãe. Ela estava usando o colar no dia em que...

Solto a joia, que cai no chão.

— Opa — diz Curtis, se abaixando para pegá-la.

— Preciso ir — respondo, me afastando depressa.

— Coley...

Disparo pelo corredor, desesperada para chegar ao quarto. Bato a porta e penso que queria muito ter uma chave. Curtis não vem atrás de mim. Ainda bem.

A caixinha de joias da minha mãe está bem ali, sobre a cômoda, ao lado dos livros. É pequena e feita de cedro com uma rosa gravada na tampa. Com as mãos tremendo, abro a caixinha, e lá está o saquinho que me deram naquele dia. Dentro dele está o anel de topázio da minha avó, os brincos de argola da minha mãe e o colar que Curtis deve ter feito para ela quando os dois ainda eram um casal.

Despejo o conteúdo do saquinho na mão e tento entender se o fato de ela ter decidido usar o colar naquele dia tem algum significado. Deve ter, né? Penso que talvez eu devesse contar para Curtis, mas não consigo me imaginar fazendo isso, então afasto a ideia.

A campainha toca. Guardo as joias e fecho a caixa, deixando que elas se misturem com minhas gargantilhas e as argolinhas pequenas de ouro branco que minha mãe me deu de presente quando fiz treze anos e ela finalmente me deixou furar as orelhas.

Eu me jogo na cama e tento ignorar as vozes que vêm da sala de estar até perceber que uma delas é feminina. Novamente, a curiosidade fala mais alto. Vou ficar muito brava se ele tiver uma namorada. Já preciso lidar com coisas demais, não preciso de uma pseudomadrasta se metendo na minha vida. Curtis já faz isso muito bem. Abro a porta do quarto, e as vozes ficam mais nítidas quando vou até o corredor. Quando a mulher ri, percebo no mesmo instante que é Sonya. A risada dela já está gravada na minha mente como uma tatuagem. Como o pingente de olho de tigre e as mãos de minha mãe, acariciando meu cabelo depois de um pesadelo.

Sinto meu coração disparar e, quando chego ao cômodo, vejo que ela está rindo de alguma coisa que Curtis falou.

Sonya se vira e me vê.

— *Até que enfim* você apareceu — diz ela da maneira mais natural do mundo, como se a gente se conhecesse desde sempre.

E talvez a gente se conheça mesmo. Essa é a sensação, sem dúvida.

— Vou deixar vocês à vontade — declara Curtis.

— Seu pai faz joias lindas — elogia Sonya.

— Prazer em conhecê-la, Sonya — diz ele, saindo da sala de estar.

Será que se eu trouxer amigos para casa Curtis sai do meu pé? Será que isso é alguma estratégia de psicologia reversa da parte dele? Ou será que estou vendo coisa onde não tem? Ele passa o tempo todo trabalhando, tocando violão ou fazendo joias, então esse tipo de joguinho não deve estar em sua lista de prioridades, que incluem ametistas, palhetas e garantir que a filha que ele está sendo obrigado a tolerar não cause nenhum problema.

— Ele é legal — comenta Sonya.

— Hum. Aham. Por que você veio?

Ela olha para baixo e se abaixa para pegar um colar de pedras azuis e corrente de prata.

— Você não me mandou mensagem — responde ela, encarando a joia em sua mão. — Você prometeu.

— Eu estava ensopada, Sonya.

Ela olha para mim, confusa. Continuo:

— Minhas roupas estavam completamente encharcadas. Lembra? Por causa do Trenton. A tinta da caneta borrou, e só vi quando cheguei em casa. Não consegui ler o que você escreveu e também não me lembrei dos números.

— Ah…

Nós nos encaramos em silêncio. As bochechas dela ficam coradas. Sonya solta uma risadinha meio constrangida — uma risada inédita, diferente da que eu tenho guardada na memória. Quantas será que são? Quanto tempo vou demorar para conhecer todas? Semanas? Meses? Uma vida inteira?

— Olha, *eu* cumpro minhas promessas, srta. Coley.

Não dou risada. Só olho para ela.

— Bom saber.

Ela ri de novo. O mesmo tipo de risada envergonhada.

— Como você é séria, hein?

— Hum…

Posso não saber muita coisa sobre Sonya, mas é óbvio que as pessoas fazem o que ela quer. E tenho certeza de que ela está aqui, na minha casa, porque eu não fiz isso.

Sonya começa a mexer na barra da blusa listrada que está vestindo.

— E aí… O que você quer fazer? — pergunta ela.

Dou de ombros e me jogo no sofá bege de Curtis. É bem feio, mas muito confortável, preciso admitir.

— Você é que apareceu aqui — retruco.

— Porque a gente disse que ia fazer alguma coisa juntas de novo. Lembra? Eu cumpro minhas promessas.

— Exatamente. Estamos "fazendo alguma coisa" agora, não estamos?

Abro os braços e me estico no sofá, enfatizando o que acabei de dizer.

A cara que ela faz é muito engraçada. É tipo incomodar um gatinho muito irritado e fofo.

— Ficar de bobeira em casa não é "fazer alguma coisa", não sem álcool. Anda, vamos — insiste Sonya, estalando os dedos.

Reviro os olhos e fico de pé.

— Qualquer dia você vai estalar os dedos na cara da pessoa errada.

Ela ri.

— Bem, essa pessoa não é você, então tudo bem.

— Vou começar a chamar você de Chefinha — implico, enquanto seguimos em direção à varanda.

— Não cutuque a onça com vara curta, Coley.

— *Raaar.*

Curvo os dedos como se fossem garras e a risada genuína e contagiante de Sonya que já conheço está de volta.

— Você é tão boba — comenta ela, curvando o corpo para pegar a bicicleta cor-de-rosa apoiada numa árvore, perto da minha.

— Olha, pelo jeito os iguais se reconhecem.

Subo na bicicleta e começo a pedalar antes que ela possa responder, morrendo de rir quando ela dá um gritinho e começa a me seguir, o mais rápido que consegue.

— Você nem sabe para onde estamos indo, Coley!

— É melhor você me alcançar, então!

Passo pela rua como se estivesse voando, com os cabelos ao vento. Sei que ele vai ficar cheio de nós depois, mas não ligo. Tudo o que importa é que ela está rindo e está vindo atrás de mim.

DEZ

— O plano é muito simples — começa Sonya.

Acabamos de virar a esquina. Estamos em frente a uma loja de conveniência. Ela continua:

— Essa lojinha tem poucos funcionários. Vou distrair o caixa e você pega o álcool. Vai ser rapidinho. É seguro.

— Você faz isso com frequência? — pergunto, tentando parecer despreocupada, mas sentindo um frio na barriga.

Nunca roubei nada. Nem mesmo doces no supermercado quando era criança.

— Não dá para ter documentos falsos numa cidade onde todo mundo se conhece — explica Sonya, dando de ombros.

— Por isso você e seus amigos estavam com pressa no dia em que a gente se conheceu?

Ela abre um sorriso travesso.

— Eles enganaram o segurança, mas o barman sacou. Nunca mais vou acreditar no Alex quando ele disser que arranjou uma identidade falsa e que "vai dar tudo certo, é garantido". SJ ainda está brava comigo porque foi deixada para trás.

— Quem não ficaria brava se seus amigos fizessem isso?

— Nossa, que maldade — diz Sonya, fazendo beicinho.

— É horrível se sentir deixada para trás — comento, me arrependendo logo em seguida.

Informações demais.

— Ai, minha nossa, quem deixou você para trás? — pergunta ela, num tom divertido e quase sarcástico.

Não consigo responder. Não quero, não agora. Talvez nunca. Sonya inclina a cabeça, envergonhada.

— Que merda — diz ela, parecendo ter entendido a situação. — Quem teria coragem de abandonar você?

É tão espontâneo que chego a pensar que...

Mas não. *Não.* Até parece.

— Beleza — digo. — Então você vai distrair o caixa, eu pego a garrafa. Beleza. Simples. Tranquilo. Vamos nessa.

— Coley...

— Está tudo bem — garanto, apoiando minha bicicleta no mastro da placa da loja.

Decido ignorar a preocupação no rosto dela.

— Você tem razão — prossigo —, não dá para ficar sem ter alguma coisa para beber. Vamos lá.

Sonya me alcança e abre a porta para que eu entre primeiro. Ela ajustar a postura e vai direto para o caixa, e eu sigo para os fundos da loja.

Apesar de eu estar no corredor de bebidas, sentindo o ar gelado dos refrigeradores, minhas mãos estão suando. Esfrego as palmas na calça. Se eu pegar uma garrafa e deixar cair... a gente já era.

Escuto Sonya perguntar ao caixa:

— Poderia me ajudar?

— Do que você precisa? — pergunta ele.

Abro a geladeira e dou uma olhada no vinho e na cerveja. Droga. Eu não perguntei o que ela queria. E se eu escolher errado? Ela vai rir de mim?

— Estou com um pouco de vergonha — diz Sonya. — Mas você tem absorventes? — Ela sussurra a última palavra de um jeito exagerado.

Pego uma garrafa de champanhe, coloco dentro da blusa e vou em direção à saída.

— Estão no corredor sete — responde o caixa.

Sonya joga o cabelo.

— Pode me mostrar onde fica? — pede ela.

Que droga. É o corredor em que estou. Paro e dou meia--volta, fingindo ter me lembrado de alguma coisa em outro corredor. Vou para o lado oposto do caixa e do corredor pelo qual o funcionário e Sonya se aproximam.

— Obrigada, você é muito gentil — diz ela para o caixa, mas olhando para mim.

Entro depressa no corredor cinco prestando atenção em Sonya em vez de olhar para a frente e por um triz não tropeço em uma placa que diz: CUIDADO! PISO MOLHADO.

Meus pés escorregam, e eu paro quase em cima de uma garota que está segurando um esfregão. Seu cabelo loiro está preso em dois coques no topo da cabeça, e ela está usando um headphone. Sua aparência é meio exagerada, mas quanto mais você olha para ela, mais parece combinar. Aperto a garrafa de champanhe com firmeza debaixo do braço. Seu crachá laranja diz: BLAKE.

A garota olha para mim, mascando chiclete. Blake tem um olhar aéreo, então chego à conclusão de que ela só pode estar chapada.

Que droga. Por que deixei Sonya me convencer a fazer isso?

— Estava procurando... — Olho em volta, estendendo a mão livre para uma prateleira sem pensar direito. Pego um pacote qualquer e o seguro contra o corpo. — Isso aqui. Pronto.

— Hummm. Picante.

— O quê?

— É apimentado — comenta Blake, com um gesto de cabeça para o pacote que estou segurando.

Olho para baixo. Cheetos. Ela está falando do Cheetos.

— Aham — respondo. — Bem, vou indo.

— É gostoso.

— Sim, é mesmo — concordo, passando por ela e indo até o caixa, que já retomou o posto depois de ajudar Sonya.

Jogo uma nota de cinco dólares no balcão para pagar pelo Cheetos e saio depressa, sem esperar pelo troco, morrendo de medo de alguma outra coisa dar errado. Atravesso o estacionamento e, por um momento, tenho a impressão de que vou vomitar. Eu me sinto em uma montanha-russa, com a adrenalina nas alturas. Mas a empolgação começa a se evaporar quando percebo que Sonya não está em lugar algum. Ela não está me esperando perto das bicicletas nem na calçada do outro lado da rua. Sonya sumiu.

Olho em volta, e parece que o mundo está girando rápido demais. Começo a voltar para a loja de conveniência, indo em direção às lixeiras... Será que ela...

Quem teria coragem de deixar você?

— Buuu!

Quase derrubo a porcaria do champanhe quando ela pula de trás da lixeira. Sonya gargalha com meu susto.

— Gente, a cara que você fez!

Ela bate nas coxas, gargalhando.

— Você... — começo, mas, antes que eu possa dizer mais uma palavra, ela segura minha mão, e eu fico em silêncio.

Tudo o que sinto é o calor da pele dela contra a minha, suave e macia. De alguma forma, percebo que ela tem um cheirinho cítrico e suave.

— Vamos embora, lesminha — diz ela.

Sonya me puxa, e eu não consigo resistir. Não consigo e também *não quero* resistir.

Andar ao lado de Sonya me faz sentir que estou flutuando. Damos a volta na loja de conveniência, depois pegamos o caminho coberto por grama e em seguida entramos num trecho cheio de árvores, e a sombra delas tinge minha pele de um tom mais escuro enquanto avançamos. Aqui as árvores são tão altas e densas que o ar fica mais fresco. Então o trecho arborizado termina, e é como se entrássemos num mundo paralelo quando a sombra acaba e estamos outra vez sob o sol quente, agora nos trilhos do trem.

Solto um suspiro, impressionada.

Os trilhos parecem muito maiores assim, de perto. Sonya começa a andar sobre eles, e eu decido acompanhá-la; é como uma prova de equilíbrio.

— Em San Diego também tem trens — observa Sonya.

— Não desse jeito, no meio das árvores.

— Onde mais a gente ia colocar? — pergunta ela.

Sonya abre os braços em um movimento leve como uma pluma, se equilibrando com passos de bailarina sobre as barras de metal. Seu cabelo balança ao vento, e eu percebo que estou hipnotizada com a silhueta dela contra o céu azul e a luz dourada do sol.

— A gente vai seguir esses trilhos até algum lugar específico? — pergunto.

Ela estende a mão, e eu entrego o champanhe. Quando Sonya abre a garrafa, a bebida efervescente transborda.

— Droga — resmunga ela, levando a mão à boca e lambendo os dedos.

Olho para baixo assim que vejo sua língua vermelha, na tentativa de amenizar a pressão que estou sentindo no peito, um sentimento esmagador que não sei se consigo controlar.

— Quer? — pergunta ela. — Vamos trocar.

Entrego o Cheetos para Sonya e pego a garrafa, tomando cuidado para que nossos dedos não se toquem. Acho que eu não aguentaria se isso acontecesse.

Tomo um gole, tentando me acalmar. Mas nada acontece. Meu coração só começa a acelerar ainda mais.

— Seu pai parece legal — comenta Sonya. — Meio roqueiro, com pinta de artista. Ele tem *muitas* tatuagens. Minha mãe ficaria horrorizada.

Ela sorri, como se realmente gostasse da ideia de ver a mãe horrorizada.

— É, talvez.

Eu tomo outro gole.

— Talvez o quê? Talvez ele seja legal ou talvez ele tenha pinta de artista?

— Os dois.

Sonya para, se equilibrando sobre os trilhos.

— Como assim?

— Eu e Curtis... a gente não se conhece muito bem.

— Entendi — responde ela. — Vocês tinham um esquema, tipo, ficar com o pai dois fins de semana por mês e metade das férias? É assim com meu pai também.

— Não.

— Como era, então?

Olho para baixo e sinto minhas bochechas ficando quentes.

— Está me entrevistando?

— Só estou curiosa. Tipo... É assim que as pessoas ficam amigas, não é? Elas perguntam coisas umas para as outras. E compartilham experiências. Já falei sobre o meu pai.

Sonya pega o champanhe da minha mão e dá um longo gole.

— Ou você não quer ser minha amiga? — questiona ela.

Apenas encaro Sonya, tentando entender aonde ela está tentando chegar.

— O que foi? — pergunta ela, inquieta com o meu silêncio. — Você não pode simplesmente ficar me olhando assim e...

— E o quê? — pergunto. — E não fazer tudo o que você quer?

Ela morde o lábio.

— Não quero parecer convencida, mas em geral eu consigo perceber quando alguém gosta de mim. Mas você…

— Eu…?

— Você não faz sentido! E isso me deixa perdida! Não sei o que fazer quando estou perto de você.

— Não precisa fazer nada — sugiro. — Pode só ser você mesma. Às vezes parece um pouco que você está fingindo.

— Como assim?

— Tenho a impressão de que você fala o que acha que as pessoas querem ouvir em vez de falar o que realmente pensa.

Sonya mexe no cabelo, rindo de um jeito nervoso.

— Você está me julgando sem nem me conhecer.

— Como vou te conhecer se você não for sincera?

Ela parece surpresa e fica um pouco boquiaberta diante da pergunta.

— Eu… — Ela não termina a frase. — Caramba, Coley — resmunga ela, baixinho. — Mas posso dizer o mesmo sobre você, no fim das contas.

Então decido me abrir um pouco também:

— O lance com o Curtis não era, tipo, "vou para a casa do meu pai nos fins de semana". Eu não o via desde que eu tinha três anos.

Sonya franze o cenho, com uma expressão gentil.

— Caramba. Que pesado.

— Pois é — concordo.

Já sei que agora ela vai perguntar por que estou morando com meu pai se ele nunca quis saber de mim, mas Sonya não faz isso, talvez percebendo que eu não lidaria bem com o assunto.

— Obrigada por me contar — diz ela. — Meus pais também se separaram quando eu era pequena. Foi uma droga no começo.

— Só no começo?

— Bem, depois minha mãe conheceu meu padrasto e ficou um pouco mais tranquila. Repito, *um pouco.* E eles tiveram Emma, minha irmã. Ela tem oito anos e é um amorzinho, apesar de minha mãe dizer que isso não vai durar muito se ela continuar me idolatrando.

Faço uma careta.

— Isso é meio maldoso.

Sonya dá de ombros.

— Passo longe de ser um amorzinho.

— Você foi um amorzinho comigo quando eu estava chorando.

Fico vermelha assim que as palavras saem da minha boca. *Por quê, Coley? Por que você foi dizer isso?*

— Você acha? — indaga Sonya, curiosa. — Eu meio que fiz você chorar.

Estendo a mão para pegar o pacote de Cheetos e, dessa vez, nossos dedos se tocam. Deixo que o toque aconteça em vez de tirar a mão depressa. Sinto calafrios sutis percorrerem todo o meu corpo. Ela sente isso também? Será que estou ficando maluca? Não acho que seja o caso.

— Não foi você — comento. — Foi só... aquele dia inteiro. — Foi mais do que o dia, foi o ano como um todo. Mas eu não vou entrar nesse assunto. — A menos que isso aconteça sempre com você. É comum você querer ficar amiga das pessoas depois de quase atropelar elas?

— Não. Com você foi especial — retruca ela.

Não consigo conter uma risada. Sonya ri também e me dá um empurrãozinho com o quadril antes de voltar a caminhar pelos trilhos. Meu coração dispara com tanta violência que meu corpo inteiro vibra como se o trem estivesse se aproximando.

— Ah, droga, que horas são? — pergunta Sonya, me entregando a garrafa de champanhe e pegando o celular no bolso.

— Está atrasada para alguma coisa?

— Tenho que cuidar da Emma hoje à tarde.

— Ah, beleza… — respondo, tentando não parecer chateada com a informação. — Tudo bem, eu volto para casa sozinha.

— Não! Vamos comigo!

Hesito.

— Não, não pre…

— Sério, vem me fazer companhia. A única coisa que Emma faz é assistir ao filme *A história sem fim* sem parar. Ela vê, tipo, umas três vezes por dia. Acho que já decorei todas as falas. Por favor, me salve desse destino terrível!

Ela une as mãos em um gesto de súplica, e eu reviro os olhos.

— Tá bom — digo. — Eu vou.

ONZE

Quando Sonya para em frente à casa dela, tento esconder minha surpresa, mas, caramba, a casa é *enorme*. Parece que saiu de um filme, com seu gramado extenso e bem-cuidado, paredes branquinhas e uma porta verde adornada com uma guirlanda de flores.

Sonya larga a bicicleta na grama verdejante e vai andando em direção à casa, e eu corro para acompanhar.

Tudo é ainda mais bonito lá dentro, com uma escada grande e móveis antigos de madeira maciça. Aqueles móveis não são do tipo que se compra, mas do tipo que se herda. Tem até um lustre no hall.

— Sonya, é você? — pergunta uma voz feminina, vinda de outro cômodo. — Até que enfim! Olha, você sempre me atrasa. — A mulher entra na sala de estar com o sapato de salto alto ressoando no chão. Assim que olha para Sonya, diz: — Nossa, que roupas são essas? Compro tantas roupas bonitas e você insiste em usar esses trapos…

Quando nota minha presença, a mulher congela no lugar. A decepção no rosto da mãe de Sonya dá lugar a um sorriso iluminado em uma fração de segundo.

— Você trouxe uma amiga?

— Essa é a Coley.

— Muito prazer, Coley. Meu nome é Tracy. Que casaco bonitinho, o seu.

Ela me olha da cabeça aos pés de um jeito que deixa evidente que pensa o exato oposto do que está dizendo.

Cerro os punhos por baixo das mangas da jaqueta que pertencia à minha mãe.

— Obrigada.

— Vou demorar — avisa ela para Sonya. — Sua irmã está na toca. Deixei dinheiro para o jantar na porta da geladeira. Até mais tarde, meninas.

Tracy pega a bolsa e vai embora.

— Ela vai para um encontro de mulheres ou alguma coisa assim. Acho que é beneficente — explica Sonya, me chamando com um gesto para ir até a sala de estar. — Meu padrasto está viajando, então preciso cuidar da Emma.

Vejo um decantador de cristal e alguns misturadores sobre um armário espelhado. Sonya para diante do móvel, tira um grampo do cabelo e começa a cutucar a fechadura.

— É sério que você está...?

Não consigo terminar a pergunta, porque Sonya já abriu o armário com a facilidade de um especialista.

— Sou uma caixinha de surpresas — solta ela, sorrindo para mim por cima do ombro.

Sonya pega uma garrafa e tranca o armário.

— Eles não vão sentir falta desse aqui — declara ela. — É um vinho de ameixa que ganharam de presente um milhão de anos atrás.

— Se você diz.

Ela pega duas taças da bandeja em cima do armário.

— Vem, vamos ver o que a Emma está fazendo.

Acompanho Sonya pela casa. Em todos os cantos tem algum objeto chique e muito fácil de quebrar, o que me faz grudar os braços ao corpo e pensar em nunca, jamais entrar num lugar assim com mochila, porque eu com certeza derrubaria algo sem querer.

A "toca" é uma espécie de sala de cinema enorme. A maior TV que já vi está centralizada na parede e há alguns sofás de veludo branco com almofadas aconchegantes espalhadas pelo ambiente. Uma menina está sentada de frente para a TV, vendo *A história sem fim* enrolada em uma manta.

— Emma, dá um oi para minha amiga Coley — pede Sonya, se acomodando no sofá e se servindo do vinho.

Ela me passa uma das taças de cristal, e eu me sento ao lado dela.

— Oi, Emma.

— Oi!

Emma acena e volta a assistir ao filme no mesmo segundo.

— Quantas vezes você já viu isso hoje? — pergunta Sonya.

— Só essa — responde Emma.

— Está mentindo?

— Talvez — responde Emma, cabisbaixa.

Sonya ri.

— Precisa ser mais convincente, hein? Eu percebi a mentira na hora.

Emma fica em silêncio, hipnotizada pela tela.

— Que mau exemplo — comento.

— Só estou preparando minha irmã para uma vida com minha mãe — responde Sonya.

Eu me acomodo no sofá e dou golinhos curtos no vinho. É tão doce que preciso tomar aos poucos; o sabor da ameixa e das especiarias é quase enjoativo, e dá para sentir o cheiro da bebida no ar.

Não sei como fazer isso. Não sei como… estar aqui. Simplesmente *estar aqui*. Respirar ao lado dela é difícil porque tenho a impressão de que vou derreter toda vez que Sonya se mexe um pouquinho.

Ela não está sentindo as mesmas coisas que eu. Não é possível que esteja. Só está prestando atenção ao filme com a mão aberta sobre o sofá, pousada no espaço entre a gente, como se isso não fosse a tentação de um desafio e o despertar de um desejo enlouquecedor.

Sonya tamborila no sofá, suaves *tap, tap, tap,* e eu fico vidrada naquele tique em vez de olhar para a TV. O que ela faria se eu estendesse minha mão e interrompesse aquele movimento inquieto? Será que ela reagiria bem, como fez no lago, me abraçando como se já estivesse esperando aquilo?

Quero descobrir. Quero tanto que sinto a boca ficar seca. Passo os dedos pela gargantilha, que de repente parece muito apertada. Tento me lembrar de como respirar. Estou dando na cara. Será que ela percebeu? Meu Deus, por favor, espero que ela nunca perceba.

Mas então Sonya olha para mim. Ela sorri com uma expressão maliciosa enquanto bebe o vinho e, de repente, tudo o que consigo pensar é: *Por favor, por favor, espero que ela perceba.*

Por favor, que a mão dela toque a minha.

Ela toca.

Por favor, que o dedo mindinho dela se entrelace com o meu, como se estivéssemos fazendo uma promessa silenciosa. Só eu e ela.

Isso acontece.

Por favor, que ela incline o corpo, que seu cabelo escorra para a frente, que seus olhos encarem nossas mãos como se ela estivesse lendo meus pensamentos.

— Vamos para o meu quarto — sussurra Sonya.

Pensar no quarto dela, nos lençóis macios, naquele espaço sagrado... no lugar em que ela fica completamente... De repente, fico muito consciente de todas as partes do meu corpo. Sonya é uma camaleoa, e quero ver quem ela é de verdade. Já tive um vislumbre, então sei que vou reconhecê-la... se ela se mostrar para mim.

Sigo Sonya pela escada e depois até o fim do corredor, até que ela empurra uma porta à direita.

— Chegamos — anuncia ela com um sorriso nervoso.

Como o restante da casa, o quarto é grande. Não sei o que estava esperando, mas definitivamente não era uma cama com dossel e lençóis rosa-bebê. A mesa no canto tem mais a cara dela: canetas com pompom e uma pilha de DVDs equilibrada de um jeito duvidoso. Reparo em um par de sapatilhas de dança penduradas pelos cadarços no encosto da cadeira e papéis dobrados em triângulos espalhados pela mesa.

Reconheço os papéis: é uma brincadeira que as garotas populares faziam na minha antiga escola, trocando segredos em cada dobradura. Não faço a mínima ideia de como dobrar um desse jeito; será que é um pré-requisito para ser a *garota do momento?* Ou elas simplesmente nascem com esse tipo de conhecimento? Pequenos papéis dobrados com perfeição para caber em bolsos rasos, além de jogadas de cabelo que fazem qualquer um se sentir como se tivesse levado um soco no estômago. E ainda sorrisos que dizem: *Estou te vendo.*

Eu me viro e dou uma olhada na parede do outro lado. Há uma estante instalada ali que vai do chão até o teto e está recheada de troféus.

— Aff — resmunga Sonya, jogando o celular na cama.

O aparelho escorrega e vem parar perto dos meus pés. No visor, vejo a mensagem:

— Garotos são tão idiotas, né? — pergunta ela, olhando para o celular.

Não sei o que dizer, então fico em silêncio. Não sei se concordo ou não.

Sonya se joga na cama, bem ao lado de onde estou, e seu cabelo se espalha como um leque pelo cobertor. Ela está tão perto que eu poderia encostar no cabelo dela. Eu me esforço para não fazer isso, ainda que meus dedos estejam formigando e minha cabeça esteja cheia de perguntas: como seria colocar o cabelo dela atrás da orelha? Será que meus dedos encostariam no brinco dela? São pequenas bolinhas brilhantes que agora, depois de ter conhecido a casa de Sonya, suspeito serem diamantes.

— O que achou do meu quarto, Coley?

— Você se preocupa mesmo com a minha opinião, hein?

Eu me deito ao lado dela na cama e me questiono se, caso nossos braços se tocassem, ela pensaria que foi de propósito.

— Não deveria, né? Ainda nem vi *seu* quarto. Vai que você tem mau gosto?

— Meu gosto é excelente, para a sua informação — respondo. — Mas meu quarto até ontem se resumia a um monte de caixas, e agora o único móvel é uma cômoda terrível que Curtis comprou, além de uma mesa de metal que parece ser da década de 1950.

— Seu pai tinha que estar se esforçando mais para fazer você se sentir em casa — diz ela, franzindo o cenho.

Sonya olha para mim e, caramba, a gente está *tão perto.* Eu não deveria estar deitada assim ao lado dela.

— Curtis ainda não sabe como ser pai — respondo.

Ela fica toda bravinha. É fofo, na verdade. Pessoas que tiveram um bom pai ou um bom padrasto sempre reagem assim, e parece que Sonya teve os dois. Deve ser difícil imaginar a vida sem uma rede de apoio quando você sempre teve uma.

— Bem, ele que *aprenda*.

— Não estou muito a fim de falar disso — comento.

Sonya felizmente abandona o assunto.

— Seu quarto é legal — continuo. — Adorei os prêmios naquela parede ali.

Ergo o corpo e me apoio nos cotovelos para dar uma olhada na parede cheia de troféus de ouro e prata. Vários têm gravuras de dançarinas.

— Então você é bailarina? — pergunto.

— Faço dança competitiva.

— Qual é a diferença?

Sonya arqueia a sobrancelha como se achasse que estou sendo sarcástica.

— Não, é sério! Eu não sei — digo.

— Olha, para começo de conversa, quer dizer que danço para vencer. E eu venço... com certa frequência — explica ela, sem o menor vestígio de falsa modéstia. — Mas não sou bailarina. Eu danço várias coisas diferentes.

— Então você é multifacetada.

Ela sorri.

— Nunca tinham me dito algo assim antes.

— Parece mais difícil do que só focar em uma área.

— Acho que sim — diz Sonya. — Algumas das garotas com quem fiz aula quando eu era mais nova acabaram preferindo o balé.

— Você não quis?

Sonya dá de ombros.

— Minha mãe preferiu isso.

— E você?

Ela ri. É uma risada nervosa que já vi antes.

— Eu gosto de ser a melhor.

— Me mostra?

Sonya franze o cenho ainda mais. Ela fica muito bonitinha quando está confusa.

— Você quer me ver dançar?

— Nunca vi uma dança competitiva — respondo, tentando manter uma expressão neutra. — Como vou saber a diferença entre dança competitiva e dança comum se você não me mostrar?

— Você está me zoando — diz ela, abrindo um sorrisinho, desconfiada.

Sorrio também.

— Um pouco. Mas isso não quer dizer que eu não queira ver você dançar. Ver como foi que você ganhou essa parede de troféus.

— Idiota — diz ela, mostrando a língua. Feito uma idiota.

— Vamos! — insisto, só para implicar. — Me ensina a fazer piruetas!

Eu me sento e levanto os braços acima da cabeça, e Sonya morre de rir quando me balanço para a frente e para trás.

— Tá, beleza, vou fazer um dos meus solos. Só para você sossegar.

— Vitória! — exclamo, batendo palmas.

Ela me olha de maneira afetuosa e exasperada, o que faz com que eu me sinta como se estivesse comendo chocolate derretido, apreciando o sabor intenso e doce demais que gruda em cada parte do meu corpo.

— Esse solo foi bem legal, na verdade — diz ela, procurando no porta-CDs pelo álbum certo. — Eu tinha acabado de aprender a dar três piruetas em sequência, e foi especial porque fui a primeira a aprender na minha equipe.

— São *equipes?* — pergunto, surpresa.

— É *dança competitiva,* Coley. Com quem você acha que eu estava competindo quando ganhei aqueles troféus?

— Entendi.

Sonya pega um CD, coloca no aparelho de som e aperta play. Ela chuta uma pilha de roupas sujas no chão para o lado, abrindo espaço para criar uma pista de dança improvisada. A música começa a tocar; notas de piano invadem o quarto, mas ela fica imóvel diante de mim e fecha os olhos.

— Não vou conseguir dançar se você ficar me julgando — diz ela.

— Não estou julgando — comento.

E não estou mesmo. Não sei nada sobre dança, não sei nem o que é um *jeté*. A única coisa que importa é ver Sonya. Por isso estou aqui. Por isso deixo essa garota me tirar de casa, me fazer roubar champanhe, andar pelos trilhos de trem e depois vir até seu quarto.

Sonya começa a se mexer no ritmo da música; seu corpo oscila, se curva, e ela rodopia pelo quarto, erguendo a perna em uma altura extraordinária. Como ela consegue ser tão flexível? Sinto minhas pernas doerem só de ver esse passo.

O cabelo dela se agita no ar, e ela gira a cabeça, levantando os braços e a perna no movimento que antecede a famosa pirueta tripla. Ela gira uma, duas vezes...

Bum.

Sonya bate o cotovelo na estante, e os troféus balançam. Um deles cai e vai parar no chão. Sonya para de dançar e segura o cotovelo, tentando disfarçar que está com vergonha, mas seu rosto ruboriza.

— *Droga* — murmura ela, ficando cada vez mais vermelha.

— Caramba, você se machucou?

Fico de pé e vou até ela depressa.

Sem pensar muito, seguro Sonya pelo outro braço e a puxo para longe dos troféus, que ainda estão balançando.

— Estou bem — responde ela, mas a voz embargada indica exatamente o contrário.

— Você é muito boa — elogio.

— Droga — murmura ela outra vez. — Meu cotovelo.

— Quer gelo?

Sonya balança a cabeça. As bochechas dela ainda estão muito coradas, e só consigo pensar que não quero que ela se sinta assim. Decido fazer uma piadinha para aliviar a situação.

— Muito obrigada, *grande campeã de dança competitiva,* por me mostrar uma dança tão *competitiva.* Agora eu sei a diferença entre essa modalidade e uma dança comum.

— Ei! Eu ganhei com essa música.

Está funcionando.

— Não tenho dúvidas — implico.

Ela tenta disfarçar um sorriso.

— Ah, é? Então dance você.

— Eu? — Finjo surpresa exagerada e levo uma mão ao peito. — Mas eu não tenho nenhum troféu, nenhum título! Vocês ganham algum título na dança competitiva? Ou, sei lá, uma faixa? Você é rainha de alguma coisa?

Ela ri.

— Se quer me zoar, vai ter que fazer melhor.

— Combinado — respondo, mordendo a isca. — Beleza. Escolhe uma música. — Balanço os ombros para me aquecer e continuo: — Tem que ser alguma coisa bem triste, bem chorosa e sombria.

— Como você?

— Ahhhh... Cutucando a onça, hein?

Sonya faz um movimento de garra com as unhas roxas e azuis. Dou uma risada triunfante. Sonya se abaixa, pega o porta-CDs e, depois de analisar alguns álbuns, abre um sorriso malicioso.

— Já sei qual é a música *perfeita.*

Ela troca o CD e aperta play. De repente os vocais melodramáticos de Imogen Heap ressoam pelo quarto.

Eu me posiciono na frente da cama e olho fixamente para Sonya.

— Então, esse passo foi bem importante — digo, brincando. — Fui a primeira da equipe a erguer os braços assim.

Arremesso os braços em um gesto teatral em direção ao teto e agito os dedos de um jeito frenético. Sonya solta uma gargalhada, colocando a mão sobre a barriga, se contorcendo de tanto rir. Nunca experimentei uma sensação de glória tão intensa quanto essa.

— E aí eu inventei esse passo na competição...

Começo a bater os braços de um jeito desajeitado, como se eu fosse um filhote de pássaro aprendendo a voar.

— Meus treinadores ficaram *chocados* com a beleza da minha coreografia, ela foi até comparada com as coreografias de *O lago dos cisnes*.

— Coley, para, *para! Eu vou passar mal!* — pede ela, rindo ainda mais.

Eu me jogo no chão, coloco uma das mãos na altura do peito e vou me arrastando de joelhos até a cama, onde Sonya está.

— Tenho que fechar com chave de ouro — digo, por fim.

Sonya cobre a boca com a mão em meio a risadas histéricas e levemente embriagadas. Em seguida, dá um soluço e arregala os olhos.

— Espera, eu já volto — solta ela, esbaforida, saindo do quarto às pressas.

Droga. Dou uma olhada na garrafa de vinho de ameixa que ela deixou sobre a cômoda. De repente fico aliviada por só ter tomado uns golinhos. Fico de pé, vou até a porta e espio o corredor, me perguntando em que direção Sonya teria ido. Deduzo que ela foi para a direita e vou também.

— Sonya? — chamo, baixinho, mas ninguém responde.

As paredes do corredor estão repletas de porta-retratos. É como uma galeria selecionada com cuidado, tão perfeita que parece ter saído de uma revista. Vejo fotos em preto e branco muito bonitas da família de Sonya e um retrato glamoroso dos anos 1960 que deve ser da avó dela; a mulher está usando um delineador marcado como o da Elizabeth Taylor. Observo também várias fotografias do casamento da mãe de Sonya com o padrasto, seguidas de fotos de maternidade e de Emma e Sonya quando eram bebês. Mais adiante, há uma foto da família inteira na Disney, depois outra da avó de Sonya, agora ao lado da família e de cabelos brancos, mas ainda com o delineador marcado. E, por fim, algo que me fez ficar parada por um momento: várias fotos da vida escolar de Sonya.

É como uma linha do tempo da vida dela que vai desde o jardim de infância, quando ela era uma garotinha que usava maria-chiquinha, até os dias de campeã imbatível de dança competitiva. A última foto deve ser recente: ela está igualzinha ao que é agora, com o cabelo um pouco mais comprido, talvez. Ela olha para algum ponto longe da câmera, posando encostada em uma árvore e usando roupas que não têm *nada a ver* com ela: um suéter branco de tricô e calça jeans escura. Seu cabelo estava preso com uma faixa. Sonya está posando para a foto com uma expressão pensativa, mas, apesar disso, está muito distante. Seus olhos não estão brilhando como agora há pouco, por exemplo, enquanto ela tentava conter a risada. O momento em que ela baixou a guarda... o momento em que ela me deixou entrar em sua bolha impenetrável... Acho que *aquela* garota era a Sonya de verdade. Ou talvez eu só esteja torcendo muito para que seja o caso.

Então por que fui a única a perceber? Todo o lance com a Sonya me faz pensar em um truque de cartas. Alguém coloca três cartas na mesa. Fico de olho na carta da esquerda. Dama de Copas. Mistura. Mistura. Troca de lugar. Onde a carta está agora?

Eu sempre escolho a opção errada. Mas hoje, de alguma forma, escolhi a certa. Vi quem Sonya realmente é.

Mas ela fugiu.

Onde ela está?

Eu me viro para seguir a direção oposta e quase trombo com Emma, que aparece do nada com um pacote de batata chips nas mãos.

— Oi — diz ela.

— Viu sua irmã? — pergunto.

— Ela está no banheiro — responde Emma, apontando para uma porta atrás dela no corredor.

— Obrigada. — Hesito. — Você precisa de ajuda com alguma coisa?

Emma balança a cabeça.

— Beleza — digo.

Passo por Emma e vou em direção à porta que ela me mostrou. Está fechada, e a luz lá dentro está acesa. Bato devagar.

— Sonya?

Silêncio. De repente, ouço um ruído suave.

— Você está bem? — indago.

Mais silêncio.

— Aham — responde ele, enfim. — É que... estou passando um pouco mal. Misturar champanhe e Cheetos não foi uma boa ideia.

— O vinho também não deve ter ajudado — acrescento.

— Eu nunca passo mal com vinho — insiste ela, com uma voz triste e abafada. — Eu... Me desculpe...

— Não precisa pedir desculpa, não tem problema nenhum — digo, tentando tranquilizá-la. — Você quer alguma coisa?

— Não, não! — responde ela depressa, como se estivesse com medo de que eu fosse entrar lá. — Está tudo bem. Vou ficar bem. Mando mensagem depois, tá bem?

— Aham — respondo. — Beleza.

Mordo o lábio. Deixar Sonya lá não parece a coisa certa a se fazer. Vou para o quarto pegar minha jaqueta e, por um segundo, fico no quarto dela, sozinha, observando todos aqueles troféus. Se eu não estivesse encarando os troféus, estaria encarando a cama, o que seria...

Melhor não, Coley.

Levo a garrafa de água que estava na cômoda para a mesa de cabeceira, depois pego um bloquinho de post-it e uma caneta que estava na escrivaninha e escrevo:

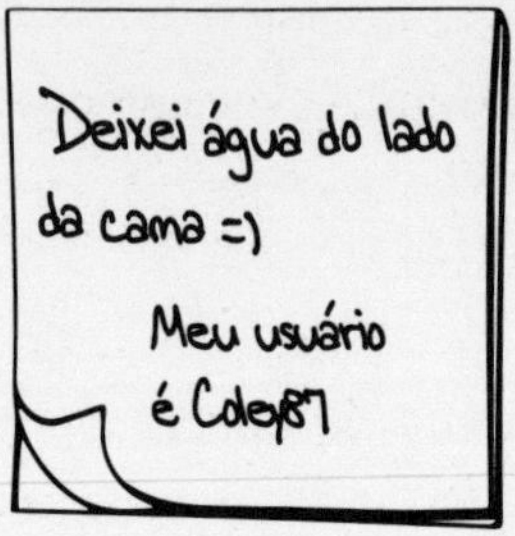

Quando passo pelo banheiro, quase bato na porta outra vez, mas consigo ouvir Sonya vomitando e não quero incomodá-la, então só passo o post-it por baixo da porta e desço as escadas para ir embora.

Quando passo pela toca, Emma ainda está sentada lá, hipnotizada por *A história sem fim*.

— Tchau, Emma.

— Tchau — responde ela.

Já estou no meio do quarteirão quando percebo que trouxe o bloco de post-its comigo. Guardo o pacotinho no bolso e fico sentindo minha mão quente por todo o caminho, como se apenas tocar algo de Sonya me aquecesse por dentro.

DOZE

— É você, Coley? — grita Curtis, assim que entro em casa.

— Não, é um ladrão entrando na sua casa para roubar todas as suas pedras preciosas — respondo, em um tom alto.

Há uma pausa, e sinto um frio na barriga, com medo de ter exagerado na brincadeira. Mas, de repente, uma risada grave vem da sala.

— Elas não valem tanto assim — devolve ele. — Ainda tem um pouco de comida, se quiser. Não sabia que horas você ia voltar.

Suspiro e vou até a sala de estar. Ele está sentado no sofá, vendo TV.

— Você vai me dizer a hora em que devo voltar para casa?

— Não — responde ele, parecendo horrorizado. — Eu deveria fazer isso?

A pergunta parece ser para mim e para ele mesmo. Ou talvez Curtis esteja perguntando para alguma entidade da parentalidade que ele está tentando evocar para ser agraciado com conhecimento. Fala sério! Vai ler um livro, cara. O que não é falta é gente por aí escrevendo sobre o assunto. Tem mães e pais ruins demais no mundo para que isso não seja uma oportunidade de negócio.

— Comprei um celular novo para você — anuncia ele, apontando para um aparelho em cima da mesa de centro. — Talvez não seja uma boa ideia nadar com ele.

— Obrigada. Posso te pagar de volta…

— Coley — interrompe ele, suavemente. — Não precisa.

— Eu vou arranjar um emprego — insisto. — Ajudar nas contas…

— Você vai começar em uma escola nova em breve. Esse deve ser seu foco.

— Você nem sabe se minhas notas são boas — murmuro.

— Mas você pode me contar — sugere ele, se ajeitando no sofá e abrindo espaço para mim.

Por alguma razão, eu começo a me aproximar, mas percebo que Curtis fica um pouco perplexo.

— O que foi? — pergunto, olhando para trás.

Não tem nada atrás de mim. Será que é algo no meu rosto?

— Sua jaqueta — responde ele, com a voz embargada de repente.

— O que tem? — questiono, segurando a peça contra o corpo.

— Onde encontrou?

Umedeço os lábios.

— Era da minha mãe.

Não sei se já disse "mãe" em voz alta desde que cheguei aqui. A palavra tem um sabor estranho na boca, como se eu tivesse esquecido como era quando eu a falava várias vezes por dia. Será que, um dia, vou me esquecer completamente de como era ter uma mãe?

— Sim, eu sei — diz ele, abrindo um sorriso que ilumina seu rosto cansado. — Eu emprestei para ela anos atrás e ela nunca devolveu. Dizia que ficava melhor nela do que em mim.

O sorriso de Curtis cresce, como se alimentado por lembranças das quais não faço parte. Por um instante, sinto que o odeio por ter tido tantas partes de minha mãe que eu nunca vou conhecer. A jaqueta era *minha*. Minha e dela. Uma maneira de continuar com ela ainda que ela não pudesse continuar comigo.

Agora preciso compartilhar até isso com ele? Curtis estragou tudo.

Ele parece perceber minha reação e, sem saber o que dizer, passa a mão no rosto com a barba por fazer.

— Fica muito bonita em você — comenta ele, por fim.

— Estou sem fome — declaro, ficando de pé. — E muito cansada. Acho que vou...

Não me dou ao trabalho de concluir a frase e vou para o quarto. Não vale a pena. Nada disso vale a pena. É só uma situação que vou ter que tolerar: morar com ele e sobreviver à escola até completar a maioridade e poder dar o fora.

Uma voz em minha cabeça pergunta: *E depois, o que vai acontecer?* E depois? Depois vou ficar sozinha, sem família, sem amigos e sem ajuda. Sem nada.

Eu me deito na cama e nem me esforço para conter as lágrimas que caem pelo canto dos meus olhos. Seguro a barra das mangas da jaqueta e penso que não é de se surpreender que a peça seja tão grande, já que pertenceu a Curtis um dia.

Para o bem ou para o mal, estou em família, mas essa constatação só me deixa pior. Porque não é verdadeiro. Sei que as coisas que Curtis está tentando fazer não são verdadeiras. Eu pensava que o que eu tinha com a minha mãe era genuíno, mas agora não sei mais.

Eu me lembro das fotografias nas paredes da casa de Sonya. Penso em como nunca vou ter nada parecido. Não é preciso saber como é ter uma família para poder construir uma? Eu já fiz parte de uma dupla. Uma dupla imbatível, como minha mãe dizia. Éramos nós duas contra o mundo. Mas não consigo me lembrar de como é ser parte de uma unidade: dois pais, filhos, uma casa e fotos na parede que acompanham uma vida inteira — todas as ramificações de uma vida que de fato formam uma árvore, como um organismo vivo que garante que você nunca vai se sentir sozinho.

Algumas vezes penso que foi isso que matou minha mãe. A solidão. Sei que não é tão simples assim, sei que é complicado, que a dor é complexa.

Mas a solidão corrói por dentro. É como um animal encurralado que não consegue fazer nada além de seguir o próprio instinto. Ainda que você saiba como as coisas funcionam, ainda que você saiba quem é e qual é seu valor, a solidão pode te devorar de dentro para fora até não sobrar mais nada.

Às vezes fico com medo de me perder também.

Ou de nem sequer chegar perto de me encontrar.

TREZE

Usuário do LiveJournal: SonyaSol
Postagem pública
13 de junho de 2006

[**Humor:** poética]
[**Ouvindo agora:** "Lover's Spit", Broken Social Scene]

post-it

papel quadrado
repleto de você e eu
segredo nosso

QUATORZE

O que isso significa?

Só consigo pensar nisso. Sem parar. Não paro de pensar nos poucos versos do poema de Sonya que decorei assim que o li pela primeira vez.

O que ela quer dizer?

Já está tarde. O silêncio na casa me deixa muito mais calma, como se eu finalmente pudesse relaxar. Curtis foi dormir faz pelo menos uma hora. A luz do meu quarto está apagada, então, caso ele acorde e queira falar comigo, vai pensar que estou dormindo e mudar de ideia. Mas estou acordada, sentada em frente ao computador, lendo o LiveJournal de Sonya. A luz do monitor ilumina levemente o quarto.

Não li muitas postagens antigas dela, ainda mais porque não consigo sair daquele poema. É um haiku, acho. Tive que dar uma olhada no Google para ter certeza, mas pela estrutura das sílabas parece ser isso.

Sonya escreveu *um poema* sobre o dia de hoje. Sento sobre uma perna, levando a mão que estava no mouse até o post-it que eu trouxe da casa dela sem querer.

Repleto de você e eu.

O que será que Sonya quis dizer?

Será que é só uma brincadeira sem importância?

Ouço um barulho de notificação vindo das caixas de som do computador. Clico no programa de mensagens sem criar expectativa, mas... Eu sabia! É ela.

SonyaSol: aquela água salvou minha vida haha

A mensagem me atinge em cheio, como uma chama dentro de mim, quente demais para ser abrigada por muito tempo, mas tão bonita e brilhante que é impossível parar de admirar.

SonyaSol: o que vc tá fazendo?

Mordo o lábio e deixo meus dedos pairarem sobre o teclado. Não sei o que responder, mas é melhor ficar de boa. Ela ainda deve estar meio bêbada, mesmo depois de ter vomitado.

Coley87: pensando na sua pirueta
Coley87: fiquei impressionada

Fico empolgada e não consigo mais parar de digitar. É inebriante saber que ela está do outro lado, esperando... por mim.

Coley87: e se eu começar a dançar? bem no estilo julia stiles naquele filme, no balanço do amor.
SonyaSol: vc também vai estudar na Juilliard e se apaixonar por um estudante de medicina bonitinho?

Nossa... caramba. A sensação é de que uma tonelada saiu das minhas costas. Tinha me esquecido de como era falar sobre meus gostos e dar risada de coisas bobas, em vez de ficar tensa e na defensiva o tempo todo. Sei que Curtis está se esforçando, mas ele me deixa muito irritada. E, além disso, estou exausta.

Coley87: é óbvio que eu quase perderia o teste de admissão só pelo drama, mas acho que daria um pé na bunda do futuro médico bem rapidinho.
SonyaSol: não faz seu tipo?

Quase digito: *É que eu gosto mais da atriz que interpreta a irmã dele.*

Mas não consigo mandar uma mensagem assim. Até pensar nisso é desconcertante, como se eu estivesse admitindo alguma coisa. Em vez disso, digito:

Coley87: prefiro pessoas que dançam.

Pouso o dedo sobre a tecla BACKSPACE. É assustador pensar no que pode acontecer — no rosto dela, iluminado pela tela do computador, lendo minhas palavras como eu li as dela, aquele poema que não sai da minha cabeça. Mas não tenho coragem. Em vez disso, apago a mensagem, que desaparece da tela, mas não da minha mente.

SonyaSol: preciso dizer que estou com uma marca no braço
Coley87: poxa
Coley87: tadinha da sonya

Estava sendo sincera, mas Sonya responde:

SonyaSol: que sarcástica
SonyaSol: :)

Um mal-entendido cuidadoso. É um jogo, ela e eu. Um código que só a gente entende. É como ter liberdade para falar a verdade e depois fingir que era brincadeira. Uma linha tênue entre o real e o falso, a máscara dela e a minha.

Provavelmente é a coisa mais ousada que faço, digitar e mandar uma resposta, bem rápido, para eu não perder a coragem que tomou conta de mim.

Coley87: se vc parar de choramingar, prometo que dou um beijinho no machucado quando a gente se encontrar de novo

SonyaSol: o quê?

SonyaSol: não estou choramingando!

SonyaSol: babaca

Sinto meu sangue gelar. Será que me enganei?

SonyaSol: :P

Ufa. Que alívio.

SonyaSol: amanhã, eu e vc. que tal?

Estou sem ar, sem saber como dar nome para o que estou sentindo. Só sei que prefiro nunca mais respirar se for para continuar nesse momento.

Coley87: fechado.

QUINZE

Usuário do LiveJournal: SonyaSol

Postagem privada

18 de junho de 2006

[**Humor:** pensativa]
[**Ouvindo agora:** "Pieces of Me", Ashlee Simpson]

SJ e Brooke andam me enchendo o saco. "Cadê você, vem pro lago, a gente nem se vê mais". Mas eu só...

Cansei.

Coley e eu saímos hoje. Outra vez na linha do trem. Eu amo que lá está começando a se tornar um lugar nosso. Ninguém mais precisa saber.

Ela e eu, sem álcool, sem distrações. Nós caminhamos seguindo os trilhos até a ponte de pedra. Céu azul, cabelo castanho, aquela jaqueta que ela não para de usar desde a segunda vez que a gente se viu. Coley estava sentada bem na beirada da ponte, balançando as pernas como se achasse que os pés poderiam encostar na água. Eu me sentei ao lado dela.

Os tênis dela encostaram nos meus. Ela estava usando cadarços diferentes em cada pé. Só pode ser de propósito.

Jogamos "Verdade ou consequência", a clássica brincadeira para espantar o tédio. Ela mordeu a isca, ainda bem. Mas aí...

Aí a coisa ficou feia. Porque ela olhou no fundo dos meus olhos e escolheu verdade.

Quem faz isso logo de primeira? Coley, é óbvio.

Fiz uma pergunta fácil. Ou pelo menos foi o que eu pensei. Perguntei: "Qual é seu maior medo?" Pensei que ela fosse responder que tinha medo de aranhas ou qualquer coisa assim, mas, em vez disso, ela disse duas palavras que acabaram comigo:

Morrer sozinha.

Simples assim. Só que não. Não da forma como ela disse.

Ela respondeu como se entendesse do assunto mais que qualquer um.

E eu tenho prestado atenção. Nela. Nas pequenas coisas que ela me conta sobre a vida antes de vir para cá.

Ela me contou que o pai não sabe como ser pai. E a única razão para um pai ausente ser obrigado a fazer isso é quando não existe outra alternativa.

Que droga. Só conseguia pensar nisso enquanto estava lá na ponte. Eu fiz um joguinho bobo terminar em uma revelação que não sei se ela queria fazer.

Acho que a mãe dela se foi. Tipo, que a mãe dela faleceu.

Como é que se lida com isso? O que será que aconteceu? Ela estava doente? Será que Coley está bem?

Minha mãe é a pior pessoa do mundo às vezes (beleza, quase sempre), mas ela é minha mãe. Se ela não estivesse mais aqui eu ficaria maluca.

Será que Coley está se sentindo assim? O que eu faço se ela estiver? Como posso ajudar?

Tenho perguntas que não sei como fazer. Coley ainda não me contou o que de fato aconteceu, então tenho que esperar. Um dia ela vai confiar em mim o bastante para fazer isso.

Sonya

DEZESSEIS

— Tem certeza? — pergunto, olhando desconfiada para o brilho labial na mão de Sonya.

— Você não confia em mim? — indaga ela, fazendo biquinho.

— Depois do "Verdade ou consequência"? — retruco, arqueando as sobrancelhas.

Ela bufa.

— Isso só aproximou a gente, meu amor.

Ela dá uma piscadinha, e meu coração quase sai pela boca. *Ela também chama as outras amigas de "amor"*. Já a vi falando assim nos comentários do LiveJournal. Não é especial, ainda que essa seja a sensação.

Tento me concentrar no brilho labial, e não em como Sonya está perto de mim. Porque ela está *muito* perto. Eu consigo até sentir o cheirinho do xampu floral que ela usa, além de todo o resto: hidratante, perfume e o brilho labial avermelhado com aroma de laranja que ela passou na boca com uma precisão incrível antes de tirar outro tubo da bolsa para me entregar.

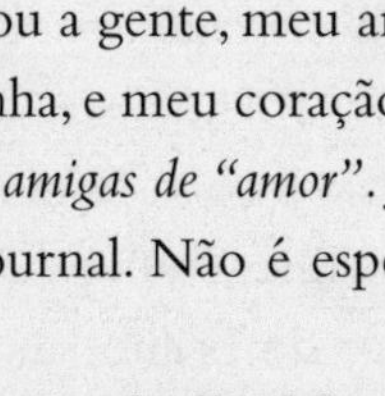

Sonya é um turbilhão de fragrâncias, humores e sorrisos, e algumas vezes tenho a impressão de que já a conheço. Depois de duas semanas passando o tempo todo juntas, eu praticamente *tenho certeza* disso. Mas aí, do nada, ela faz ou diz alguma coisa que me faz pensar: *Caramba, não, eu não te conheço nem um pouco. Mas quero muito.*

Nossa, como eu quero.

— Ainda acho que essa cor é escura demais para mim — digo.

— E eu acho que você devia ficar quieta e fazer o que eu digo — responde ela. — Já percebi que você nunca usa maquiagem. Não que eu possa te culpar. Se eu tivesse esse rostinho lindo também não usaria!

Sonya dá um toque de leve no meu nariz, e é como se todas as sensações de meu corpo se reunissem naquele único pedacinho de pele.

— Vou ficar meio gótica. Sei lá — protesto, de novo.

Então ela segura meu queixo e, de repente, não consigo me mexer. Fico congelada, observando os olhos dela nos meus. A surpresa no olhar de Sonya demonstra que não sou a única a sentir aquilo. Não sou. Não é coisa da minha cabeça.

Bastaria que eu me inclinasse um pouquinho para a frente se quisesse descobrir o sabor do brilho labial dela. Passo os dedos pelos cabelos cor de mel de Sonya, tomada pela vontade de descobrir se são tão macios quanto imagino. Sonya parece tão suave às vezes, mesmo quando está na defensiva. À noite, antes de dormir, toco minhas mãos para evocar a lembrança dela, um feitiço que a traria até mim.

— Não se mexa — pede ela.

Quando a voz de Sonya falha, fico completamente desestabilizada. Será que isso significa alguma coisa? Ou será que a garganta dela só está seca? Será que ela precisa tomar água?

Faço o que ela diz. Ela passa o brilho labial na minha boca, e a substância grudenta faz cócegas, mas eu tento não me mexer quando o olhar dela vai dos meus olhos para minha boca, como se estivéssemos em um barco oscilante, navegando não ao sabor das águas, mas conforme o nosso ritmo.

— Feche os olhos — pede ela quando termina de passar o gloss.

Sonya começa a passar maquiagem em meus olhos. Eu me esforço para mantê-los fechados enquanto ela desliza o pincel da sombra em minhas pálpebras.

— Você não inverteu o processo? — questiono. — Achei que os olhos viessem primeiro e a boca só depois.

Quase consigo ouvi-la dando de ombros.

— Para falar a verdade, não sei muito bem — responde Sonya. — Não estou acostumada a passar maquiagem em outras pessoas.

— Quer dizer que sou especial?

Ainda estou de olhos fechados, então não consigo ver a expressão de Sonya. Mas a pausa… é suficiente.

— Aham — concorda ela, baixinho.

Ela termina de passar sombra, parte para o rímel e finaliza com um *blush* cremoso nas minhas bochechas. Recuo involuntariamente quando ela se aproxima com um curvador de cílios.

— Eu posso fazer — digo, pegando o objeto da mão dela.

Sonya sorri.

— Está com medo de eu arrancar seus cílios?

— Tenho quase certeza de que esse é um método de tortura — respondo, usando o curvador bem depressa.

— Acho que você está confundindo com arrancar unhas.

Sinto um arrepio só de pensar nisso.

— Eca. Não consigo nem imaginar como isso deve doer.

— Muito mais do que arrancar cílios — diz ela.

— Você nunca arrancou os seus para saber.

— Você já? — rebate Sonya.

— Por que acha que não uso maquiagem?

Sonya me encara, incrédula, e eu sustento o olhar com uma expressão impassível.

—Você está zoando!

— Alguém tem que deixar você alerta — digo.

— SJ me deixa alerta. Às vezes.

— Ela vai hoje? — indago.

— Aham, todo mundo vai — responde Sonya. — SJ, Trenton e Brooke. Alex conseguiu os convites para todo mundo. A gente não é muito de se reunir nessas áreas mais afastadas, sabe?

— Não, não sei — respondo. — Saí com seus amigos uma vez só, e muito rápido.

Sonya olha para baixo, e percebo que suas bochechas ficaram coradas. Será que ela se sente culpada? Ou será que acabou de perceber que nós duas não passamos um dia sequer separadas há semanas?

— Como Alex conseguiu o convite? — pergunto.

— Ah, ele conhece todo mundo — responde Sonya. — Ele é tipo um labrador humano, fala com todo mundo. Você sabe.

— Não, não sei — insisto.

Ela franze a testa.

—Você está sendo meio babaca.

O rompante de irritação acerta meu peito em cheio.

— Estou?

— Eles não são pessoas ruins — diz Sonya antes que eu possa perguntar mais.

— Eu não disse que são.

— Mas é o que está pensando.

Bufando, ela pega o próprio tubo de brilho labial e se aproxima do espelho para passar mais uma camada.

— Não sabia que você lê mentes — comento. — Dá para ficar rica com isso.

Ela bufa de novo, mas dessa vez é mais parecido com uma risada.

— Muito babaca — murmura ela, sorrindo e fechando a tampa do brilho labial. — Sorte a sua que gosto de você.

Estou prestes a retrucar, mas minha resposta evapora quando ela joga a maquiagem sobre a cômoda e… *tira a blusa,* caminhando em direção ao guarda-roupas.

Sinto meu corpo inteiro ficar quente. Ouço um zumbido nos ouvidos, e meus dedos começam a formigar, como se fossem ímãs atraídos pela pele dela. Cerro o punho, enterrando as unhas nas palmas das mãos e deixando marcas que servirão de lembretes deste momento. Lembretes desnecessários, porque eu jamais vou me esquecer disso.

— Ouvi dizer que vai ter absinto na festa — diz Sonya, inclinando-se para vasculhar o guarda-roupas.

Ela está de cabelo solto, que cai até sua cintura. Eu me perco na cena, me lembrando da sensação agradável de cócegas que a ponta do cabelo dela fez em meus braços.

— Absinto? — repito, sem conseguir me concentrar.

Ela não vai colocar uma blusa? Será que eu quero que ela coloque?

— A bebida, sabe? Fada verde. Fala sério, Coley, como você não sabe…

— É óbvio que eu sei o que é absinto — interrompo depressa. Meu rosto não poderia estar mais quente. — Destilado verde feito à base de anis. As pessoas tomam com cubos de açúcar.

Sonya pega um suéter listrado do cabide e o veste.

— Você já experimentou? — pergunta ela.

Balanço a cabeça.

— Só fui a festas com vodca e cerveja.

— Sempre quis experimentar — diz ela, com um ar travesso.

— Já sei. Por causa do filme *Moulin Rouge*?

Ela ri.

— Por que você é a única que entende minhas referências?

Meu rosto dói de tanto tentar segurar um sorriso. Não posso ser transparente. *Não posso.*

— Acho que é sorte.

Sonya se vira para mim.

— O que acha?

O suéter de tricô deixa um de seus ombros à mostra, e é bem ali que meus olhos pousam. Não consigo evitar. E talvez, mas só talvez, ela tenha percebido, porque Sonya está me encarando fixamente quando ergo o olhar.

Ela está do lado oposto do cômodo, mas me observa de um jeito que faz parecer que estamos a centímetros de distância.

— Coley — diz ela.

Nos lábios de Sonya, meu nome soa diferente. É bonito e harmonioso.

— Oi.

— O que acha? — pergunta ela, dando uma voltinha. — Sexy?

— Você está muito bonita.

Ela faz beicinho. Sua boca está brilhante.

— Não foi o que perguntei.

Não sei o que dizer. Porque é óbvio que ela está perfeita. Linda, sexy e muito desejável. Mas não posso dizer nada disso. Se eu disser, as coisas vão ficar muito escancaradas. Ela vai saber.

As coisas com Sonya são como uma gangorra: nunca sei quando vamos estar no alto, porque tudo está em constante mudança.

— Para quem você está se arrumando tanto? — pergunto.

Ela coloca o cabelo atrás da orelha, distraída.

— Ah... Todo mundo vai estar lá.

— Tipo o Trenton?

Eu precisava perguntar. Todas as vezes em que falei sobre ele, Sonya deu um jeito de mudar de assunto. Eu estava morrendo de curiosidade. Eles já tiveram algo, mas ela nunca me contou o quê.

Trenton olha para Sonya como se tivesse algum direito sobre ela, como se ela fosse dele e de mais ninguém. Não gosto disso, mas parte de mim se pergunta se Sonya gosta.

— Talvez — responde ela, fechando a porta do guarda-roupas para poder se olhar no espelho.

Ela pendurou várias fotos e cartões-postais na moldura do espelho. Entre eles, vejo meu post-it amarelo, aquele que escrevi no primeiro dia em que estive aqui. Ela o guardou e depois o colocou ali, entre um cartão-postal antigo e uma foto da praia em preto e branco.

Quando ela se vira de costas para dar uma olhada na própria bunda no espelho, preciso me forçar a encarar o teto e respirar fundo. Isso é muito pior do que arrancar os cílios.

— Você e Trenton...? — começo.

Hesito. Ela para de se olhar no espelho e me encara.

— O quê?

— Você sabe.

Eu sou patética. Nem sequer consigo dizer as palavras.

— Não. Na verdade, não sei — responde ela.

Fico em silêncio. Ela está fazendo um joguinho comigo. Sei que sim. E odeio isso. *Só quero saber quem você é de verdade. O que você quer? Do que você precisa? O que você realmente deseja, Sonya?*

— Namorar é coisa do passado, Coley — diz ela, o que nem de longe é uma resposta. — Estou emocionalmente indisponível para todo mundo na mesma proporção.

E isso é muito a cara dela, não é? Uma garota feita de muitas perguntas e quase nenhuma resposta.

— Que seja.

Eu me aproximo do espelho e dou um beijo no vidro, deixando o desenho vermelho-escuro da minha boca marcado bem ao lado do post-it.

— Prontinho. Perfeito.

Sonya está me encarando quando olho para ela.

— Está pronta? — indago, quase como se estivesse a desafiando nesse nosso jogo de verdade ou consequência.

Também sei dançar conforme a música.

DEZESSETE

O caminho até a festa é um pouco demorado. O céu começa a escurecer, e os faróis do carro são a única coisa que ilumina a estrada de mão dupla. Conforme vamos avançando, as árvores se tornam cada vez maiores e as casas cada vez mais esparsas.

— Tem certeza de que sabe onde a gente está? — pergunta Brooke pela terceira vez.

— Dá para parar de perguntar a mesma coisa toda hora? — retruca Trenton. — Estou tentando prestar atenção na estrada! Se eu acabar atropelando um animal, vai ser culpa sua.

— A gente chama de "lugar afastado" por uma razão, Brooke — comenta Alex, que está sentado no banco do passageiro.

— Mas a gente está demorando *muito* para chegar — reclama Brooke, emburrada, se afundando no banco.

Brooke se vira para trás, reclamando comigo e com Sonya.

— Não sei por que vocês acharam que isso era uma boa ideia.

— Alex disse que ia ser legal — explica Sonya. — E foi você quem quis sair.

— Eu queria que a gente fizesse algo mais tranquilo — explica Brooke —, não que a gente se metesse no meio do mato para ser devorado por um urso.

— Nessa altura do campeonato, o urso estaria me fazendo um favor — resmunga Trenton.

— Ei! — protesta Brooke, arregalando os olhos. — Seu grosso!

— Ai, Brooke, calma — diz SJ, que está sentada ao lado dela, tirando os fones de ouvido. — Parece até que você nunca saiu da cidade. Nós não estamos indo *acampar*, é uma festa num celeiro.

— Vira para a frente antes que você comece a ficar enjoada — diz Sonya, fazendo um gesto circular no ar para Brooke, que se endireita no assento, e se afunda no banco outra vez.

— Não sei por que a gente não ficou de boa lá em casa — choraminga Brooke. — *Tipo o que a gente faz normalmente.*

Ao dizer isso, Brooke lança um olhar venenoso para mim. Até parece que esse programa foi ideia minha.

Eu me mexo no banco, tentando não deixar isso me afetar. Brooke não me quer ali. O jeito com que ela e SJ olharam uma para a outra quando perceberam que eu estava com Sonya me deixou com a impressão de que Sonya não contou para ninguém além de Alex que eu iria junto. Ou vai ver ela não contou para ninguém e Alex foi a única pessoa legal o suficiente para disfarçar a surpresa. Ele pelo menos sorriu quando me viu. Trenton ficou em silêncio e tentou puxar uma das tranças que Sonya fez em meu cabelo.

— Talvez o que a gente faz "normalmente" não seja mais tão legal assim — argumenta Sonya. — Parece que vocês não querem sair da mesmice. Daqui a pouco vamos nos formar, gente. Por acaso vocês querem ser fracassados tipo a Blake Wilson, estagnados nessa cidade para sempre?

— Nossa, bate na madeira! — exclama Brooke, horrorizada. — Você sabe muito bem que odeio essa garota.

Sonya ri.

— Ficou com medo, né?

— Você é muito sem-noção — declara Brooke. — E eu não sou careta só por não querer sair para ficar bêbada no meio do nada.

— O Jamie é legal. Os amigos dele também — comenta Alex, lá da frente.

Estou começando a achar que Alex só tem um estado de espírito: tranquilão. Sorte a dele, considerando os amigos que tem.

— Jamie e o pessoal plantam maconha — murmura SJ.

— SJ... — diz Alex, com um tom preocupado.

Começo a repensar a imagem pacífica que tenho dele.

— Não é como se fosse segredo — rebate SJ.

— Mesmo assim. Você podia ser um pouco mais discreta — repreende Alex. — Fiquem de boa nessa festa. Senão vai pegar mal para mim.

— Não vou estragar sua reputação com seus amiguinhos maconheiros — diz SJ. — O que você pensa de mim, Alex? A gente se conhece desde os cinco anos.

— Você sabia disso? — pergunto para Sonya, baixinho.

Ela dá de ombros.

— Não é nada de mais. Não esquenta.

— Só espero que a gente não esteja indo para uma plantação de maconha — comento.

Sonya ri e diz:

— Não está na safra, meu bem.

Fico vermelha.

— Desculpa, não sei muita coisa sobre a arte de cultivar maconha — respondo, num tom sarcástico.

SJ dá uma risada.

— Não precisa se preocupar, você vai acabar aprendendo, agora que mora aqui.

— E nunca mais vai gostar das porcarias que as pessoas vendem em outros lugares — completa Alex.

Acho graça.

— Com sorte não vou ficar aqui tempo o bastante para desenvolver um paladar seletivo.

Alex se vira no banco.

— Vai dar o fora assim que puder? — questiona ele.

Ele está sorrindo, mas percebo que Sonya fica tensa.

— *Você não?*

— Com toda a certeza. Talvez a gente possa dar no pé juntos.

Será que ele está flertando comigo? Pelo sorriso, eu poderia jurar que sim.

— Operação "Fuga do inferno" iniciada — digo.

— Demorou.

— Vou junto — declara Brooke.

— Ah, fala sério. Não é a mesma coisa — comenta Alex. — Você vai estudar em Princeton, que nem sua irmã e seu pai. Coley e eu... A gente tem que se esforçar para sair de um buraco como esse aqui. Não é?

Ele arqueia as sobrancelhas algumas vezes seguidas e olha para mim.

— Sim. É mais difícil quando não se nasce em berço de ouro — respondo.

— Eitaaaaa! — diz Alex, se virando para Brooke.

— Ei! — protesta ela, dando uma risadinha.

— Desculpa, mas é verdade — digo.

— Não, você tem razão — concorda Brooke. — Tenho sorte mesmo. Meu pai faz questão de me lembrar disso. Ele não quer que eu acabe ficando mimada.

— Você não é mimada, meu amor — diz Sonya, inclinando-se para abraçar Brooke por trás.

— Mas *você* é — provoca Brooke.

Sonya suspira como se estivesse ofendida e volta a se encostar no banco. SJ dá risada.

— Minha mãe é mais rígida do que a sua! — protesta Sonya.

— Pode ser, mas seu padrasto e seu pai comem na sua mão — argumenta Brooke.

— Sério, é muito injusto. Você é, tipo, a princesinha do papai duas vezes.

— Pois é, é superlegal meus pais terem deixado de se amar e isso ter destruído minha família. Amo ter sido abandonada — diz Sonya, com uma acidez que destoa do tom da conversa até então.

Brooke e SJ se entreolham e viram para a frente, sem saber como lidar com a ferida que cutucaram sem querer.

— Pelo menos você tem a Emma — digo.

— Sim. — Sonya concorda com a cabeça. — Eu amo a Emma.

— Ela é a pessoa mais fofa do mundo — comento, na intenção de aliviar o clima pesado, mas a expressão de Sonya continua sombria, como se ela estivesse se lembrando de coisas que não queria. — Ela também vai dançar?

— Com certeza — responde Sonya. — Ela dança desde os três anos. Assim como eu.

— Nossa, a Emma tem uma coreografia de sapateado que é tão bonitinha — diz SJ, pegando a deixa para mudar de assunto.

Sinto uma onda de alívio quando a conversa parte para outro tópico e percebo Sonya relaxar aos poucos. Ela já está rindo e tagarelando de novo quando finalmente percebemos que chegamos ao avistar um copo de plástico vermelho decorando uma caixa de correspondência.

— É aqui — avisa Alex.

Trenton gira o volante para entrar no caminho de cascalho que dá para a entrada da propriedade, o carro balançando à medida que passamos por cima de buracos e morrinhos de terra no meio da estrada.

Quando algumas luzes aparecem em meio às árvores, Alex reforça:

— Não se esqueçam do que eu disse sobre ficar de boa.

O celeiro é antigo e vermelho, como todos os celeiros, acho. Não entendo muito do assunto. Tem piscas-piscas pendurados por todo canto, tanto do lado externo quanto lá dentro. Saímos do carro, e o ar é fresco, com cheiro de mato. O feno do celeiro está empilhado em um cercadinho anexo.

A música parece ressoar nas vigas de madeira da construção, e pode até não ser época de plantar maconha, mas o lugar certamente está com um aroma de erva inconfundível. Há uma nuvem de fumaça que vem da parte dos fundos, e sei que, se chegar perto demais, com certeza vou ficar chapada. O que não seria uma má ideia, considerando todos os fatores.

Um deles sendo Trenton, que segura a mão de Sonya e pergunta, arrastando-a para dentro:

— Você queria absinto, não queria, gatinha?

Sonya não se opõe, e acho que eu não ficaria tão chateada se ela não tivesse olhado para trás, para mim, como se *soubesse* que aquilo não está certo.

— Vem, Coley — chama Alex.

Ele segue os dois até o centro do celeiro, onde um cara de cabelo cacheado está sentado sobre um montinho de feno. Ele parece ser o centro das atenções e está cercado de gente.

Ele olha para nós.

— E aí, Jamie? — cumprimenta Alex.

— Alex, que legal ver você — diz o outro, ficando de pé.

Os dois se cumprimentam com aquele toque que os garotos fazem, tocando os ombros em um gesto que é meio abraço, meio aperto de mão.

— Obrigado por convidar a gente.

— Tem cerveja lá no fundo, no último estábulo. Que bom que você veio. A gente se fala mais tarde.

Alex assente, e Jamie dá um tapinha amigável nas costas dele antes de desaparecer entre os outros convidados.

— Vou pegar uma cerveja — avisa Brooke.

SJ e Alex vão atrás dela, e eu fico sozinha com Sonya e Trenton.

— Vem cá — chama Sonya.

Ela começa a se enfiar na multidão, e eu a sigo, odiando o fato de Trenton estar tão perto. Ele não está mais segurando a mão de Sonya. Em vez disso, está com a mão no fim das costas dela, com a maior naturalidade, como se não tivesse que pensar duas vezes antes de fazer isso. Porque de fato não pensou. Ele pode tomar essa atitude sem se preocupar, sem ficar ansioso, sem...

Respiro fundo. Parece que a fumaça de maconha está começando a bater. Nossa, nesse ritmo não vou nem precisar de bebida.

— Ei!

Uma garota com cabelo ruivo toca meu ombro quando passo. Paro de andar.

— Adorei sua jaqueta — diz ela. — É vintage?

— Aham.

— Legal.

O delineado dos olhos dela parece mais afiado do que uma lâmina.

— Nunca tinha visto você por aqui — comenta ela.

Quando a garota ergue o olhar, Sonya está a encarando.

— Oi, Sonya — cumprimenta ela.

— Faith.

— Como é seu nome? — pergunta Faith, olhando para mim.

— Coley.

— Muito prazer.

— Foi você quem trouxe o absinto? — pergunta Sonya.

Faith dá uma risada.

— Quem mais teria sido? Venham. Deixei as coisas no depósito.

— Como vai a faculdade? — pergunta Sonya, deixando Trenton para trás e se colocando entre mim e Faith.

— Ótima. Queria estar lá agora, mas fazer o quê — responde Faith, dando de ombros.

O depósito deve ser do tamanho de uns quatro estábulos e está cheio de selas e outros apetrechos de montaria. Há também uma mesa grande que serve como uma escrivaninha improvisada de frente para uma janela que dá para uma área aberta. O lugar tem cheiro de couro e algo oleoso, e a música da festa está um pouquinho abafada, mas não muito longe; a luz de fora adentra o espaço pela janela. Trenton está um pouco atrás de nós, com uma expressão impassível.

— Eu e Sonya dançávamos juntas. Sou um ano mais velha, então já dei o fora desse lugar — explica Faith.

— E mesmo assim está aqui agora — comenta Sonya de um jeito meio insolente, e fica nítido que ela e a garota com certeza levavam a sério o lance de *competitividade* na *dança competitiva.*

Será que Faith foi adversária de Sonya? Já vi filmes de dança, então sei que essa teoria é bem plausível. Estou morrendo de curiosidade, louca para ter um vislumbre da vida pessoal de Sonya, ainda que eu tenha a impressão de que a dança é mais importante para a mãe do que para ela.

— Nem todo mundo tem um padrasto que banca férias na França, meu amor — diz ela, dando tapinhas amigáveis no braço de Sonya. — Alguns de nós precisam trabalhar para viver. Falando nisso... você vai competir esse ano?

— Lógico — responde Sonya.

Faith se senta na mesa e cruza as pernas.

— Aqui não tem álcool, não? — grita Trenton, bem atrás de mim.

Estremeço.

— Você gritou no meu ouvido — reclamo.

— Vejo que você continua um doce de pessoa, Trent — observa Faith.

Ela pega uma garrafa com um rótulo de aparência envelhecida.

— Você sabe que odeio que me chamem assim — diz ele.

— Sei, Trent — responde ela, animada.

De repente começo a adorar a garota.

Faith coloca dois copos sobre a mesa, pega um saquinho de cubos de açúcar e uma colher elegante, diferente, específica para absinto. A colher é plana com detalhes entalhados e vazados que lembram as aberturas acústicas de um violino. Ela coloca o utensílio sobre um dos copos e depois pousa um cubo de açúcar sobre a parte vazada.

— E você, Coley, como foi acabar com esse tipo de companhia? — pergunta Faith, indicando Sonya com a cabeça.

— Você fala como se eu fosse horrível! — protesta Sonya.

— Você é um pesadelo, meu bem — declara Faith.

— Sorte a sua que você trouxe o absinto — diz Sonya, jogando o cabelo por cima do ombro.

— Aposto que no fundo você sente minha falta — diz Faith. — Ninguém mais é páreo para você.

— Vamos logo com a bebida — interrompe Trenton.

— Quem disse que vou dividir com você? — indaga Faith. — Vai lá beber cerveja como um bom homem das cavernas.

— Assim você ofende os homens das cavernas — digo.

Faith abre um sorriso cúmplice para mim.

— Ela é esperta demais para ser sua amiga, Sonya — dispara Faith.

— Você tem andado com uma gentinha de baixo nível, Sonya — comenta Trenton, com cara de nojo. — Sabe como é aquele ditado, me diga com quem tu andas...

— Então o que significa ela andar *com você*? — rebate Faith.

Trenton fica em silêncio, visivelmente irritado. Ele se barbeou tão mal que dá para ver uma trilha de pelos onde ele não passou a lâmina, mesmo nesse depósito pouco iluminado. Mas ele não se mexe. É como se estivesse travando uma batalha unilateral com Faith, porque no instante seguinte é como se a garota tivesse se esquecido completamente da presença dele.

— Já bebeu absinto? — pergunta ela, voltando-se para mim.

Faço que não.

— Vem aqui.

Faith faz um gesto para que eu me aproxime, e Sonya me acompanha. A garota abre a garrafa e começa a derramar o líquido sobre o cubo de açúcar.

— *La fée verte.*

— Isso aí realmente faz a pessoa ver coisas? — pergunta Trenton, desconfiado. — Tipo o que acontece quando a gente come cogumelos?

— Não, Trent. Não faz. Esse papo de que absinto é alucinógeno não tem base científica.

— Mas deixa a pessoa bêbada de um jeito diferente — completa Sonya. — Conheço umas garotas que já experimentaram.

— É o que alguns dizem — diz Faith, dando de ombros. — É tipo ficar bêbado de um jeito meio sóbrio.

— E sem alucinar? — pergunto, só para garantir.

Não estou a fim de beber uma coisa que vai me fazer ver monstros no meio das árvores ou algo assim.

— Juro que não — garante Faith. O sorriso dela cresce. — Eu até diria que vou cuidar de você, mas não pegaria muito bem, já que estou comprometida.

— Pelo amor de Deus — resmunga Sonya, logo atrás de mim.

— Pelo jeito você continua santinha, Sonya.

Os olhos de Faith brilham com uma malícia que não consigo compreender.

— Não continua, não — dispara Trenton, sorrindo. — Vai por mim. Digo por experiência própria. Ou... experiências.

Meu estômago se revira.

Sonya se vira e dá um tapa no peito de Trenton.

— Que foi? — pergunta ele, fingindo surpresa.

— Cala a boca — vocifera ela.

Fico parada, em silêncio, presa naquela animosidade que vem de outras épocas, quando eu nem estava por aqui. Assim fica difícil entender o que está rolando. Para ser bem sincera, eu nem sequer entendo coisas que aconteceram desde que cheguei. Essas semanas de férias com Sonya se esticam como uma mola que me leva para longe dela e depois me traz para perto outra vez.

Faith revira os olhos como se não tivesse provocado todo aquele drama. Depois fecha a bebida e pega uma garrafa de água.

— Agora vamos para o próximo passo — diz Faith.

— Essa parte eu conheço — anuncia Trenton.

Trenton avança com um isqueiro em mãos e, antes que Faith possa impedi-lo, ele acende uma chama sobre o cubo de açúcar embebido em absinto.

— Trent! Ficou maluco? — grita Faith.

O copo começa a pegar fogo. Faith se afasta depressa, e por um triz sua franja não se incendeia, mas o movimento brusco faz com que seu pé esbarre no copo em chamas, que cai no chão e sai rolando até a pilha de feno.

— Merda! — solto, em pânico.

Pego uma manta para selas que estava por perto e jogo em cima do copo, pisoteando com força. Em alguns minutos, a fumaça e o fogo cessam.

— Imbecil! — exclama Faith, descendo da mesa e passando por Trenton com um empurrão.

— Me disseram que era assim! — explica Trenton.

Faith ergue a manta para se certificar de que o copo realmente não está mais em chamas.

— Primeiro: não, não é assim. E, segundo, *mesmo que fosse*, não se mistura fogo e álcool na droga de um *celeiro*. Você podia ter incendiado esse lugar. Pensa um pouco, seu idiota. Para de fazer gracinhas para impressionar sua namoradinha.

— Eu não sou na… — começa Sonya.

— Cara, eu não dou a mínima — interrompe Faith, olhando para Sonya como se estivesse emanando irritação pelos poros.

— Olha, eu aposto que ele vai ser uma daquelas coisas das quais você vai se arrepender amargamente no futuro.

— Achei que você não desse a mínima — retruca Sonya, pegando Trenton pela mão. — Vem. Vamos dançar.

Sonya arrasta Trenton para longe como se eu não estivesse aqui, como se ela não enxergasse nada ao redor e se importasse apenas em provar um ponto para Faith. Observo os dois se afastando, se juntando aos outros casais no meio do celeiro. Lá, o ar está repleto de fumaça, cheiro de cerveja e suor, misturados a nada além de corpos dançando e batidas pulsantes. Consigo ver Sonya grudar o corpo no de Trenton e ele abrir um sorriso, segurando-a pelo quadril como se tivesse acabado de ganhar um prêmio depois de se comportar como um babaca de carteirinha.

— Não acredito que ela ainda está com esse cara — diz Faith, atrás de mim. — Ele aterrorizava meu irmão mais novo no ensino fundamental. Faz bullying com todo mundo.

— Acho que eles não estão... — Hesito, porque ainda não sei se é verdade.

Tentar entender Sonya é como segurar areia: você pode achar que conseguiu, mas de repente ela escapa pelos seus dedos.

— Acho que eles terminaram — digo, por fim. — Mas...

Dou de ombros.

Eles ainda estão dançando. Alguém dá um copo vermelho para Sonya, e ela o segura em uma das mãos, bebendo a cerveja e se balançando no ritmo da música. O outro braço está em torno do pescoço de Trenton, como se quisesse se pendurar nele.

— Por que é sempre tão difícil terminar com idiotas? — indaga Faith, baixinho, aparentemente falando consigo mesma.

Então ela encosta no meu braço e, quando me viro, Faith me entrega o copo que ainda estava com absinto.

— Toma — oferece ela. — Você merece. Sabe, depois de salvar a gente de um incêndio.

— Obrigada — digo, pegando o copo.

A bebida tem cheiro de plantas e de alcaçuz preto, e o sabor é exatamente esse. Faço uma careta depois do pequeno gole que dou. É mais ou menos como eu imaginaria o sabor de uma floresta no inverno: neve na ponta da língua com um gosto de ervas. Tusso e não bebo o restante, torcendo para que Faith não perceba.

— É bom ficar de olho nele — murmura Faith, chegando mais perto para que eu ouça bem.

Ergo a sobrancelha, mas fico em silêncio. Apenas espero.

— Caras como ele, valentões, acabam sendo uma ameaça para todo mundo — avisa ela, com um tom que me dá um calafrio.

— O que aconteceu com seu irmão? O que Trenton não deixava em paz?

— Ele foi morar com meu pai para poder trocar de escola — responde Faith.

— É sério?

Trenton ainda está colado em Sonya, mas agora ela se virou em nossa direção e está olhando para a gente. Percebo, ficando vermelha, que eu e Faith estamos *muito perto* uma da outra.

— Como eu falei, valentões como ele são uma ameaça para todo mundo — repete ela, recuperando minha atenção. — Ainda mais para quem eles enxergam como pessoas mais fracas... mesmo que essas pessoas sejam... namoradas. Sonya devia tomar cuidado. E, se você for amiga dela, devia ficar de olho nela.

— Pode deixar.

— Logo, logo ela vai ser obrigada a sair da bolha — diz Faith, tão baixinho que mal consigo ouvir.

— O quê?

— Nada — responde ela, voltando a sorrir. — Vou procurar meus amigos. E você devia ir atrás de Sonya antes que ele vá.

Faith aponta para a porta do celeiro com um aceno de cabeça, e eu olho bem a tempo de ver Sonya saindo.

— Eu…

Faith sai antes que eu consiga entender o que está acontecendo e, de repente, me vejo andando. Vou abrindo caminho entre as pessoas até chegar à porta e sair para o ar fresco. Respiro fundo, enchendo os pulmões de ar. No céu, as estrelas têm um brilho muito intenso. Como não existe poluição luminosa nessa cidade, é possível ver estrelas que eu nem sabia que existiam. Às vezes sinto vontade de me sentar na varanda da casa de Curtis com um cobertor e uma caneca de chocolate quente para tentar contá-las.

Sonya não está do lado de fora do celeiro, então dou a volta no lugar e a encontro encostada em uma parede, mexendo na bolsa.

— O que você veio fazer aqui? — pergunto.

— Precisava respirar um pouco — murmura ela, vasculhando os bolsos. — Segura para mim?

Sonya me entrega a bolsa pequena e pega um isqueiro e um cigarro, que acende e depois leva à boca, tragando profundamente. Ela sopra a fumaça depressa, tosse um pouco e passa o cigarro para mim.

Quando levo o filtro à boca, percebo que ficou molhado com a saliva dela. Tento não pensar que minha boca está onde os lábios dela estiveram segundos antes. Será que isso é tudo? Nossas bocas se tocando indiretamente, por meio de um cigarro compartilhado? Sonya me observa como se estivesse pensando na mesma coisa, e de repente, parece inevitável que nossas mentes façam a conexão que nossos corpos não podem fazer.

Não podem… certo?

— Jurava que você ia ficar com a Faith lá dentro — declara Sonya, num tom de voz frio e afiado como uma lâmina.

Ergo a sobrancelha.

— Ela parece ser legal.

— Hum — diz Sonya, dando de ombros e pegando o cigarro de volta.

A música alta lá dentro faz vibrar a parede do celeiro em que estamos encostadas.

— Vocês duas competiam?

— É o que ela pensa. Mas é difícil chamar de competição quando a única que ganhava era eu.

— Uau, que modesta.

— É só um fato.

— Parece que ela tira você do sério.

Sonya dá uma longa tragada no cigarro. Desse jeito o filtro vai ficar molhado demais. Alguém precisa ensinar Sonya a fumar.

— É melhor tomar cuidado com a Faith — aconselha ela, por fim.

— Como assim?

— As pessoas comentam algumas coisas sobre ela.

Olho para Sonya, e ela me encara como se eu devesse saber ao que ela está se referindo.

— Você vai ter que explicar melhor.

— Sabe... Ela era *muito próxima* de uma outra líder de torcida antes de se formar.

Parece que estou me afogando. A maneira como Sonya baixa a voz e chega mais perto para falar, como se aquele fosse um segredo terrível. E talvez até seja, mas deveria ser? Não podia ser simples? Aquele sentimento...

Nossa, o desejo que sinto por Sonya é simples, muito simples. É uma atração magnética, e eu não quero resistir.

— Não gosto de fazer fofoca sobre coisas assim — respondo, com um tom brusco.

Sonya endireita a postura, como se tivesse levado um choque.

— Não?

— Não, a menos que a própria pessoa fale sobre isso. A menos que a pessoa tenha *saído do armário*.

— Mas nem se for só pela fofoca? — pergunta Sonya. — Não tem nada de errado em ficar curiosa. Ou, sei lá, em querer saber.

— A gente tem que respeitar a outra pessoa — respondo com firmeza, como se eu tivesse alguma ideia do que estou falando.

Mas não tenho. Só quero cair fora dessa conversa e me esquecer da expressão no rosto de Sonya, como se até a ideia de um relacionamento entre duas garotas fosse impensável.

Sei como ela fica quando está fingindo, mas não sei bem se ela está fingindo agora.

— Você e Trenton parecem estar se divertindo — comento, desesperada para mudar de assunto e sem conseguir tirar da cabeça toda a conversa sobre bullying com Faith.

Não consigo parar de pensar nisso. Deve ter sido algo muito grave para que o irmão dela precisasse *mudar de escola*. Como Sonya reagiria se eu dissesse que Trenton pratica bullying por aí? Acho que já sei, e é por isso que não digo nada.

— É. Você sabe como ele é — diz ela.

— Estou começando a descobrir, infelizmente.

Sonya traga de novo e depois sopra a fumaça.

— Ele não é tão babaca.

— Hum...

— Tá, beleza. Ele é, sim. Às vezes.

— Quase sempre, pelo visto.

— É só o jeito dele.

— Então esse jeito precisa mudar — rebato.

Ela me encara por tanto tempo que chego a pensar que ultrapassei algum limite. Então Sonya dá uma risada sombria.

— Coley, garotos *não mudam* — diz ela. — As garotas ficam achando que, se eles nos amam, vão mudar. Mas na verdade o que acontece é que as garotas precisam mudar para que eles continuem amando a gente.

Pego o cigarro e dou algumas tragadas antes de responder.

— Você não se esqueceu de nada?

— Como assim? — rebate ela.

— Faltou a parte sobre *você* amar o garoto.

Sonya empalidece, como se todo o sangue de seu rosto tivesse evaporado. Ela pega o cigarro da minha mão e o joga no chão, depois o pisoteia com o sapato.

— Amor é sacrifício — diz ela. — É o que minha mãe fala. E todos os casais que conheço que deram certo também...

Os olhos dela ardem com o turbilhão emocional que provoquei sem querer.

— Você acha que é fácil? Amar alguém? — pergunta ela.

— Acho que o amor pode ser um milhão de coisas diferentes, mas, acima de tudo, não acho que se diminuir por alguém vale a pena. Nunca.

— Mas Trenton não fa...

— Não sou eu que estou mencionando ele — interrompo. — É você.

A luz que vem do celeiro ilumina o rosto de Sonya quando ela ruboriza.

— Você é uma...

As palavras dela são abafadas pelo ruído agudo de um microfone. Logo depois, o barulho cessa de repente, e tudo fica em silêncio.

— Os vizinhos deduraram a gente por causa do barulho — grita alguém. — A polícia tá vindo.

— Corre! — grita outra pessoa.

Bam! A porta do celeiro, a cerca de um metro e meio de onde estou, se escancara, e todo mundo começa a correr em direção aos carros.

— Merda! — diz Sonya.

Seguro a mão dela.

— Que droga. Para onde a gente vai? — pergunto.

— Precisamos encontrar o resto do pessoal!

Sonya começa a correr em direção à porta principal e me arrasta com ela conforme mais pessoas continuam a sair pelas portas dos fundos. Abrimos caminho entre um grupo imenso que está fugindo e quase caio quando alguém esbarra em meu ombro.

— Coley! — chama Sonya.

Ela puxa meu corpo para perto do dela e me segura pela cintura.

— Fica perto de mim! — pede ela.

Entramos no celeiro, que agora está quase vazio. Sinto meu coração disparar.

Finalmente avistamos Alex.

— Até que enfim achei vocês! — diz ele, indo até nós, com Brooke ao lado. — Alguém viu o Trenton?

Sonya balança a cabeça.

— E a SJ? — pergunta ela.

— Faz um tempo que ela sumiu — responde Brooke. — Estava com um garoto.

— Por que você não falou com ela? — grita Sonya.

— Ei! — diz Trenton, aparecendo do nada. — Temos que dar o fora.

— A gente não sabe onde a SJ está — explico.

Trenton dá de ombros.

— Que pena. Vamos.

O resto do grupo se entreolha.

— Meu carro é a única alternativa de vocês — lembra Trenton, sacudindo a chave na altura do rosto. — Não vou ficar aqui para tomar uma dura da polícia.

— Se SJ se meter em problemas... — começa Alex.

— Que se dane — rebate Sonya, furiosa, arrancando as chaves da mão de Trenton, que não tem tempo de reagir. — Você me fez deixar SJ para trás naquela festa e o segurança quase pegou ela. Não vou fazer isso de novo. SJ!

Sonya coloca as mãos em concha ao redor da boca e chama pela amiga. Em seguida, dá instruções:

— Alex, vai lá para fora com o Trenton para procurar a SJ. Brooke, dá a volta e vai pela frente. Vou procurar no depósito.

Eles se separam, e eu fico ali, perdida, o celeiro cada vez mais vazio.

Começo a andar pelo corredor de estábulos enquanto Sonya grita por SJ perto dos depósitos.

— SJ? — chamo também, espiando dentro de um dos estábulos que parece ter mais feno do que os outros.

— Coley — chama uma voz, baixinho.

Eu me viro em direção ao som.

— SJ?

Paro diante do estábulo e escancaro a porta. SJ está agachada com os braços cruzados diante do corpo; ela está sem blusa, só de sutiã e calça jeans.

— Você está bem? — pergunto, preocupada. — Cadê sua blusa?

— Eu estava com um cara... a gente estava se beijando. Ele estava com a minha blusa na mão quando as pessoas começaram a gritar. Ele saiu correndo e eu meio que congelei.

— Caramba.

Tiro minha jaqueta e depois a blusa, que entrego para SJ.

— Ai, obrigada, Coley — diz ela.

Coloco a jaqueta de volta e a abotoo até o pescoço enquanto SJ se veste.

— Precisamos ir antes que a polícia chegue — explico. — Pessoal! SJ está aqui! — grito da porta do estábulo.

Sonya desce do depósito de feno no segundo andar.

— Você está bem? — pergunta ela.

— Coley me salvou — diz SJ.

— Galera! — grita Sonya em direção à porta dos fundos. — Encontramos ela! Vamos embora.

Disparamos em direção à porta principal do celeiro bem no momento em que luzes azuis e vermelhas aparecem na estrada.

— Não dá mais tempo. Temos que sair por trás! — grito.

— Mas o carro está do outro lado! — protesta Trenton.

— Cala a boca e corre! — vocifera Sonya, pegando minha mão e correndo assim que as sirenes começam a soar.

Todos nós saímos por trás. Não consigo ver nada conforme avançamos a toda velocidade pela floresta. O gramado chicoteia meu calcanhar e meu tornozelo, meus sentidos cada vez mais caóticos, e sinto o coração disparado em meus ouvidos. Minha mão ainda está na de Sonya. Quando tropeço, ela me segura e me puxa para continuarmos correndo. Meus pulmões ardem quando tento puxar o ar, e as luzes dançam atrás de nós.

— A gente tem que se esconder — diz Brooke, ofegante.

— Viemos parar num pedaço descampado — diz Trenton com um grunhido. — Que ótima ideia, Coley. Parabéns.

O som das sirenes está cada vez mais alto. Estreito os olhos, olhando em volta na escuridão.

— Ali! — Aponto para uma ladeira escura no fim do campo. — Vai! Vai!

Saímos correndo, e meus tênis derrapam na terra escorregadia. Um por um, descemos o barranco e vamos parar em um lamaçal cheio de plantas e com água batendo nos joelhos em alguns pontos. Estamos fora de vista.

Dou uma olhada por cima da ladeira e vejo feixes de luz vindos de lanternas usadas para inspecionar o terreno. Eu me abaixo depressa quando uma das lanternas é apontada em nossa direção.

— A gente só tem que ficar aqui até eles irem embora — sussurro. — E depois podemos ir até o carro.

— Se eles acharem a gente… — murmura Trenton.

— Cara, fica quieto — intervém Alex, exasperado.

Trenton *finalmente* cala a boca.

Ficamos ali, escondidos e em silêncio, com a sensação de que vamos ter que prender a respiração para sempre. Por fim, as luzes somem e a sirene cessa. Saímos do buraco, cheios de lama e cobertos de sabe-se lá o quê.

— Eu avisei que ficar em casa era uma ideia melhor — resmunga Brooke.

Atravessamos o gramado, indo até onde estacionamos o carro.

— Beleza, *foi mal* por ter tentado agitar um pouco as coisas — diz Alex quando chegamos.

— Me dá as chaves — pede Trenton.

— Quanto você bebeu? — pergunta Sonya.

— Você tá de brincadeira, né? — A voz dele falha, e sua expressão vai de irritado a *furioso* numa fração de segundo.

— Ei, ei — diz Alex, colocando-se entre os dois. — Calma, cara. Você bebeu bastante, mas eu não bebi nada. Deixa que eu dirijo, beleza?

— Contanto que seja você e não a inútil que roubou minhas chaves.

— Não fala assim com ela — repreendo.

Os três — não, na verdade os cinco — olham para mim.

— O que foi que você… — começa Trenton.

Sonya o interrompe.

— Eita, Coley, o que é isso?

— O quê? — pergunto.

Sigo o olhar de Sonya e percebo que tem algumas folhinhas presas na barra da minha calça. Eu me abaixo para tocá-las.

— Não! — gritam Sonya, SJ e Alex ao mesmo tempo.

— Que foi, caramba? — indago, imóvel.

— É urtiga — explica Sonya.

Ela cobre a mão com a manga da blusa e se abaixa para tirar as folhas da minha calça.

— Que merda, ali devia ter um monte — reclama ela, olhando para a própria mão. — A gente está cheio disso.

— Tá falando sério? — esbraveja Trenton. — Isso é culpa sua! — grita ele, se dirigindo a mim. — Foi você quem mandou a gente ir para lá.

— Como eu ia saber? Nem sei como é uma folha de urtiga!

— Ficar com coceira é muito melhor do que ser preso — lembra Sonya.

— É só passar uma pomada — comenta SJ. — Se não tiverem, é só comprar na farmácia.

— Inacreditável — resmunga Trenton.

— Tanto faz, a gente tem que ir — diz Alex. — Sonya, cadê as chaves?

Ela joga as chaves para Alex e nós entramos no carro, disparando pela noite escura.

—Você pode tomar banho lá em casa — diz Sonya para mim, sorrindo como se fosse uma ótima ideia.

O carro mergulha em um silêncio exausto e embriagado.

Eu me obrigo a sorrir também, mas tudo em que consigo pensar é: *Droga, eu nunca vou conseguir tirar a roupa sabendo que você está do outro lado da porta.*

DEZOITO

Alex nos deixa na casa de Sonya, e talvez seja coisa da minha cabeça, mas já estou começando a sentir coceira. Está tudo escuro dentro da residência, e ela faz um gesto para entrarmos pela porta dos fundos e não acordarmos ninguém. Nós entramos de fininho e subimos as escadas.

— Ele ficou muito irritado — cochicho.

Trenton passou toda a viagem de volta resmungando sem parar, baixinho. Todo mundo estava tenso.

— Assim que ele ficar sóbrio isso passa — garante Sonya. — Vou pegar a caixinha de remédio. Você vai precisar tirar a roupa.

— O quê?

Sonya inclina a cabeça.

— Sua roupa está cheia de pelinhos de urtiga — explica ela, como se eu fosse uma criança. — A gente quase mergulhou naquilo. Deve ter um monte nos seus braços, também. Então, sim, você vai ter que tirar a roupa.

Não consigo não olhar para a boca dela enquanto Sonya diz "tirar a roupa". Como ela consegue ficar assim, tão calma?

— Posso emprestar alguma roupa minha para você — oferece ela, como se esse fosse o motivo da minha preocupação. — Vou pegar a pomada. Você só precisa espalhar bem pela pele e depois lavar com água corrente.

— Preciso concordar com a Brooke — digo. — Festas em celeiros são uma droga.

Sonya ri.

— Bem, pelo menos vocês duas têm *isso* em comum — responde ela, fazendo uma pausa e de repente parecendo pensativa. — SJ estava usando sua blusa.

— O cara com quem ela estava ficando saiu correndo com a camiseta dela. Ela precisava de alguma coisa para se cobrir.

— Foi muito legal da sua parte.

Dou de ombros.

— Já estive no lugar dela.

— Já esteve seminua em uma festa? — pergunta Sonya, inocente.

Na verdade, quis dizer que já estive em situações constrangedoras em que alguém me ajudou, mas os olhos de Sonya estão me dizendo alguma coisa, e decido entrar na dança.

— Já, sim — respondo. — Mais de uma vez, inclusive.

— Sério?

Sonya dá um passo à frente, e eu faço o mesmo. Não consigo me conter. Preciso estar mais perto dela.

— Aham. Também sou muito conhecida por subir em mesas para dançar — minto.

— Com a destreza que você mostrou naquele dia, não duvido que você tenha sido a sensação de muitas festas.

— Juilliard, aqui vou eu — respondo, brincando.

Sonya sorri, e meu coração acelera, lançando trovoadas por meu peito. Meu corpo inteiro vibra com a proximidade dela, com sua mera existência, e principalmente quando penso que existi por dezessete anos sem conhecê-la e que agora não vou passar mais nenhum segundo sem saber que ela existe.

— Vou pegar o remédio — anuncia Sonya, saindo do banheiro.

Fico lá, sozinha no cômodo elegante. A banheira tem jatos massageadores e tudo.

É tipo usar biquíni, digo para mim mesma. Repito isso mentalmente, várias vezes, enquanto tiro a jaqueta e a gargantilha. Quando toco os botões do short, sinto um espasmo na barriga, como se meus dedos fossem os de outra pessoa. Se eu fechar os olhos, consigo imaginar os dedos dela no cós do meu short, as unhas dela roçando a região abaixo do meu umbigo, logo acima do elástico da minha calcinha. Fico arrepiada do dedão do pé até o último fio de cabelo e tento me convencer de que é só o efeito da urtiga.

Mas é óbvio que não é. É porque estou pensando nela. É porque estou pensando nela *desse jeito*.

Preciso sair daqui. Só preciso passar a pomada e tomar um banho para ficar sóbria e tirar o cheiro ruim do corpo. Depois vou direto para casa. Vou dizer que Curtis vai ficar bravo se eu não voltar. Vou inventar alguma coisa.

Se eu ficar, não sei o que pode acontecer. Eu quero…

Eu quero tanto.

Começo a tamborilar na pia. Respiro fundo e inclino a cabeça para trás.

Eu poderia abrir os armários e descobrir alguns segredos de Sonya. Dá para ver que ela tem um xampu floral e várias colônias dispostas ao longo da lateral da banheira. São tantas que mal dá para acreditar que todas cabem ali. Ela tem lâminas de barbear caras, enquanto eu uso a mais simples de todas. E há uma touquinha de banho pendurada num gancho ao lado da banheira que me arranca um sorriso; eu nunca tinha visto ninguém além de senhorinhas usando touca de banho, e pensar em Sonya prendendo o cabelo e colocando aquela touca antes de tomar banho é fofo demais.

Acabei de pensar que a touca de banho de Sonya é fofa. Estou muito ferrada.

— Pronto!

Sonya entra de supetão no banheiro, sem bater na porta nem nada. Ela está segurando algumas sacolas de lixo, luvas e a pomada.

— Ei!

Eu me cubro depressa, tapando o busto com a mão como se o gesto fosse esconder alguma coisa. Não faz diferença, já que estou de sutiã e calcinha.

É tipo estar de biquíni, repito mentalmente. *É exatamente a mesma coisa.*

Não, não é. Não tem nada a ver. Minha calcinha tem estampa de flores sorridentes e Sonya está olhando para elas, se segurando para não rir.

— Não se atreva a rir — ameaço.

— Pelo menos você não está usando uma calcinha escrito "sexy" na bunda — diz ela.

— Odeio você.

Calma, Coley. Não era "tipo estar de biquíni"?

Ela me observa. Não como se estivesse deslumbrada, mas como se achasse que sou hipnotizante. É mais como se ela me achasse esquisita.

Que. Droga.

— Pode deixar, eu consigo fazer sozinha — digo, estendendo o braço para pegar a pomada. — Não preciso de ajuda.

— A gente ficou quase uma hora enfiado em urtiga até os joelhos — diz ela, falando baixo. — Confia em mim, é melhor passar isso no corpo todo só por via das dúvidas.

— Eu consigo alcançar — insisto.

O que é patético, porque não é verdade.

— Pelo amor de Deus, Coley, por que é tão difícil para você aceitar ajuda das pessoas? — murmura ela, exasperada. — Vira! Vou precisar da sua ajuda para passar nos meus ombros, de qualquer forma. Não posso aparecer com uma urticária, minha mãe me mataria.

Sonya ainda está vestida. Pensar nela tirando o short e o suéter na minha frente faz com que eu me sinta prestes a derreter e escorrer pelo chão.

Penso em ir embora, mas aí eu me entregaria. Só preciso aguentar firme. Aguentar firme, tomar um banho e dar o fora.

Eu me viro de costas e levo as mãos até o fecho do meu sutiã. Deixo as alças caírem pelos meus braços, mas continuo segurando o sutiã contra o peito. Sinto Sonya se movendo atrás de mim e ouço quando ela abre a pomada. No instante seguinte, sinto suas mãos passando a mistura sobre minha pele em movimentos suaves e precisos.

— Tenho que espalhar bem — diz Sonya, a voz falhando ligeiramente.

Preciso fechar os olhos quando sinto que ela está descendo as mãos até minha lombar. Arfo e me desvencilho, tentando disfarçar uma risada.

— Desculpe. Eu sinto cócegas — explico.

Ouço um sorriso. E ela comenta:

— Não se atreva a encostar na parte de trás dos meus joelhos quando for passar em mim.

— Anotado.

As mãos dela sobem pelas minhas costas seguindo a linha da minha coluna e, de repente, tudo que já ouvi sobre pernas bambeando começa a fazer sentido.

— Você tem uma marquinha — observa ela, suave.

Os dedos de Sonya contornam minha marca de nascença no ombro com um movimento circular. A sensação do toque dela se espalha como uma onda de calor por todo o meu corpo, indo parar na ponta dos meus dedos e no meu estômago, num pulsar insistente como um segundo batimento cardíaco.

— Tenho — respondo, com a voz trêmula. — Quando eu era pequena tinha meio que o formato de uma noz, mas agora parece só uma bolota.

Não acredito que eu disse isso. Por que eu sou assim? *Esse é o papo menos sexy do mundo, Coley.*

Que tortura. Por que Sonya está demorando tanto para passar a pomada?

Tento ficar quieta, mas é difícil não me mexer sob o toque dela. A sensação é... tão boa... e talvez tenha sido o máximo que alguém já me tocou na vida.

— Acho que já está bom — diz ela, tão perto do meu ouvido que sinto um arrepio. — Quer que eu passe nas suas pernas?

Sim.

— Eu consigo passar — respondo, depressa. — Mas acho melhor passar nos seus ombros primeiro, não? Quanto antes, melhor.

— Sim. Espera, vou tirar isso.

Ela coloca a pomada em cima da pia, tira o suéter e o arremessa no chão junto das minhas roupas. Depois faz o mesmo com o short e eu encaro nossas roupas amassadas aos nossos pés. É óbvio que sutiã e calcinha não é a mesma coisa que biquíni. Pelo menos não aqui, no lugar onde ela se arruma de manhã e onde tira a roupa à noite.

Eu me obrigo a levantar o olhar, porque preciso pegar a pomada. *Respira. Respira fundo. Não olha para o corpo de Sonya e não pensa em como seria tocá-lo. Só passa o remédio na pele dela.*

— Pronta?

Sonya abaixa as alças do sutiã e tira o cabelo do ombro.

— Aham.

Coloco um pouco da pomada na mão, depois a espalho pelos ombros de Sonya. Nesse momento, me dou conta de que o corpo dela é muito mais definido do que o meu. Faz sentido, por causa da dança. As costas dela me hipnotizam, e sinto que estou em uma jornada delicada por seus músculos que só eu tenho o privilégio de percorrer.

São os dois minutos mais longos e mais breves de toda a minha vida. Sei que estou vermelha, sinto meu rosto fervendo. Mas quando ela se vira...

Ela também está corada. Suas bochechas estão pintadas de um vermelho profundo, e não é só minha imaginação. Está bem ali, estampado no rosto de Sonya, que está apoiada na pia olhando para mim como se não conseguisse desviar o olhar.

Se eu chegar mais perto, o que vai acontecer?

Ela vai recuar?

Ela vai chegar mais perto também?

Não sei. Nunca sei quando se trata de Sonya.

Queria ter coragem suficiente para descobrir, para colocar minha mão na nuca de Sonya e depois em seu cabelo. Para descobrir exatamente qual é o sabor de sua boca.

— Quando você terminar de passar, vou terminar de passar em mim no outro banheiro — avisa ela. — Depois você tem que tomar banho com água gelada.

Faço uma careta.

— É, eu sei — diz Sonya. — Mas tem que ser assim para funcionar.

Ela sai do banheiro sem me dar tempo para responder. Pego mais um pouco do remédio e espalho pelo resto do corpo, massageando por alguns minutos. Depois dou uma batidinha na porta do banheiro.

— Sonya?

— Oi.

Passo a bisnaga pela fresta da porta.

— Pode pegar — falo.

— Valeu — diz ela. — Separei umas roupas para você. Já volto.

Abro o chuveiro e cerro os dentes antes de entrar debaixo do jato gelado. Assim que a água toca minha pele, fico ofegante. Enxaguo a pomada o mais rápido possível e, quando termino, meu cabelo está pingando.

As toalhas de Sonya são enormes e muito mais macias do que as minhas. Seco o cabelo com uma delas e depois a enrolo na cabeça. Me enrolo em outra toalha e abro uma fresta na porta do banheiro para espiar o quarto, mas Sonya não está lá. Saio correndo para pegar as roupas que ela deixou na cama e volto depressa para o banheiro para me vestir, morrendo de medo de ela aparecer e minha toalha cair. Isso seria a cereja no bolo de chorume que esta noite está sendo.

No entanto, já na segurança e na privacidade do banheiro, me dou conta de que ela deixou para mim um short de algodão e uma regata branca. Roupas de dormir. Ou seja, roupas para passar a noite.

Roupas dela. Minha nossa. Roupas dela. Eu me visto e de repente estou rodeada por Sonya, e ela nem sequer está presente. Aquilo é mais do que posso aguentar e ao mesmo tempo não é o bastante. Sinto meu corpo inteiro latejar. Estou ansiosa e começo a tamborilar em meu quadril, tentando pensar, tentando ignorar como o short é macio — e como está gasto, como se ela usasse o tempo todo, como se fosse o favorito dela.

Preciso sair daqui. Preciso ir para casa.

Não posso passar a noite no quarto de Sonya... usando as roupas de Sonya... na cama de Sonya.

Como vou conseguir lidar com isso? Como sequer estou conseguindo *respirar*?

Chega. Vou embora assim mesmo. Não tem problema. Ninguém vai me ver indo embora de bicicleta a essa hora da noite, e acho que Curtis nem entende nada de roupas para achar estranho. Vai dar tudo certo.

Coloco meus tênis e saio depressa do banheiro, e ela está entrando no quarto nesse exato momento.

— Ah, que bom, serviu certinho — diz Sonya ao me ver.

Ela está usando um short cor-de-rosa e uma blusa tão larga que o short quase desaparece por baixo. Ter esse breve vislumbre de tecido cor-de-rosa nas coxas de Sonya é uma das experiências mais desconcertantes da minha vida, e há poucos minutos ela estava com as mãos em meu corpo. Acho que isso explica como foi intenso o que senti naquele momento.

— Obrigada pelas roupas e pelo remédio. Tenho que ir.

— Como assim? — pergunta ela, franzindo a testa. — Por quê? Está muito tarde.

— Não tem problema. Trago suas roupas amanhã.

— Nem pensar — insiste Sonya. — É tarde, Coley. Quase todos os postes estão queimados nas ruas que dão para a sua casa. Você pode ser atropelada ou alguém pode mexer com você!

— Você acha mesmo que tem uma ameaça à espreita? — digo.

Sonya revira os olhos.

— Hoje você vai dormir aqui. Você já disse para o seu pai que talvez fosse ficar, não disse?

— Aham — murmuro.

— Então ele não vai se preocupar. Tenho certeza de que ele já está dormindo. Se você chegar do nada de madrugada, ele vai acordar e fazer um monte de perguntas. Aí, sim, você vai se meter em problemas.

— Beleza — respondo. — Eu fico.

Por que fui concordar? Não! Não posso ficar. Vou ficar maluca se dormir aqui.

— Ótimo — diz Sonya, colocando as mãos nos quadris e apontando para a cama com um aceno de cabeça. — De que lado você quer dormir?

Estou ferrada.

DEZENOVE

Isso está realmente acontecendo. Não é imaginação, nem um sonho. Sonya vai até a cama e puxa o edredom, olhando para mim com expectativa.

— Hum… se você tiver um saco de dormir…

Ela me observa como se eu fosse *completamente maluca*. Minha nossa. Será que estou dando mais na cara ainda com essa sugestão de dormir no chão? Droga. *Droga*.

— É que algumas vezes eu fico com dor nas costas se o colchão for muito macio — solto, tentando dar uma desculpa e sem querer soando como se estivesse na terceira idade.

Dor nas costas? Por que eu não cavo um buraco e vou me esconder lá pelo resto da vida?

— Bem, por que não experimenta? — sugere ela. — Meu colchão não é muito mole.

Faço o que ela diz, porque agora não posso me opor sem parecer estranho. E ela tem razão, o colchão é firme. O lençol e os travesseiros, no entanto, são muito macios. Quando me recosto na pilha de travesseiros, me sinto sendo engolida por uma nuvem.

Não vou conseguir. Simplesmente não vou conseguir dormir ao lado dela.

— Juro que não me importo de passar a noite em um saco de dormir — insisto, em uma última tentativa desesperada.

— Estou fedendo, por acaso? — indaga Sonya, meio que brincando.

— Deixa pra lá — respondo.

Fico com medo de falar besteira se ela continuar fazendo perguntas.

— Não tem problema se você roncar — garante ela, se deitando na cama e colocando as pernas compridas debaixo do edredom. — Provavelmente eu não vou ouvir nada.

— Seu sono é profundo?

— Aham, durmo feito pedra.

— Aposto que acordar você deve ser divertido.

Ela dá uma risada.

— Uma vez SJ me jogou na piscina para me acordar.

— Por que vocês gostam tanto de jogar as pessoas na água? — indago, pensando no dia do lago.

— Foi engraçado! — diz ela, rindo.

— Se você diz.

Ela inclina o corpo, e meu coração quase para de bater. Ela se inclina *na minha direção*, chegando perto, tão perto que eu me esqueço de respirar. Então percebo que ela só está se esticando para desligar a luminária na mesinha do meu lado da cama. Sonya apaga a luz, e nós duas mergulhamos na escuridão. Ao se afastar, ela se mexe devagar, passando o braço por cima de mim tão devagar que só pode ser intencional.

Já dormi na casa de outras pessoas antes. Já dormi com outras garotas na mesma cama, usando lençóis da Disney. Mas isso é completamente diferente.

Sonya é completamente diferente. Ela representa todas as dúvidas que eu já tive — sobre mim mesma, sobre amor, sobre toque físico. E agora ela está na mesma cama que eu, debaixo do mesmo edredom. Não tem nada impedindo a gente de se tocar.

Meu corpo parece vibrar, mas nada acontece. No escuro, ouço Sonya se mexer na cama e se virar para o outro lado, de costas para mim.

— Boa noite — diz ela, com a maior naturalidade.

— Boa noite — repito, meio sem saber o que fazer.

Fico parada no escuro, deitada de barriga para cima com o cobertor até o queixo. Encaro o breu até que meus olhos se ajustam à falta de luz.

Se eu me mexer, é possível que meu corpo inteiro entre em combustão com toda a adrenalina de estar tão perto dela, apesar de me sentir tão longe. Então fico imóvel, paralisada entre o desejo e a espera, entre a pergunta e a resposta.

Ela respira suave ao meu lado, tão serena que só pode estar fingindo. Mas os minutos se estendem e, quando Sonya solta um ronco delicado, sei que ela adormeceu de verdade. Bem, ela avisou que tinha o sono pesado.

Fiquei nervosa à toa.

Talvez eu esteja delirando, imaginando cenários e vendo coisa onde não tem.

Não. Não. Não foi coisa da minha cabeça. O que está acontecendo aqui é real, seja lá o que for.

Viro para o outro lado, de costas para Sonya, rezando para pegar logo no sono. Mas não vou conseguir, ela está perto demais. Nunca vou conseguir dormir ali, nos lençóis dela, no quarto dela, mergulhada naquela fragrância cítrica e floral, com o calor do corpo dela a centímetros do meu.

Eu me viro mais uma vez, agora ficando de frente para ela. No escuro eu mal conseguiria enxergar a silhueta do corpo de Sonya sob o lençol, mas não importa, porque tenho a impressão de que conseguiria visualizar o rosto dela na minha mente ainda que a gente ficasse uns vinte anos sem se ver. Acho que, mesmo quando eu já tiver cabelos grisalhos e for bem velhinha, vou conseguir fechar os olhos e ver Sonya com total nitidez, ainda com dezessete anos e sorrindo só para mim.

Talvez eu consiga dormir se me concentrar na minha respiração. As pessoas fazem isso quando meditam, acho, mas não sei direito como funciona.

É uma situação normal, penso. *Amigas dormem na casa uma da outra. Amigas dormem na mesma cama. É normal. Não quer dizer nada.*

Ela prolongou o toque. Não dá para explicar o que aconteceu lá no banheiro de outra forma. Quando ela estava passando a pomada nas minhas costas, Sonya me tocou bem devagar. Eu sei que foi isso que aconteceu porque fiz a mesma coisa.

— Hummmm... — murmura Sonya, de repente.

Congelo. O colchão se mexe, e eu escorrego um pouco para o meio da cama quando ela se vira para mim. Sonya estica o braço e o passa pelo meu corpo, um gesto muito simples, mas que faz meu sangue borbulhar. Partes do meu corpo nas quais eu nunca tinha pensado começam a formigar quando os dedos dela encontram a pele macia da minha cintura.

Ela está acordada? Não deve estar. Sonya não faria isso...

Faria?

— Sonya? — chamo, baixinho.

Ela não responde.

Eu me viro. Em vez de tirar o braço, Sonya chega ainda mais perto, encostando seu corpo no meu e se aninhando em mim.

Nossos corpos se encaixam como peças de um quebra-cabeça. Ela se aconchega como se nós duas fôssemos uma lua crescente — ela seria a parte iluminada que envolve a parte nas sombras — e me abraça como se eu fosse algo a ser cuidado e estimado. Suspiro, sentindo na pele o jato de ar quente que sai das minhas narinas. Estou tão nervosa que até respirar fica difícil.

— Sonya — chamo de novo.

Não vai dar. Eu vou *desmaiar* se a gente continuar assim. Sonya toca o elástico do meu short com os dedos. Fico imóvel, sem conseguir e sem querer me mexer, sentindo o quadril dela pressionado contra o meu corpo. A camiseta dela subiu um pouco, e nossas peles estão se tocando, tão quentes que eu deveria estar suando, mas não estou. Em vez disso, estou imersa nesse calor, finalmente respirando direito, mas dessa vez a ponto de estar quase arfando.

— Hummmm — murmura ela outra vez.

Sonya encaixa o rosto em minha nuca. O toque dos lábios dela não deve ser proposital; eles estão entreabertos, e eu os sinto vibrando de maneira leve e cadenciada logo abaixo do meu ouvido. Ela suspira de novo, e o corpo dela relaxa, mas seu braço continua firme em volta do meu corpo.

Fecho os olhos, tentando me acalmar e desacelerar a pulsação em meu peito e em… outras partes. Eu me sinto uma bomba prestes a explodir. Encho os pulmões de ar, fecho os olhos e começo a contar. Um. Dois. Três. Quatro. Inspira. Um. Dois. Três. Quatro. Expira.

Perco a conta de quantas vezes faço isso. Não tento mais me soltar do corpo de Sonya e me entrego, tentando gravar na memória a sensação dos dedos dela em minha pele, a sensação dos seios dela encostando em minhas costas. Ela é muito, muito carinhosa, de várias formas diferentes. Não imaginava encontrar tanta ternura numa pessoa tão impetuosa. E nem sei se ela mesma sabe que é assim, tão afetuosa e doce, completamente livre de amarras. Talvez isso seja algo que só se percebe ao vê-la dormindo. Talvez eu seja a primeira pessoa a ver esse lado dela. Começo a me perguntar se ela já dormiu ao lado de Trenton.

Meu corpo trava quando penso nisso, e Sonya emite um grunhido sonolento em protesto, depois me aperta com mais força e coloca a perna entre as minhas.

Continuo de olhos fechados, concentrada em respirar, e consigo fazer isso, por incrível que pareça, embora seja uma das coisas mais difíceis que já fiz. O tempo se arrasta e, por algum milagre, pego no sono, envolvida pelo corpo de Sonya, perto dela de um jeito que nunca tinha ficado com ninguém.

Acordo com a luz do sol em meu rosto.

— Bom dia!

Faço uma careta. Meus olhos tentam se adaptar à luminosidade e minha mente se esforça para processar o que está acontecendo. Tudo está iluminado demais, barulhento demais, e parece que algo está faltando. O braço de Sonya não está mais em volta de mim, e sinto quase uma dor física nos lugares do meu corpo em que ela tocou.

— Dormi tão bem ontem à noite — conta Sonya. — Você é um verdadeiro calmante, Coley.

Afasto o edredom e tiro o cabelo do rosto. Que droga, meu cabelo deve estar horrível, e eu *sei* que tenho mau hálito de manhã.

Ela está linda. Óbvio. Realmente parece ter tido a noite mais tranquila do mundo, como se não tivesse bebido demais e depois se escondido em um matagal cheio de urtiga. Olho para o espelho da penteadeira e percebo que não dá para dizer o mesmo sobre mim.

— Que bom que você dormiu bem — respondo.

— Você não? — pergunta ela.

Estou meio de ressaca, mas já aprendi a identificar quando ela está jogando verde.

— O absinto não caiu muito bem — minto.

Só tomei um golinho e mal fez efeito, mas Sonya não precisa saber disso.

— Faith te deu absinto? — questiona ela, depressa.

— Aham — respondo, cautelosa, me lembrando de como ela agiu na noite anterior quando Faith e eu estávamos conversando.

Não consigo me controlar e decido dar corda, só para ver o que ela vai dizer.

— Ficamos bebendo juntas depois que você foi dançar com Trenton.

— Já falei para você que ela não é flor que se cheire — alerta Sonya mais uma vez.

— Obrigada pelo aviso — respondo.

Não quero pensar no que Sonya quer dizer com "não ser flor que se cheire", já que a gente *dormiu de conchinha* na noite passada.

— Que seja — diz Sonya. — Não diga que não avisei quando ela tentar, sei lá, dar em cima de você.

— Que terrível — respondo, com ironia, sem pensar direito no que estou dizendo.

— O que você quer dizer? — interroga Sonya.

— Nada — respondo, me levantando da cama o mais rápido que consigo. — Que bom que você dormiu bem. Preciso mesmo ir, Curtis já deve estar querendo saber onde estou.

— Eu levo você — oferece Sonya.

— Não precisa…

— Precisa, sim — diz ela. — Você não veio de bicicleta, lembra? Eu fui te buscar. Vamos.

Ficamos em silêncio quase o caminho todo até minha casa. Não sei o que fiz de errado. Será que ela estava acordada na noite passada, quando me abraçou? Será que ela está brava comigo por eu não ter me afastado? Mas não tinha como, eu teria caído da cama.

Talvez ela esteja com vergonha. Olho para Sonya de canto de olho, tentando interpretar sua expressão. Ela está focada no trânsito, mas, quando percebe que estou observando, sorri para mim e depois volta a se concentrar na rua.

— Vou com você até a porta — diz ela quando estacionamos em frente à minha casa.

— Não precisa — respondo.

— Quero ver seu quarto — insiste Sonya.

— Está meio bagunçado…

— Não tem problema — responde ela, saindo do carro sem me deixar responder.

E é assim que nós acabamos indo juntas até a porta da minha casa.

— Coley, é você? — indaga Curtis de algum lugar quando entramos.

— Aham. Dormi na casa da Sonya — respondo em voz alta.

Ele aparece no corredor, vindo da cozinha.

— Oi, Sonya.

— Oi, Curtis.

— Fiz panquecas — comenta ele. — Vocês já tomaram café da manhã?

— Ah, a gente não que… — começo.

— Nossa, eu estou *morrendo* de fome — diz Sonya, me interrompendo. — Nós gastamos muita energia ontem, né, Coley?

Olho para ela, parecendo um pimentão.

— Hã…

— Nós jogamos queimada — mente Sonya, na maior cara lavada.

— Deve ter sido legal — diz Curtis, conduzindo a gente até a cozinha.

Enquanto Curtis coloca as panquecas em um prato, Sonya se senta num dos banquinhos do balcão e pega o xarope de bordo.

Aceito o suco de laranja que Curtis serve para mim e fico em silêncio enquanto os dois conversam sobre amenidades. Parece que estou em uma espécie de sonho febril: passei a noite com Sonya, literalmente *nos braços dela*, e agora estou aqui, tomando café da manhã ao seu lado.

É assim que é ter uma namorada? Vocês crescem juntas, depois vão morar juntas e aí você pode sempre acordar ao lado dela e tomar café da manhã e… se sentir feliz?

A ideia é estranha demais para ser real. O sentimento que cresce dentro de mim é estranho demais. Sonya e Curtis dão risada de um festival chamado Nevado que acontece no inverno.

— Você vai adorar — promete Sonya, quando vê que estou confusa. — Tem uma competição de bonecos de neve.

— Na verdade parece que vou odiar — digo.

Curtis ri.

— Parece que minha filha é o próprio Grinch.

Eu o encaro com frieza.

— Como se você soubesse o que faço no Natal.

Curtis fica em silêncio, com uma expressão séria. Sonya olha para nós, nervosa.

— Tenho que ir — diz ela, percebendo o clima pesado. — Você me mostra seu quarto da próxima vez, Coley. Minha mãe me pediu para cuidar da minha irmã.

Assinto.

— Te mando mensagem — continua ela, descendo da banqueta. — Obrigada pelas panquecas, Curtis!

Vou lavar os pratos quando Sonya vai embora, fugindo da situação desconfortável que causei. Caramba, qual é o meu problema? Eu *sei* que Curtis está se esforçando, mas isso só parece piorar as coisas, e eu nem sei explicar o porquê.

— Você está bem? — pergunta Curtis.

— Aham.

Ele arqueia a sobrancelha e chega mais perto, depois apoia os cotovelos no balcão da cozinha.

— Eu sei identificar quando alguém está de ressaca.

— Uau, parabéns — respondo. — Estou indo para o quarto.

Sinto meus olhos arderem como se eu não tivesse dormido nem por um segundo.

Eu me jogo na cama assim que abro a porta. Toco a barriga no lugar onde a mão de Sonya ficou por tanto tempo na noite passada e respiro devagar, sentindo minha mão subir e descer, e posso jurar que quase sinto a mão de Sonya sob a minha. A respiração dela em minha nuca. O calor do corpo dela junto ao meu.

Fecho os olhos e, pela primeira vez desde que meu corpo e o de Sonya se tocaram, me permito mergulhar em tudo o que senti. Eu me permito aproveitar Sonya e a lembrança de nós duas unidas debaixo dos lençóis.

Espero que você tenha acordado ainda abraçada em mim, penso, desejando que meus pensamentos flutuem pelas ruas e através das árvores e entrem pela janela do quarto dela. *Espero que você tenha acordado sem saber onde seu corpo terminava e onde o meu começava. Espero que você tenha ficado balançada com a sensação de acordar com o corpo colado ao meu. Espero que você tenha ficado sem saber o que fazer, o que pensar — como eu fiquei ontem à noite.*

Desço os dedos um pouco mais, passando a mão por baixo do elástico do short. Do short de Sonya, que em mim fica um pouco apertado na altura da cintura e é um pouco mais curto do que o tipo de short que uso. Nela, no entanto, ele fica largo nos quadris e deixa muita pele à mostra.

Espero que você também esteja pensando em mim quando fizer isso.

VINTE

Usuário do LiveJournal: SonyaSol

Postagem pública

20 de junho de 2006

[**Humor:** com coceira]

[**Ouvindo agora:** "Toxic", Britney Spears]

E aí, galera? Tá rolando uma coceirinha por aí? :D

Bjs,
Sonya

Comentários:

SJbabyy:

HAHA. Engraçadinha. Na verdade eu quase não tive urticária. E você?

SonyaSol:

Valeu pela dica da pomada! Não fiquei com nadinha.

SJbabyy:

Ai, agradece a Coley por mim outra vez? Ah! Estou com a camiseta dela. Ela pode vir buscar aqui, se quiser.

SonyaSol:

Beleza, aviso ela.

TrentOnnn:

Não acredito que você acha isso engraçado. Foi uma merda.

SJbabyy:

Relaxa aí, Trenton.

TrentOnnn:

Coley não devia ter feito a gente entrar na droga de uma vala de urtiga!

Brooke23:

Vocês sabem o que dizem dessas garotas da cidade grande...

SonyaSol:

Por que vocês não param de encher o saco, hein? Estava escuro pra caramba, e se a gente não tivesse se escondido talvez a polícia tivesse nos pegado. E isso seria muito pior do que urticária!

Brooke23:

Nossa, eu estava brincando. Foi mal.

TrentOnnn:

Você tem que proteger sua cachorrinha, né, Sonya?

SonyaSol:

Vai se ferrar.

Usuário do LiveJournal: SonyaSol

Postagem privada

20 de junho de 2006

[**Humor:** pensativa]
[**Ouvindo agora:** "Soul Meets Body", Death Cab for Cutie]

cama

acordar juntas
meu querer agridoce
e você, também?

VINTE E UM

SonyaSol: vem pra cá.
Coley87: agora?
SonyaSol: acabaram de limpar a piscina. vem nadar.

Olho para meus braços e vejo a pequena mancha deixada pelo contato com a urtiga. Ela está quase desaparecendo por completo, graças ao rápido tratamento de Sonya. O cloro da piscina provavelmente não vai ajudar, mas não vou recusar um convite dela. Ainda mais depois daquela festa.

Coley87: tô indo

Já faz uma semana. A gente está conversando e Sonya até veio aqui uma vez, mas pelo jeito a mãe dela ficou brava por termos chegado tão tarde. Como castigo, ela teve que cuidar de Emma a semana inteira, então a gente tem mantido contato por mensagem.

Na ida de bicicleta até lá sinto que estou voando pelas ruas. Todos os semáforos ficam verdes para mim, como se o universo estivesse conspirando a meu favor. Chego em tempo recorde e, quando Sonya abre a porta, está sorrindo como se me ver fosse tudo de que ela precisava.

— *Até que enfim* — diz ela, me segurando pelo braço e me puxando para dentro. — Minha mãe levou Emma para tomar iogurte gelado e não me deixou ir.

— Faz parte do castigo?

— Na cabeça dela, sim. Mas tanto faz, ela nunca deixa a gente acrescentar doces ou algo gostoso, só coisas saudáveis.

Faço uma careta.

— Sem granulado?

— Só se for nosso aniversário.

— Granulado tinha que ser permitido todos os dias — respondo.

Lembro que minha mãe adorava bolo com granulado. Ela sempre colocava uma quantidade generosa.

Sigo Sonya pela casa, e ela tira a blusa antes mesmo de a gente ir para a área da piscina. Dessa vez tento não expressar nenhuma reação. A parte de cima do biquíni vermelho fica perfeita nela, e só consigo pensar na sensação de sua pele nas minhas mãos, em como nossas pernas se enroscaram quando dormimos juntas, em como os dedos dos pés dela fizeram cócegas na sola dos meus. Na sensação da respiração dela no meu pescoço. Ela me segurou com tanta firmeza que parecia até que, mesmo dormindo, ela tinha medo do que aconteceria se me soltasse. Como se eu fosse fugir.

Mas a verdade é que, no segundo em que eu me deitei na cama dela, usando as roupas dela... eu já tinha perdido.

Sonya entra na piscina com um mergulho tão suave que a água mal se mexe. Fico em pé, vidrada, olhando para ela em vez de ficar de biquíni também. Tiro as roupas de cima, mas não pulo na piscina. Uso as escadas e deixo meu corpo se acostumar com a água gelada em minha pele quente. Depois nado até Sonya.

Ela esguicha água em mim com a boca assim que me aproximo, e eu dou risada, tentando escapar; depois me vingo jogando água nela com as mãos. Ela gira dentro da piscina como uma sereia e sai nadando para o outro lado. Seu cabelo escuro é um borrão debaixo d'água enquanto a acompanho com os olhos.

Ali, na piscina, só nós duas, eu me sinto no céu. É como se mais nada existisse. Eu me permito aproveitar o momento, girando ao redor de Sonya, espirrando água nela e rindo. Quanto mais tempo passa, mais perto uma da outra nós ficamos; em um determinado momento, nossos corpos não estão mais simplesmente próximos, e sim flutuando juntos, lado a lado. Até que fico com as costas contra a parede da piscina, ela de frente para mim, com um braço de cada lado do meu corpo, o rosto perto do meu.

— Tá olhando o quê? — pergunto.

— Você.

Fico sem reação. Não faço ideia do que dizer. Estamos no lado fundo da piscina, e a única coisa que me mantém na superfície é meu apoio na parede e o fato de eu estar batendo os pés. Mas toda vez que mexo os pés meu corpo vai para a frente e nós duas quase nos tocamos. Estou perto o suficiente para encostar no corpo de Sonya, mas sem chegar a fazer isso.

Só consigo pensar no corpo dela encostado no meu naquele dia, em como os joelhos dela se encaixaram nas minhas pernas dobradas. A conchinha perfeita. Foi como se a cama dela fosse um refúgio do mundo em que ninguém poderia nos incomodar.

— Queria que a gente tivesse uns baseados — diz ela. — Não fico chapada desde a noite da festa.

— Acho que li em algum lugar que, se você olhar nos olhos de alguém por uns minutos, a onda é a mesma — comento.

— Sério?

Assinto.

— Tem alguma coisa a ver com as substâncias químicas liberadas no cérebro.

— Uau. Muito inteligente da sua parte — diz Sonya. — Vamos tentar.

— Quer que eu fique olhando para você?

— Meu rostinho é tão desagradável assim? — questiona ela.

Sonya dá uma piscadinha que deixa evidente que não há nem um pingo de insegurança por trás daquela pergunta.

— Para de falar besteira.

Sonya faz um beicinho. Ela fica muito fofa quando faz isso e provavelmente sabe disso.

— Só quero ficar chapada.

— Beleza. Tá bem.

Endireito os ombros e me apoio na beirada da piscina para firmar a postura. Depois respiro fundo e olho para ela.

Ela retribui o olhar, e de repente estou me xingando mentalmente por ter sugerido essa brincadeira idiota, porque agora Sonya está oscilando para a frente e para trás na água, para a frente e para trás, se afastando e se aproximando de mim. Eu conseguiria enlaçar o braço na cintura dela. E correr meus dedos pelas suas costas, segurar as cordinhas do biquíni que ela está usando e...

Talvez seja verdade essa teoria de que dá para ficar chapado olhando nos olhos de outra pessoa, porque minha cabeça está girando... Mas pode ser que seja só o efeito de Sonya.

Os olhos dela são de um castanho profundo e hipnotizante, do tipo que faz você não conseguir se lembrar de como era a vida antes dela. O tom escuro contrasta com o biquíni vermelho e o cabelo molhado, mas, contra a luz do sol, ficam mais claros, e dá para ver que são salpicados por pontinhos mais escuros.

Eu poderia ficar aqui para sempre. Poderia admirar Sonya pelo resto da vida. Devotamente. Apaixonadamente.

— No que você está pensando? — pergunto, baixinho.

Preciso saber.

Ela passa a língua pelos lábios, e eu não consigo evitar: fixo o olhar na boca de Sonya e deixo que ele se demore ali. Ela vai perceber, mas eu quase não ligo mais.

Sonya não agiria assim se não sentisse isso também. *Eu sei que não.*

— Eu... — começa ela.

Uma bola de plástico aparece voando do nada e me acerta na cabeça. Uma gargalhada quebra o silêncio.

— Trenton! — grita Sonya.

Tento me recompor, mas fui pega tão de surpresa que afundei e engoli água. Volto à superfície, tossindo e cuspindo.

— Caramba, Coley. Você está bem? — pergunta Alex, correndo até o lado da piscina em que estou.

— Aham — respondo, meio engasgada.

Aceito a mão que ele estende para mim e deixo que me ajude a sair da água.

Eu me jogo no chão na beira da piscina, ainda tossindo na minha mão. O cloro faz minha garganta arder.

— Ai, minha nossa, tadinha — diz Sonya, dando tapinhas em minha coxa.

— Estou bem — digo, olhando para Trenton. — Vou me secar.

Eu me levanto e vou até onde estão as toalhas, torcendo para que ele me deixe em paz. Mas ele vem atrás de mim, óbvio. Lá atrás, ouço Sonya perguntar a Alex se ele trouxe um baseado.

— Olha o que você fez — acusa Trenton, estendendo o braço.

Ele está com uma urticária horrorosa que está soltando pus. Dou um passo para trás.

— Que nojo — comento, enquanto me enrolo na toalha. — Tira esse braço de perto de mim.

— Isso aqui é culpa sua.

— Você não passou remédio?

Ele revira os olhos.

— Não consegui comprar.

— Nossa! — exclama Sonya, aparecendo logo atrás da gente. — O que aconteceu?

Trenton faz cara de coitado.

— A urtiga me pegou, gatinha. Foi feio — explica ele de um jeito patético, e sinto meu estômago se revirar quando Sonya vem depressa ao encontro dele. — Usei remédio — mente ele —, mas não adiantou. Tinha urtiga demais naquela vala em que Coley fez a gente entrar.

— Está bem feio — diz Sonya. — O que você passou depois que a urticária apareceu?

— Ah, sei lá.

— Trenton! Você sabe que não pode fazer isso — repreende ela, meio zangada. — Vou pegar o kit de primeiros socorros. Você vai ter que passar calamina nisso aí.

— Você é demais — responde Trenton.

Mas ele não está virado para Sonya quando diz isso, está virado para mim, seus olhos cintilando com um brilho perverso.

Desvio o rosto, tentando ignorar a repentina vontade de vomitar que comecei a sentir. Faith disse que é melhor tomar cuidado com ele, e estou começando a entender o porquê. Trenton não é só um completo babaca, é também muito manipulador.

Quero ficar o mais longe possível de Trenton, mas ao mesmo tempo não quero deixar Sonya aqui, então vou até Alex, que está sentado na beirada da piscina, com os pés na água.

— Como estão as coisas? — pergunta ele quando me aproximo.

— Tudo bem. E com você?

— Tudo meio corrido — responde Alex. — Minha família veio visitar a gente.

— Isso é bom ou ruim?

— Minhas tias fazem uns *tamales* muito gostosos, o que é ótimo. Mas tenho que ficar fazendo sala para meus primos... É um saco.

— Quantos anos eles têm?

Ele abre a boca para responder, mas a voz de Trenton o interrompe:

— Você não vai passar isso em mim! É rosa!

— Trenton — diz Sonya, com um suspiro cansado.

Eu me viro para olhar. Os dois estão nas cadeiras perto da piscina, e Sonya está tentando passar a pomada de calamina no braço de Trenton.

— Você tem que passar remédio. Está muito nojento.

— Não vou passar esse negócio rosa no meu braço. Pega outra coisa que não seja tão de mulherzinha.

Dou uma risadinha discreta. Estamos do outro lado da piscina, então Trenton não me ouve, mas Alex, sim.

— Você não sabia que basta entrar em contato com algo cor-de-rosa para virar gay? — indaga Alex, revirando os olhos e abrindo um sorriso sarcástico. — Ele faz bem em estar tão preocupado.

— Uma ferida soltando pus que não para de coçar com certeza é melhor do que andar por aí com uma terrível pomada de mulherzinha no braço — respondo, muito séria.

Alex ri, e eu começo a rir junto, até que Sonya olha para nós.

— Estão rindo do quê? — pergunta ela.

— Nada — responde Alex, de forma tão inocente que começo a rir mais ainda.

— Será que dá para me ajudar aqui? Trenton precisa passar remédio nessa ferida. Pode explicar isso para ele? — pede Sonya a Alex. — Estou falando sério — diz ela, dessa vez para Trenton.

— Arranja um remédio de cor diferente.

— Cara, o ingrediente ativo na pomada é o que deixa ela cor-de-rosa — explica Alex. — Para de frescura. Se isso aí não melhorar, você vai acabar com urticária naquela parte.

Trenton arregala os olhos de um jeito ridículo.

— Me dá logo a pomada — pede ele imediatamente.

— Viu como é fácil? — sussurra Alex para mim.

— Você é um gênio.

— Prontinho — diz Sonya, guardando a pomada. — Agora tem que esperar secar. Vai precisar passar mais amanhã. Não se esqueça do que Alex disse.

— Adoro como você cuida de mim — diz Trenton, abraçando Sonya com o mesmo braço da ferida nojenta e contagiosa.

— Sai, Trenton! — reclama ela, empurrando-o.

— Bem, agora vamos?

Sonya ainda está olhando para ele de cara feia.

— Para onde?

— Os pais do Alex foram viajar, lembra? Vamos para a casa dele. Dá tchau para a Coley e pega suas coisas. Anda logo.

Ele dá um empurrãozinho de leve em Sonya, que fica plantada no lugar, com os pés firmes no chão. Está com uma expressão furiosa que nunca vi antes. Preciso admitir que, de um jeito meio perverso, estou adorando vê-la tão irritada com ele, tão do nada.

— Ficou maluco, Trenton? Coley também está convidada — protesta Alex, se virando para mim com um sorriso. — Quero muito que você venha.

— Obrigada — respondo.

— Não, valeu — responde Sonya, resoluta, vindo até mim e me pegando pelo braço. — Coley e eu temos outros planos.

— Que planos? — pergunta Trenton, autoritário.

— Não é da sua conta! — retruca Sonya. — Você não tem que saber tudo que eu vou fazer.

— Que se dane.

Trenton se vira e vai embora, pisando forte como se fosse uma criança mimada.

— A gente se vê depois, garotas — diz Alex.

— Fala sério — resmunga Sonya, vestindo o short e a camisa depois que os dois vão embora.

Faço o mesmo, mas mal tenho tempo de fechar meu short antes de ela sair andando de novo.

— Nossa, como ele é idiota — observa ela, pegando uma garrafa de vodca do barzinho perto da piscina e colocando debaixo da blusa. — Vamos para aquele lugar lá nos trilhos?

— Aquele perto da ponte?

Ela assente, e nós começamos a atravessar o jardim.

— Ele sempre foi possessivo assim? — pergunto, tentando soar o mais casual possível.

Não consigo parar de pensar no que Faith disse sobre Trenton.

— Todo cara é assim — responde Sonya.

— Você sempre dá a mesma resposta.

Ela olha para trás.

— Como assim? — questiona ela.

— Você vive falando sobre as coisas ruins que Trenton faz, em geral com você, e depois você sempre diz que todos os garotos são assim.

— Beleza. E daí?

— Não acho que todo garoto seja assim. Acho que só os imbecis são.

Sonya me lança um olhar tão inquisitivo que minha primeira reação é dar um passo para trás.

— E como é que *você* sabe? — indaga ela.

Mas, em vez de me deixar intimidar, respondo no mesmo tom. Arqueio as sobrancelhas e falo de maneira teatral, fazendo com que aquilo soe o mais bobo e exagerado possível:

— Ah, você sabe como eu sou — respondo, passando reto por ela. — Já te contei sobre todas aquelas festas dançando em cima das mesas. Já tive várias experiências com homens, parti muitos corações por aí.

Sonya começa a rir, e toda a tensão em seu corpo parece evaporar.

— Agora sim — digo.

Ela cai em um silêncio profundo num piscar de olhos, quase como se alguém tivesse pausado a risada dela usando um controle remoto.

— Trenton nem sempre é tão ruim assim — insiste ela. — Sei que ele quis deixar todo mundo lá no celeiro...

— Pois é, ele não pensou duas vezes — lembro, pegando minha bicicleta.

— Não é a primeira vez que tive que fazer algo como aquilo. Pegar as chaves, sabe?

Sonya sobe na bicicleta dela e sai pedalando na minha frente. Seu cabelo dança ao vento como um cachecol de seda, e eu pedalo com mais afinco para tentar alcançá-la.

Deixamos nossas bicicletas por perto, encostadas em uma árvore em um lugar onde não vão ser encontradas. Sonya caminha na ponta dos pés pelos trilhos, de braços abertos para se equilibrar, pulando de um lado para o outro em zigue-zague. Ela tem um charme arrebatador. Dá para entender por que ganha todas as competições. Quando está solta como agora, é impossível tirar os olhos dela. Quando está livre, é incandescente.

Ela emanaria um brilho exuberante se conseguisse se permitir. Se ela se conhecesse, se ela confiasse em si mesma...

Mas quem sou eu para dizer alguma coisa? Mal consigo confiar no meu próprio coração e no bom funcionamento dos meus pulmões quando estou perto de Sonya. É como se ela tirasse tudo de mim: minha respiração, meu coração e todas as partes da minha alma que ainda restam.

— Quando eu era pequena... — começa Sonya, como se estivesse prestes a fazer um grande anúncio, e eu percebo que o álcool está começando a fazer efeito. — Minha mãe me fazia usar uns vestidinhos de babado que sempre levantavam quando eu girava.

Sonya rodopia, apoiada em um pé só. O giro sai meio em câmera lenta, e Sonya quase cai por um momento, depois volta a se equilibrar, rindo.

— Então minha mãe não queria que eu ficasse girando por aí. Ela dizia que não era "coisa de mocinha". E é óbvio que precisamos agir como mocinhas! — diz ela, falando de maneira afetada para imitar a mãe. — Aja como mocinha e fique quietinha, Sonya. Guarde essa energia para as aulas de dança e as competições.

Sonya suspira, então continua:

— Ela está fazendo a mesma coisa com Emma. Vai acabar matando o amor dela pela dança.

— Foi o que aconteceu com você?

Sonya fica em silêncio, olhando para o horizonte, um ponto distante na direção dos trilhos.

— Vamos ver quem chega primeiro? — pergunta ela.

— Sonya... — começo, mas ela já saiu correndo. — Ah, pelo amor de Deus.

Saio correndo atrás dela, mas a perco de vista. A pista faz uma curva e desaparece em meio às árvores, e de repente ouço a buzina do trem. Uma onda de medo me atinge em cheio, tão forte quanto um choque elétrico.

— Sonya!

Corro mais rápido, fazendo a curva tão depressa que o mundo ao meu redor se transforma em um borrão. Tudo o que consigo ver é Sonya, parada bem no meio dos trilhos com a garrafa de vodca em uma das mãos, de costas para o trem que se aproxima.

VINTE E DOIS

— Sonya! Sai daí agora!

—Você não manda em…

Pulo em cima dela, e nós duas rolamos pela encosta até cairmos na grama alta que cresce em meio às árvores. Ela está em cima de mim, e seu cabelo balança com o vento forte quando o trem passa ao nosso lado. O apito soa, o som agudo preenchendo meus ouvidos. Sonya está de olhos arregalados.

A barulheira do trem e as nuvens de poeira que ele levanta ao passar deveriam estar fazendo com que tudo parecesse caótico, mas só consigo ver Sonya, só consigo sentir o coração dela batendo junto com o meu. A sensação é esquisita — meus batimentos desaceleram para acompanhar os dela, nossas respirações no mesmo ritmo. Levanto o braço e coloco uma mecha de cabelo dela atrás da orelha.

Sonya não se afasta. Ela nem pestaneja.

Quando seguro seu rosto, ela se aconchega no meu toque e fecha os olhos. Quando coloca a mão sobre a minha, é como se eu descobrisse pela primeira vez o que é sentir alívio. Finalmente, depois do que pareceu ser uma eternidade.

É assim que deve ser.

O ruído do trem começa a diminuir à medida que ele desaparece ao longe. Continuo onde estou, deitada debaixo de Sonya, confortável sob o corpo dela, sentindo meu coração quase rasgar meu peito. Um coração que não me pertence mais.

Ela se levanta só um pouquinho, embora isso esteja longe de ser o que desejo. Imito o gesto até que ficamos deitadas lado a lado, nossas pernas ainda enlaçadas.

Sonya não se afasta mais.

— Você está bem? — pergunta ela.

Assinto.

— Eu devia ter prestado atenção. Me desculpa — diz ela.

— Está tudo bem. Ninguém ia sentir minha falta se eu fosse esmagada por um trem.

Sonya balança a cabeça como se a ideia fosse impensável, o que me deixa feliz.

— Seu pai…

— Já falamos disso — interrompo. — Ele não…

— Eu achei seu pai legal — diz ela, parecendo quase intrigada.

— Hã?

— Você se lembra daquele dia em que fui na sua casa? Seu pai estava fazendo panquecas. Ele é legal.

— Talvez.

— Você acha que ele está melhorando nessa coisa toda de ser pai? — pergunta Sonya, atenta. — É o que você merece, Coley.

Tenho que dizer a mim mesma que é a adrenalina falando, que é por isso que ela está forçando esse assunto mesmo quando eu já tinha dito que não queria falar sobre isso.

— E sua mãe?

Congelo. O corpo dela fica tenso ao lado do meu, mas Sonya não se afasta. Em vez disso, ela chega mais perto, como se soubesse que em breve ela é quem vai ter que me segurar.

— Você nunca fala dela — diz Sonya.

— Ela não está mais aqui — conto, porque ainda não consegui encontrar uma forma de dizer a verdade.

Ninguém pensa nessas coisas até *precisar*. Nunca percebemos quantas perguntas vão exigir novas respostas, respostas que a gente nunca deu.

— Ela morreu — revelo.

Nós nos olhamos sob as sombras das árvores, e os dedos de Sonya se apertam em volta de meu braço com delicadeza, um gesto sutil que diz "Estou aqui". Nós arfamos juntas, nossos corpos se erguendo ao mesmo tempo, como se tivéssemos o mesmo coração, ainda que apenas por um breve momento.

— Ela sofreu um acidente ou... — Sonya hesita. — Não sei se posso perguntar... Me desculpa, eu não... Não sou muito boa com essas coisas. Mas você pode conversar comigo. Eu posso tentar. Quero tentar. Quero poder te ajudar.

Ela parece ler minha mente e me oferecer exatamente o que preciso.

E só por isso consigo dizer em voz alta:

— Minha mãe se matou.

Silêncio. Queria que minhas palavras pudessem sair da minha boca e ir direto para a água, sendo depois levadas pela correnteza até um rio ou até o oceano, para fazer parte desta grande esfera azul. Era assim que minha mãe chamava a Terra. Ainda estou com as cinzas dela, mas sei que ela odiaria ficar numa urna. Ia querer estar em algum lugar vivo, mutável e bonito, mas não consigo nem olhar para aquele objeto, muito menos abri-lo. Sou um fracasso às vezes.

— Sinto muito, Coley.

Assinto. Já ouvi muito isso, mas, na verdade, o que mais as pessoas poderiam dizer?

— Ela... Ela era muito triste — digo. — Ela passou por alguns períodos de depressão. Em um dia estava muito feliz, depois muito deprimida. Mas, no geral, ela sempre saía dessa. Até que...

Paro de falar e encaro minhas mãos. O peso do corpo de Sonya contra o meu, tão acolhedor e familiar, me dá coragem para continuar. Porque eu preciso mesmo falar sobre isso, não preciso?

— Não acho que ela fez *de propósito*. Acho que ela estava... tentando amenizar o sofrimento e acabou exagerando na dose. E eu... — Faço uma pausa e respiro fundo, devagar. — Eu perdi meu ônibus. Eu pegava o ônibus das duas e quinze, mas acabei perdendo e peguei o das duas e meia. Todos os dias eu penso que... se eu não tivesse perdido o ônibus, talvez tivesse encontrado minha mãe a tempo...

De repente me sinto exausta depois de finalmente ter colocado para fora o pensamento que estava remoendo em meio ao turbilhão da minha mente. Sinto lágrimas escorrerem pelo meu rosto, mas não consigo encontrar forças para secá-las.

Então percebo que não preciso.

Sonya segura meu rosto como eu segurei o dela e começa a secar minhas lágrimas com os polegares, cada uma delas, como se fossem preciosas. Como se eu fosse especial.

— Não, Coley... *Não*...

Eu nunca tinha sentido esse tipo de cuidado antes, não até sentir o toque de Sonya em minhas bochechas, afastando minhas lágrimas molhadas.

— Você fez tudo o que podia fazer — continua ela. — Se você a encontrou... Coley, sinto muito.

Ela pressiona a testa contra minha têmpora, e eu sinto lágrimas que não são as minhas na bochecha.

Nossas lágrimas se misturam, nossos olhos se encontram, e ali, em meio à nossa dor, nos tornamos uma só. Não existe "eu", não existe "ela". Nós existimos juntas.

— Não consigo acreditar em tudo que você já enfrentou — sussurra Sonya. — Tem noção de como você é incrível?

Ela leva a mão à minha nuca e a acaricia. Sinto um arrepio.

Não consigo reprimir o som que minha garganta emite, um soluço abafado que simplesmente se liberta de mim. Com seu toque e suas palavras tranquilizadoras, Sonya liberou tudo que eu estava reprimindo, como se eu fosse uma garrafa de champanhe depois de ser sacudida, explodindo por todos os lados.

— Sei que você veio parar aqui nessa cidade por uma razão horrível, e sinto muito pela sua mãe — murmura Sonya. — Mas fico muito feliz por você estar aqui comigo. Por ter conhecido você. Por você confiar em mim a ponto de me contar isso.

Eu me afasto um pouco, ofegante, e sinto minha respiração tocando o rosto dela quando Sonya olha no fundo dos meus olhos. Ela sorri, tirando a mão da minha nuca e colocando uma mecha do meu cabelo atrás da minha orelha, como eu fiz com o cabelo dela pouco antes. Ela não baixa o braço, e a mão dela permanece ali, tocando meu rosto com delicadeza. Sinto um arrepio e contraio as pernas. O toque de Sonya se suaviza, mas mesmo assim ela não tira a mão.

— Ei — diz Sonya. — Lhamo você.

Faço uma careta.

— O quê?

— Eu. Lhamo. Você — repete Sonya, dessa vez pausadamente.

Eu amo você.

Dou uma risada com uma fungada meio nojenta.

— Nossa, isso foi muito meloso! — exclamo.

— Lógico que não!

— Foi, sim. Você é melosa. Você finge que não, mas fica na cara. É só parar e prestar atenção.

Seguro suas mãos quando ela tenta se afastar com um beicinho, fingindo estar ofendida.

— E eu estou prestando atenção — completo.

Quando digo isso, estou segurando o punho de Sonya no espaço entre nós. O corpo dela se aproxima do meu, como se esse fosse o lugar onde ele deveria estar.

— Lhamo você também — sussurro, porque este é um momento para vozes baixas. É um momento para ser lembrado.

Toco o antebraço de Sonya na altura dos punhos, o ponto mais macio do corpo de Sonya que toquei até agora, com suas veias delicadas e uma pequena elevação do osso. Ela respira de maneira irregular e se aproxima, quase fechando os olhos, mas vidrada em minha boca.

Estou prestando atenção *nela*. Na versão dela que ela tenta esconder.

Na garota que olha para minha boca como se estivesse prestes a me devorar.

— Nunca conheci alguém como você — diz ela, num tom muito suave, em meio ao silêncio da bolha que criamos para nós duas.

Já não consigo ouvir som algum. Não ouviria nem o estrondo de um trem se aproximando se eu estivesse amarrada nos trilhos. Não restaria nada de mim.

Mas, caramba, esse seria um jeito incrível de morrer. Nos braços dela, com os lábios dela a centímetros dos meus.

A única coisa melhor do que isso seria algo em que eu não consigo me atrever a pensar. Estamos tão perto, como tantas vezes antes, mas ela se afastou em todas elas. Mas, se eu fizer o movimento, posso perder tudo.

Posso dar com a cara na parede.

Ou posso ficar aqui para sempre, olhando nos olhos dela.

Foi ela quem se mexeu ou fui eu? Não sei dizer. Acho que fomos nós duas. Foi um ponto de ruptura, um movimento decisivo acontecendo dos dois lados ao mesmo tempo. Ela e eu sendo um só coração a essa altura — uma só respiração, um só batimento cardíaco.

Nossas bocas se tocam. É um toque muito sutil; nossos lábios mal se encostam. Nós nos afastamos, depois voltamos a nos aproximar, e meus lábios pousam sobre os dela como uma pedrinha raspando a superfície de um lago de águas calmas. Sonya suspira, e eu sinto um repuxo nas profundezas do meu ser segundos antes de a língua dela tocar a minha, e aí…

Ah…

Aí…

Dedos e pernas entrelaçados, a coxa dela pressionada entre minhas pernas como naquela noite, na cama, como se fosse algo familiar que as duas desesperadamente queriam repetir. Meus dedos seguram os cabelos dela, e ela faz o mesmo com o meu, e é tão estranho e tão sublime ao mesmo tempo, uma imitando os gestos da outra. A mão dela correndo por minha clavícula… descendo, descendo, e ela suspira outra vez. Minha mão repete o mesmo movimento no corpo dela, como um espelho.

Sinto o corpo pulsar por inteiro, e minha cabeça gira, inebriada pelo cheiro do xampu floral de Sonya e pelo calor desnorteante de sua boca. Aquelas duas palavras, para além de qualquer trocadilho. A verdade por trás delas latejando em meu peito com um tambor furioso enquanto nos beijamos como se o mundo estivesse prestes a acabar.

Lhamo você.

Lhamo você.

Amo você.

VINTE E TRÊS

Ficamos em silêncio. O beijo me deixa completamente sem fôlego, então acho que eu não conseguiria falar nem se quisesse. "Dar um amasso" me parece uma forma muito fraca para descrever a o que estamos fazendo, e tenho certeza de que explorar os lábios dela é como um segredo que eu quero guardar.

Mesmo depois que o beijo fica mais tranquilo, continuamos grudadas, deitadas na grama alta. Eu nos cubro com a minha jaqueta e ela se aconchega em mim, como se soubesse que está segura ao meu lado. Que eu jamais permitiria que algo ruim acontecesse com ela. Que eu enfrentaria *o mundo inteiro* por ela. Sei que eu talvez precise fazer isso, mas estou preparada. Ela vale a pena. Nossa, como ela vale a pena.

Sinto os lábios de Sonya em meu pescoço, e ela acaricia meu pulso com o polegar. Aos poucos, o movimento desacelera assim como a respiração dela, e eu a seguro contra meu corpo à medida que ela pega no sono, desejando que o dia nunca termine. Quero ficar aqui, onde nada pode nos tocar.

No começo não identifico o som de vibração, depois percebo que está vindo do bolso dela. Sonya acorda devagar, olhando para mim. Quero poder vê-la acordando pelo resto da vida.

— Ei — sussurro, esticando o braço para tirar um fiapo de grama do ombro dela.

O celular continua vibrando. Sonya afasta o cabelo do rosto e o pega no bolso.

— Droga — resmunga ela, ficando de pé.

— Está tudo bem?

— Aham — responde Sonya, encarando a tela do celular sem olhar para mim. — Aham, é que…

Ela levanta o rosto e me encara, um momento breve e cheio de eletricidade, então volta a olhar para o celular, passando o dedo pelo aplicativo de mensagens.

— Tenho que ir. Preciso fazer umas coisas.

Não tenho tempo de reagir ou de dizer *qualquer coisa*. Ela vai embora, seguindo pelos trilhos tão depressa que, se eu quisesse segui-la, teria que correr.

Fico parada ali, observando Sonya desaparecer no entardecer.

O que raios aconteceu?

Eu me obrigo a ir para casa. Cada movimento é muito difícil, mas eu consigo. Quando chego ao meu quarto, estou completamente desnorteada. Toco minha boca, com a sensação de que nada parece real.

Eu não pareço ser real. De repente, faço parte de uma realidade em que sou uma garota que beija *daquele jeito*. Que beija *outra garota*. É muito extasiante ter essa experiência — sempre escutei falarem sobre essa sensação, mas de repente aconteceu *comigo*. Uma história de princesa que encontra outra princesa com quem vive feliz para sempre está girando em minha mente. Meu cérebro não sabe como funcionar depois dos beijos, mas estou tentando.

Por que Sonya saiu correndo? Será que ela está bem? Será que ela recebeu uma mensagem da mãe ou algo assim? Preciso descobrir. Vou até o computador, e minha boca fica seca quando vejo que ela está on-line.

Coley87: oi

Estou olhando para o usuário dela, esperando uma resposta, mas o status muda para ausente.

Esse é o problema em mergulhar de cabeça.

Algumas vezes a água é rasa demais e eu não percebo.

Volta. Tento manifestar meu desejo através da tela; uma mão no mouse, a outra tocando minha boca como os lábios dela tocaram. Ela *me beijou.* Sem parar, com vontade, como se estivesse com sede depois de caminhar por muito tempo no deserto.

Volta.

Mas agora ela não passa de um status ausente, zombando de mim ao longo da noite toda vez que olho para o computador.

Na manhã seguinte, a primeira coisa que faço é ir até o computador. Ela *finalmente* respondeu. Já era bem tarde da noite, quando eu não estava on-line, como se Sonya tivesse planejado esperar até que eu já estivesse dormindo e não pudesse respondê-la.

SonyaSol: oi

SonyaSol: não tinha visto sua mensagem, capotei quando cheguei em casa. tô morrendoooo de ressaca

SonyaSol: vodca nunca é uma boa ideia

SonyaSol: foi mal por ter sido estranha ontem

Encaro as mensagens, sentindo a empolgação se esvair. Começo a digitar. O que eu deveria dizer? Que ela não precisa pedir desculpas? Que beijar ela foi a melhor coisa que já me aconteceu? Que eu tenho quase certeza de que eu…

Paro de digitar. Preciso pensar, não apenas agir.

Clico no ícone do navegador e abro o LiveJournal dela.

Usuário do LiveJournal: SonyaSol

Postagem pública

28 de junho de 2006

[**Humor:** animada]

[**Ouvindo agora:** "Over My Head", The Fray]

Minhas garotas *são tudo.* Falei pra @Brooke23 que precisava muito relaxar e ela e a @SJbabyy organizaram uma noite das meninas pra gente e uma festa amanhã! Me mandem mensagem para saber os detalhes ou comentem aqui.

Não sei o que eu faria sem vocês! <3 <3 <3

Sonya

Eu não deveria ler os comentários; sei que vou me sentir pior, mas clico neles mesmo assim. Quando termino de ler a conversa sobre a "noite das meninas", meu estômago está embrulhado. Parece que Sonya fez aquilo de propósito, como se quisesse substituir a lembrança de estar comigo nos trilhos por uma memória com as amigas *de verdade,* as amigas que ela não beija até cansar.

É como se eu estivesse sendo apagada. Sinto uma onda de inquietação ao pensar nisso. Não há nada pior do que se sentir invisível, que se eu desaparecesse ninguém sentiria minha falta. Foi o que minha mãe pensou. E ela estava muito errada.

Seguro o mouse com força, mas tento relaxar quando clico de novo na conversa com Sonya. Ela ainda está on-line. Será que está esperando uma resposta? Parte de mim quer alterar o status para ausente só para torturar Sonya como ela fez comigo.

Em vez disso, fico on-line e digito de maneira muito calculada e quase cruel:

Coley87: haha vc é estranha mesmo. não tenho ideia do que vc tá falando.

E depois, como se eu já não soubesse:

Coley87: o que vc vai fazer hj?

E, mais uma vez, fico sem resposta. Ela volta a ficar ausente.

Fico tonta e sinto meu sangue gelar. Pensei que entrar na onda de Sonya e fingir que nada tinha acontecido faria com que eu me sentisse melhor, mas o tiro saiu pela culatra.

Estou de saco cheio desses joguinhos. Estou de saco cheio de mentir. Principalmente para mim mesma.

VINTE E QUATRO

Eu quase não vou. Na verdade, disse a mim mesma que não iria. SJ só estava sendo educada quando me chamou para a festa na casa de Sonya; devia estar tentando retribuir o que fiz por ela no celeiro. A verdade é que ela não dá a mínima se vou ou não. E Brooke *com certeza* não me quer lá. Ela e Trenton devem pensar o mesmo de mim. E Alex... talvez ele se importe. Algumas vezes ele sorri para mim de um jeito que me faz pensar que... mas isso não importa. Ainda mais agora.

Por que eu me importaria com um garoto qualquer quando não consigo parar de pensar em uma *garota*?

Sonya não está me evitando. Isso é o que mais me tira do sério. Ela me mandou uma mensagem logo depois que SJ me ligou para perguntar se seu iria à festa, e *com certeza* foi a própria Sonya quem deu meu número para a amiga. Então elas devem ter falado sobre nós duas.

Nossa, será que elas realmente falaram sobre o que aconteceu? Não. Não devem ter falado. Não é? Sonya não falaria.

Não. Com certeza não. Ela nem sequer tem coragem de falar sobre isso *comigo.*

Fico encarando o teto por um tempo. Tenho que falar com ela pessoalmente, sem essa bobagem de "foi mal por ter sido estranha" por mensagem. Precisamos ficar cara a cara.

É muito mais difícil para ela se esconder quando estamos perto, quando estou lá. Os amigos dela não enxergam a verdadeira Sonya, mas *eu, sim*. Ela me deixa entrar em seu íntimo, ela me deu uma chave. Sonya não pode simplesmente me trancar do lado de fora. Não posso deixar. Não sem falar com ela.

Então eu vou. Pedalo até a casa dela conforme o sol começa a se pôr. Quando estou chegando, vejo alguns carros que não reconheço estacionados na frente da casa. Ouço barulhos e vozes altas vindos da piscina quando toco a campainha.

— Oi, Coley!

Para meu alívio, quem abre a porta é SJ, não Sonya. Ela está com um sorriso *enorme,* o que me faz hesitar. Sei que fiz um favor para SJ quando emprestei minha camiseta naquele dia, mas ela nunca sorriu desse jeito para mim.

Seja legal, penso, abrindo um sorriso também.

— Oi, SJ — cumprimento, odiando como meu sorriso sai forçado. Espero que não dê para perceber. — Obrigada por me ligar e reforçar o convite.

— Imagina! — responde ela, e logo em seguida baixa o tom de voz. — Eu te devo uma!

— Não deve nada, que isso — respondo.

— Você me tirou de uma cilada. Acho muito legal quando garotas se apoiam assim — comenta ela.

SJ parece estar sendo sincera, mas alguma coisa na forma como ela arregala os olhos me faz sentir um calafrio de desconfiança.

Tento abstrair. Preciso aprender a fazer amigos, a deixar de ser tão fechada. Minha mãe dizia que eu gosto de construir muros ao meu redor. Odeio essa ideia, mas ela estava certa. Preciso me livrar de alguns tijolos. Não de todos, mas o suficiente para abrir um espaço ou outro.

— Falando nisso… lembra do cara da festa? — pergunta SJ.

— Aham. O que aconteceu?

— Ele me mandou uma mensagem se desculpando — explica ela. — Aí eu o convidei para vir aqui hoje. Ele está lá na piscina com o Alex e uma galera.

— Vocês vão ficar de novo? — pergunto.

Andamos juntas até a sala. Estou ouvindo vozes e o som de pacotes de batatinhas sendo abertos. Não há nenhuma música tocando, mas o som de copos de vidro me faz deduzir que os pais de Sonya não devem estar em casa, já que todos estão bebendo.

— Brooke e Sonya acham que eu deveria ficar com ele — responde SJ. — O que você acha?

Sou pega de surpresa.

— Você quer saber o que *eu* acho?

SJ assente.

— Bem, ele deixou você lá — lembro. — Ele pareceu *muito* arrependido?

— Acho que sim.

— E se você esperar e passar um tempinho com ele antes de decidir? É mais fácil quando você conversa com a pessoa.

Esse é o exato motivo pelo qual estou aqui, tentando encontrar Sonya. Espio a sala disfarçadamente por cima do ombro de SJ.

— Está todo mundo lá fora? — indago.

— Os garotos ficam entrando e saindo, molhando a casa toda — reclama SJ, revirando os olhos. — Vem, vamos pegar alguma coisa para beber.

Seguimos pelo corredor, e uma música começa a tocar. Alguém comemora.

— Ahhhhhh! — Ouço a voz de Sonya. — Vem, vem, vem! Vamos dançar!

SJ e eu entramos na sala bem quando Sonya puxa Brooke para ficar de pé em cima do sofá. Ela dança no ritmo da música, balançando a cabeça de um lado para o outro... e perde o equilíbrio, caindo sentada em uma montanha de almofadas com uma gargalhada encorajada pelo álcool.

— Cuidado aí, gatinha — avisa Trenton com uma voz arrastada.

Ele está esparramado no sofá, tomando cerveja.

— É, acho que Sonya queimou a largada hoje — comenta SJ, baixinho. — Ela já estava meio bêbada quando cheguei aqui de manhã.

Brooke desce para ajudar Sonya a se sentar, e eu seguro a língua para não responder. Sonya se levanta e empurra Brooke para o lado.

— Coley! — chama ela quando me vê.

Ela fica de pé num salto e por um triz não bate na mesa de centro de vidro.

— Você veio! A Brooksy te mandou mensagem? — pergunta ela, rindo e vindo até onde eu e SJ estamos. — Brooksy e Coley! Os dois nomes terminam com Y. Que *bonitinhoooo*...

— Você está bêbada *demaaaaais* — diz SJ. — Precisa tomar um pouco de água, amiga.

— Não quero água. Quero mais vodca.

— Primeiro água — insiste SJ. — Vou pegar para você.

Ela vai até a cozinha.

Sonya revira os olhos e passa o braço pelo meu pescoço.

— Ooooi!

Ela está com um cheiro forte de álcool. Acho que pode ser tequila, mas não entendo tanto assim para dizer com certeza.

— Oi, Coley — diz Brooke. — Tudo certo com você?

Franzo a testa.

— Tudo, acho?

— Que bom! — diz Brooke. — Que ótimo. Adorei sua blusa!

Fico desconfiada, assim como quando SJ abriu a porta.

— Meus pais me obrigaram a arranjar um emprego. Numa loja de roupas. Se precisar de alguma coisa para a escola, pode usar meu desconto de funcionária.

— Ahhhh, sim! Vamos fazer compras! — diz Sonya. — Você vai ficar muito bonita toda arrumadinha.

Ela bagunça meu cabeço.

SJ volta e quase empurra uma garrafa de água debaixo do nariz de Sonya.

— Toma, bebe isso. Não sei o que anda acontecendo com você.

— Eu estou bem — insiste Sonya, tirando o braço de meus ombros e se jogando no sofá.

Seguro a risada quando ela tenta abrir a garrafa e não consegue.

— Tá quebrada — reclama Sonya, fazendo beicinho.

— Não, não está.

Pego a garrafa, abro e a devolvo para Sonya. SJ balança a cabeça e cruza os braços.

— A gente não tem nem uma semana juntas e você só quer ficar bebendo — diz SJ.

— Eu sempre fico fora nas férias — argumenta Sonya. — Não é novidade.

Ficar fora? Sinto a cabeça girar com a forma despreocupada com que ela diz isso.

— Hã? — balbucio. — Para onde você vai?

Sonya olha pra mim e fica vermelha.

— Acampamento de dança — responde ela. — Eu vou todo ano.

— Você não tinha me contado.

— Tinha, sim.

— Não contou, não — insisto, firme.

— Vamos ficar com saudade dela! — diz SJ.

— Nossa, demais — concorda Brooke. — Só vai me restar meu emprego e SJ.

— Vai se ferrar — diz SJ. — Eu sou uma ótima companhia. Trate de ser legal comigo, senão vou passar o verão com a Coley.

Brooke dá uma risada.

— Cuidado, Sonya, ela vai roubar sua Coley.

A expressão sorridente de Sonya desaparece no mesmo segundo. Fecho a mão com força em torno do copo de Coca-Cola com rum que SJ trouxe para mim.

— Cala a boca, Brooke — vocifera Sonya.

Nós três a encaramos, surpresas com o repentino tom hostil em sua voz. Sonya encara Brooke, de punhos cerrados.

— *Enfim*... — diz SJ, quebrando o silêncio com um revirar de olhos. — Você ainda está bêbada, Sonya. Engole o resto da água. Vou ficar na piscina com Alex e o resto do pessoal, preciso do efeito calmante de pessoas chapadas.

SJ sai da sala. Olho de Brooke para Sonya, meio apreensiva. SJ é uma boa mediadora; ela sempre sabe o que dizer para manter o clima leve. Mas Brooke? Não muito. E eu... Eu estou ferrada. A única coisa que quero fazer é ficar sozinha com Sonya para que possamos conversar, mas ela definitivamente precisa ficar sóbria antes.

— Termina a água — peço.

Ela toma o resto da água, depois atira a garrafa para longe sem prestar atenção no que está fazendo. A garrafa acerta um vaso que balança e quase cai.

— Quebra! Quebra! — entoa Sonya, parecendo decepcionada quando o vaso não cai no fim das contas. — Poxa. Odeio esse vaso horroroso.

Olho para o objeto. Parece caro, e as gravuras azuis e douradas nele são bonitas.

— Não é tão feio assim.

— Você não teve que andar Paris inteira com sua mãe atrás de uma loja para comprar esse vaso — reclama Sonya. — Não que tenha sido ruim andar por Paris, sabe? — acrescenta ela depressa ao me ver erguendo as sobrancelhas. — É que meu sapato estava machucando e ela sabia. Foi uma confusão. Só consigo pensar nas bolhas dos meus pés quando olho para ele.

— É uma história muito intensa para um simples vaso — digo.

Sonya olha para baixo, parecendo estar com vergonha.

— Estou bêbada.

— Quer pegar mais água? — sugiro.

— Se eu ficar em pé vou ficar tonta — diz ela. — Pode pegar lá na cozinha para mim?

— Já volto.

— Obrigada!

Sonya volta a se jogar no sofá.

Vou até a cozinha, que está tão limpa que é como se ninguém nunca tivesse cozinhado ali. No entanto, abro a geladeira enorme e vejo que ela está abarrotada de comida. Pego duas garrafas de água e um pacote de batatinhas chips que está sobre o balcão; talvez isso absorva seja lá o que for que ela está tomando.

Quando volto, Trenton está sentado no sofá entre Sonya e Brooke como um rei cercado de sua corte. Ele está de pernas e braços bem abertos, ocupando o máximo de espaço possível. Sonya está de seu lado direito e Brooke do esquerdo, perto demais para que ele não tivesse feito aquilo de propósito.

— Trouxe a água — digo para Sonya, estendendo a garrafa para ela.

— Valeu — responde ela, sem se mexer para pegar a água.

Sonya nem sequer olha para mim, apenas continua prestando atenção em Trenton e na história que ele está contando.

— E aí a gente pegou a comida e meteu o pé no acelerador antes de pagar — conta Trenton com um sorriso prepotente. — Vocês tinham que ter visto a cara dele! Pulou pela janelinha do *drive-thru* e começou a correr atrás da gente. Dá para acreditar? Que otário. Cinquenta dólares em comida. Por essa ele não esperava.

— Ele deve ter levado a culpa — observa Brooke.

— Já vai tomar as dores dos assalariados só porque arranjou um emprego? — implica Trenton.

— Não! Nada a ver — responde Brooke, depressa. — Só estou trabalhando porque meus pais me obrigaram. Meu pai tem todo um lance com responsabilidade.

— Posso te ajudar a ser demitida — oferece Trenton.

— Trenton!

Brooke ri como se aquela tivesse sido a coisa mais engraçada do mundo.

— Sua água — repito, tentando entregar a garrafa de água para Sonya outra vez.

— Obrigada — agradece ela, encarando Trenton e Brooke como se estivesse tentando solucionar um enigma.

— Eu vou…

Não me dou ao trabalho de terminar a frase. Ninguém está prestando atenção em mim.

Vou para o banheiro e enfio as mãos debaixo da água gelada da torneira, depois pressiono as mãos frias na nuca, tentando ficar calma.

Ali, apoiada na pia de mármore e olhando para meu reflexo no espelho chique, só consigo pensar em uma coisa: *Você não deveria ter vindo.*

Eu levo um susto e desperto do meu transe autodepreciativo quando alguém bate à porta.

— Tem gente — grito, com raiva de como minha voz soa embargada.

Silêncio. Logo depois, outra batida, dessa vez mais leve, porém insistente.

— Coley? Sou eu.

Não me orgulho de como corri para abrir a porta. Sonya passa por mim e entra no banheiro, indo direto para a frente do espelho.

— Meu delineador está todo borrado — reclama ela, abrindo o pequeno armário para pegar uma bolsa de maquiagem.

Ela faz uma careta para o próprio reflexo.

— Por que você não me avisou que estou com essa cara horrível?

Sonya começa a limpar o delineador borrado com um algodão.

— Você não está horrível.

— Mentirosa — bufa ela.

— O que tá rolando com você? — pergunto, as palavras saindo involuntariamente e pairando no ar entre nós.

Sonya olha para mim pelo espelho, posicionando a caneta do delineador sobre a pálpebra.

— Como assim?

Umedeço os lábios. Um sentimento deplorável quase me suga para um oceano de insegurança, mas eu resisto. Eu lembro bem. Eu me lembro da boca de Sonya na minha. Da mão dela sobre a minha barriga. Do corpo dela envolvendo o meu.

— Você não me disse que ia para o acampamento de dança.

— Hummm — diz ela, se aproximando do espelho para fazer o traçado do delineador. — Pensei que tinha dito.

— Mas não disse.

— Foi mal — responde Sonya, soando como se não entendesse o motivo pelo qual está se desculpando. — Acho que não pensei nisso porque todos os meus amigos já sabem. Vou para o acampamento desde que eu tinha sete anos, é parte da minha rotina de férias.

— E nós... nós vamos conversar por mensagem, quando você estiver fora?

— Ah, não sei — responde Sonya, voltando a atenção para o espelho outra vez.

Ela termina de passar delineador no olho direito e passa para o esquerdo. Eu fico ali, parada, me sentindo um zero à esquerda.

— O que isso significa? — pergunto, exaltada, tentando tirar forças de algum lugar.

A verdade é que estou na palma da mão dela, pronta para ser esmagada.

— Vou para o acampamento treinar — responde Sonya. — Eu preciso me concentrar. E você...

Ela finalmente olha nos meus olhos, depois me observa dos pés à cabeça, me analisando de um jeito que me dá vontade de vomitar.

— Você meio que faz drama demais, Coley.

Meus olhos ardem, mas eu afasto as lágrimas. Preciso sair daqui, mas não consigo me mover. Parece que estou presa ao chão.

— Eu... eu fiz alguma coisa? Você...

— Eu o quê? — interrompe ela, exasperada.

É como se eu tivesse levado um soco no estômago.

— Isso tem a ver co...

— Eu só estou *ocupada* — diz Sonya, me interrompendo outra vez. — Eu tenho uma vida, sabia? Tenho que treinar. Tenho amigos no acampamento de dança que só vejo nas férias. A preparação para competir com os melhores do país é muito cansativa. Só vou estar ocupada, beleza?

— Beleza — respondo, meio entorpecida.

— Tem muita coisa acontecendo na minha vida agora — diz Sonya, batendo na mesma tecla outra vez. — Não posso lidar com isso — diz ela, gesticulando para o espaço que há entre nós duas.

— Com o que você não pode lidar? Comigo? Ou com *a gente?*

A boca dela se retorce em um sorriso cruel.

— Coley, estamos numa festa — responde Sonya. — Que tal tentar se enturmar um pouco? Para de ficar choramingando pelos cantos.

— Estou indo embora — anuncio.

— Como assim? — O delineador cai na pia com um barulho. — Não!

— Você está falando muita merda.

— É só álcool. Por que não bebe um pouco?

— Não — insisto. — *Você está falando merda* e sabe disso, Sonya.

Quando ela processa o que estou dizendo, a expressão de alegria embriagada em seu rosto se esvai no mesmo minuto.

Toc! Toc! Toc!

As batidas à porta são desesperadas.

— Preciso entrar! — grita alguém. — Preciso fazer xixi!

— Estou indo — murmuro, passando por Sonya, que parece estar atordoada demais para falar qualquer coisa.

Saio do banheiro e desvio do cara que estava na porta. Sigo pelo corredor até que escuto Sonya me chamar.

— Coley! Espera!

Só preciso chegar até a porta. Ela não vai me seguir na rua.

— Coley!

Em frente à escada, ela segura meu braço e me faz parar bruscamente. Eu me viro, e nossos corpos se esbarram.

— Me solta — digo.

Ela não obedece. E eu sou tão fraca que não tento me desvencilhar.

— Você está brava comigo? — indaga Sonya.

Não consigo evitar: começo a rir.

— Você só pode estar de brincadeira.

— Mas eu... — começa ela, piscando repetidas vezes, confusa, parecendo ficar instantaneamente sóbria. — Acho que... me desculpa?

Percebo que ela está fingindo que não sabe pelo que está se desculpando, o que me deixa brava. Talvez ela não consiga admitir para si mesma. Eu também não sei se consigo, mas eu tento. Pelo menos *eu tento.* Estou tentando entender a mim mesma, entender

Sonya e entender o que está acontecendo entre a gente, mas ela prefere tapar os ouvidos e fingir que nada daquilo é com ela.

— Droga, me solta — repito, me desvencilhando do toque dela.

— Não quero que você fique brava comigo — diz Sonya.

Os olhos dela estão grandes, muito grandes, de um jeito que eu nunca tinha visto, *implorando* para que eu entenda o lado dela.

— Eu disse que tem muita coisa acontecendo comigo — insiste ela.

A batida da música no cômodo ao lado ressoa no silêncio entre nós. Eu olho fixamente para Sonya.

— Que *coisas* são essas?

— Eu… eu te disse! O acampamento…

— Se você vai para esse tal acampamento *todas as férias*, o que é tão difícil assim de assimilar?

— Não sei! É que *tudo* tem sido muito mais difícil nos últimos tempos.

— *Você* é que deixa as coisas difíceis — declaro. — A gente estava bem. Tudo estava ótimo. A gente estava… chegando *a algum lugar.* E agora você parece uma pessoa completamente diferente, como se eu não significasse nada.

Ela se aproxima de mim e segura meu punho. Quando não me afasto, ela corre a mão pelo meu braço, atenta ao arrepio que sinto, subindo o toque até meus ombros, depois indo até meu pescoço e colocando uma mecha de cabelo atrás da minha orelha.

— Eu sou uma idiota — declara Sonya.

Suspiro, cedendo um pouco, odiando Sonya por isso, só um pouquinho, mesmo quando chego um pouco mais perto.

— Você não é idiota, Sonya.

— Eu juro que sinto muito — diz ela, se aproximando mais também. — Sei que eu fico… É que hoje foi um dia muito ruim. Eu… eu lhamo você. Pra caramba.

Eu derreto. Contra a minha vontade, mas derreto. E lá estou eu, entregue, desejando me afundar nos braços dela.

— Lhamo você também — resmungo para o chão, sem querer dar o braço a torcer por completo.

Uma porta bate em algum lugar da casa e alguém gargalha alto. Deve ser Trenton.

— Vem — chama Sonya, segurando meu braço.

— Para onde? — pergunto, resistente.

— Você confia em mim?

Eu olho para ela, que está com uma expressão ávida e disposta. *Por que eu confiaria?*

— Acho que eu não deveria confiar — respondo.

Sonya aperta meu braço de leve. Não é um aviso ou uma garantia, mas um prenúncio. *Eu posso segurar sua mão. Posso transformar você com apenas três palavrinhas. Você não sabe o poder que eu tenho?*

— Se não tentar, nunca vai ter certeza — diz Sonya.

Ela me puxa pela mão, e eu a sigo. Sem responder, me recuso a dar o que ela quer, mas não consigo desistir da tentativa de obter o que desejo.

Sonya me leva até o quarto. Ela não acende as luzes e as cortinas estão fechadas, o que faz com que o quarto fique escuro, secreto e pequeno demais de um jeito bom. Dessa vez não hesitamos nem enrolamos, nos jogando na cama juntas, rindo e afundando no colchão. Então Sonya se vira e finalmente solta minha mão para pegar uma garrafa.

— Aqui diz que tem gosto de iogurte de morango — diz ela, me entregando a garrafa para que eu dê uma olhada.

Faço uma careta.

— Não deu muito certo da última vez que tomamos bebida com sabor de fruta.

— Mas agora é diferente — insiste ela, pegando a garrafa de volta.

Ela pega um controle remoto da mesa de cabeceira e aponta para um aparelho de som. De repente, uma luz azul se acende no escuro do quarto. Uma música começa a pulsar, abafando o som da festa lá embaixo. Observo enquanto ela abre a garrafa.

— Vem aqui — chama Sonya, sentando-se de pernas cruzadas sobre os cobertores enrolados na cama.

A saia do vestido curto que ela está usando se espalha por suas pernas, e Sonya arregala os olhos quando a garrafa que ela estava equilibrando nas mãos quase cai.

Chego mais perto, e ficamos sentadas uma de frente para a outra. Nossos joelhos estão se tocando, e eu não me afasto, apenas deixo que isso aconteça.

— Fecha os olhos — sussurra ela.

Hesito.

— Confia em mim — pede Sonya, suave, como se implorasse por uma espécie de trégua entre a gente.

Eu aceito. Fecho os olhos.

Deixo a sensação tomar conta de mim quando Sonya se inclina para mais perto.

— Beba — instrui ela, pousando a garrafa em minha boca, delicada como um beijo de morango.

Inclino a cabeça quando Sonya vira a garrafa e o líquido invade minha boca, exageradamente doce, beirando o enjoativo.

— Essa é a bebida sagrada da cura — declara ela. — Cada um dos goles vai te saciar. Respire fundo e sinta cada célula do seu corpo se transformar em outro.

Suas palavras me envolvem, minha única conexão com o mundo naquele momento. Quase dou uma risada, mas ela vira a garrafa em minha boca outra vez.

— Seu eu antigo, o eu estagnado, vai derreter a cada gole. E você vai chegar cada vez mais perto da pessoa que nasceu para ser.

Sinto meu peito ficando apertado com essas palavras. *É isso o que você quer?*, penso. Minha cabeça começa a girar depois dos goles da bebida adocicada. *Você quer deixar para trás o seu antigo eu? Ou você quer* me *deixar para trás?*

— Pense nela — continua Sonya. — Confiante, livre. Sem preocupações. Sem mágoas. — A voz dela falha, e eu não consigo evitar, me aproximando e tocando seus joelhos. — Não seria legal ser uma nova pessoa? — pergunta ela.

Assinto, e lá está Sonya outra vez, colocando a garrafa em minha boca, como se estivesse determinada a me deixar tão bêbada quanto ela.

Abro os olhos e me deparo com Sonya estudando meu rosto, esperando por uma resposta mais profunda.

— Oi — digo, estendendo a mão. — Meu nome é Coley. A gente se conhece?

Ela segura minha mão, mas não é apenas um aperto de mão. Nossos dedos se entrelaçam e nossas palmas se unem em um toque de intimidade inegável.

— Que engraçado — comenta ela, com um sorrisinho malicioso. — Tenho a impressão de te conhecer desde sempre.

Quando a música muda e se torna mais lenta, puxo Sonya para cima, movida pela coragem do morango adocicado. Nossas mãos ainda estão juntas. Não quero soltá-las nunca mais.

— Dança comigo.

Sonya passa os braços pelo meu pescoço, ainda segurando a garrafa, e afunda o rosto nele, apesar de ser mais alta, exalando ar quente em minha pele.

Envolvo a cintura dela, e nossos corpos balançam, não exatamente no ritmo da música, mas no nosso próprio ritmo. Nossas respirações e batimentos cardíacos se tornam um só quando nossos corpos se tocam e se pressionam um ao outro… e então não há mais espaço. É apenas nós duas e as roupas que estão no caminho.

Quero arrancar todas elas do meu corpo e sentir a pele de Sonya sob a minha mão.

Quero explorar cada centímetro dela para poder visualizá-la com a maior precisão possível quando estivermos separadas.

— Por que tocar você é sempre tão gostoso? — pergunta ela, baixinho, na curva do meu pescoço, quase como se não esperasse por uma resposta. — Isso está me deixando louca. É tudo em que consigo pensar quando me deito à noite.

Arregalo os olhos, surpresa com a confissão.

Ela levanta a cabeça e se afasta um pouco para me olhar.

— *Por quê,* Coley? — repete ela.

A pergunta é muito sincera, e a onda de calor que senti segundos antes se transforma depressa em uma lâmina de gelo quando percebo que há angústia no olhar dela.

— Por que isso está acontecendo? — questiona ela. — Eu não… Eu não queria nada disso.

— Sonya…

Ela balança a cabeça. A garrafa cai e vai parar no chão, completamente esquecida em meio à negação de Sonya.

— Eu não sou assim — declara ela.

Não quero pensar no que ela quer dizer, porque Sonya me puxa mais para perto e me aperta contra o peito como se alguém estivesse prestes a me tirar dali e me levar para longe.

— Eu não sou assim — repete Sonya.

As lágrimas começam a rolar por seu rosto até molharem minha camiseta. Eu a abraço de volta, com força, querendo oferecer consolo, mas sem saber o que fazer. Sem saber o que…

— Eu *não sou* — insiste ela mais uma vez.

Sonya se solta de mim em um movimento súbito como se esse fosse o único jeito, como se fosse fisicamente demais para ela.

Como se ela fosse desmoronar se não fugisse.

Recuo, atordoada.

— Sonya…

— Preciso de ar. Tenho que sair daqui.

— Espera…

Reajo sem pensar e tento segurar Sonya, mas ela já foi até a porta do quarto e a abriu com um puxão.

— Minha nossa! — exclama Brooke, dando uma risadinha, diante da porta com o punho erguido, prestes a bater.

Trenton está ao lado.

— Achei você — diz ele.

Sua expressão muda quando ele vê os olhos inchados de Sonya. Quando o garoto se vira para mim, sinto um calafrio no corpo inteiro, e algo dentro do meu cérebro sussurra: *Corra*.

— Por que você está chorando, Sonya? — pergunta Trenton, exasperado.

— Não é nada — responde ela. — Uma música triste começou a tocar. Eu preciso de um minuto.

Mas ele continua olhando para o espaço entre nós duas, como se pudesse mapear todos os nossos passos, como se ele *soubesse* que um minuto atrás nós estávamos abraçadas como se mais nada existisse.

— O que tá rolando? — indaga ele, se abaixando para olhar nos olhos de Sonya. A voz dele denuncia acusação em vez de preocupação.

Sonya simplesmente balança a cabeça enquanto as lágrimas continuam escorrendo por seu rosto.

— O que ela fez? — questiona Trenton. — Ei!

Ele avança em minha direção, e eu recuo, batendo o quadril na cômoda de Sonya.

— Que merda você fez, hein? Trancou ela aqui dentro? — pergunta ele.

Quase dou risada diante da possibilidade.

— O quê? Vai se ferrar.

— Trenton, para! — pede Brooke.

— Que se dane — diz ele. — Vem, Sonya.

Trenton segura o braço dela e tenta conduzi-la para fora do quarto. Ela para e olha para trás, para mim.

— Sonya! — grita ele, repreendendo.

A porta se fecha, e eu fico sozinha com Brooke.

O silêncio que vem depois é do tipo que me dá vontade de cavar um buraco onde me esconder. Brooke está me encarando como se tivesse várias perguntas cujas respostas vai achar repugnantes.

— Acho melhor você ir embora — diz Brooke, quebrando o silêncio torturante.

— Essa casa não é sua — respondo.

Não consigo tirar da cabeça o momento em que Sonya se virou para me olhar. Como se ela não pudesse evitar, como se precisasse olhar para mim uma última vez.

Preciso ter certeza de que ela está bem, de que não está prestes a ter um ataque de pânico.

— Vai por mim — diz Brooke. — Eles vão voltar assim que as aulas começarem. E ela mal tem tempo para os amigos quando está namorando. Você vai ser deixada de lado. É melhor tirar o time de campo enquanto ainda está ganhando em vez de... fazer o que quer que isso seja.

Brooke faz um gesto com a mão e retorce a boca. Tenho que morder o interior da bochecha para não dar uma resposta atravessada.

— Obrigada pelo conselho — respondo, sarcástica.

— Só estou tentando ajudar.

— Aham.

Passo por Brooke e a deixo sozinha no quarto de Sonya.

Qualquer um com a mínima capacidade cognitiva percebe que Brooke tem uma queda por Trenton. Não me surpreenderia se eles estivessem saindo juntos sem que ninguém soubesse. Mas a insistência dela de que Trenton e Sonya vão voltar a namorar me atinge em cheio, justamente porque Brooke anunciou isso com um tom amargo e cheio de certeza. Como se fosse uma verdade inevitável, e não algo dito apenas para me abalar. Era como se ela estivesse alertando a si mesma.

Então isso é um amor de verão? É isso que eu e Brooke temos em comum? Não quero pensar em ser o segredo de alguém. Mas é exatamente o que eu sou, não é?

Afasto os questionamentos da mente, descendo a escada depressa, dois degraus por vez. Mais gente chegou desde que eu e Sonya fomos para o quarto dela. Lá embaixo há um grande grupo de pessoas, e preciso abrir caminho entre elas. Não reconheço ninguém, mas não faz diferença. Só preciso encontrar ela.

— SJ, você viu a Sonya? — pergunto.

A garota está próxima às bebidas, conversando com um cara que provavelmente é o mesmo que a deixou para trás na festa.

— Aham, agora há pouco. Ela foi para lá.

SJ aponta para a cozinha com o polegar.

— Valeu.

Mas Sonya não está na cozinha. Estou quase indo embora, porque eu poderia só mandar uma mensagem, mas ouço uma risada vindo de uma porta entreaberta. Acho que é a despensa.

Vou até lá devagar. Seguro a maçaneta e abro a porta, dando de cara com a lavanderia.

Dando de cara com *eles*.

VINTE E CINCO

Trenton está de frente para Sonya, que está em cima da máquina de lavar com as pernas em volta dele. Os dois estão se beijando como se quisessem descobrir quanto o eletrodoméstico consegue aguentar.

Não sei se existe uma palavra para o que estou sentindo; é como se eu fosse um livro sendo folheado e as páginas fossem tristeza/traição/ciúme/mágoa/Sonya/*por quê?*.

Ela está beijando Trenton e o segurando entre as pernas como se precisasse prendê-lo ali, mas eu sei que não precisa. Eu sei como é beijar Sonya. Dá vontade de ficar ali para sempre, sem querer perder nem um segundo.

O rosto de Sonya está seco como se ela nem tivesse chorado. Não vou aguentar. Não posso me torturar dessa forma. Isso é doentio. O que ela faz é *doentio.* Ele é um babaca, e talvez faça coisa até pior do que bullying. Eu não sei, mas não vou ficar aqui para descobrir.

Eu me viro antes que eles me vejam, abro a porta de deslizar e saio correndo. Não tem mais ninguém na piscina; todos estão bebendo lá dentro, e as boias flutuam solitárias sobre a água.

O ideal seria pegar minha bicicleta e ir embora, mas minhas têmporas estão doendo e minha visão está escurecendo. Preciso me acalmar antes de ir.

Desmorono sobre um banquinho de cimento e enterro a cabeça nas mãos, tentando contar minha respiração e perdendo a conta no sete. Depois no três. Depois no quinze.

Merda. Não consigo parar de pensar naquela cena. Será que ele já tirou a roupa dela? Eles vão transar ali mesmo, na máquina de lavar?

Meus olhos ficam marejados, então olho para o céu e pisco com força para afastar as lágrimas.

Sonya não as merece. Não mesmo. Não até que ela fale comigo.

— Tá tudo bem?

Olho para trás, e Alex está aqui, com as mãos nos bolsos. Eu não o ouvi chegar.

Dou de ombros. Se eu tentar falar, vou começar a chorar. Ou até mais do que isso. É difícil dizer depois de hoje. Dessa semana. Da existência de Sonya em minha vida.

Ele pega um baseado e acende, sem me oferecer. Que mal-educado. Parte de mim quer experimentar. Me desligar. Suavizar as pontadas que estou sentindo no peito. Sinto que estou sangrando cada vez que inspiro, ferida por minha própria fraqueza.

— Posso? — pergunto.

— Só se falar comigo — responde ele.

Fico olhando para Alex.

— Parece que você precisa muito conversar — explica ele.

— Que altruísta da sua parte.

Ele me passa o baseado, e eu dou uma tragada. É quase doce... um gosto que nunca senti antes. Seguro a fumaça em meus pulmões o máximo que posso, respirando devagar.

— Algumas vezes meus amigos passam dos limites — comenta Alex, do nada, quando devolvo o baseado.

— Por que você é amigo deles? — pergunto, por curiosidade.

— Sei lá. Meio que tenho a impressão de que você é diferente desse pessoal.

Ele traga e sopra a fumaça.

— A galera rica não anda com a galera pobre na cidade de onde você veio? — pergunta ele.

Dou de ombros.

— Era um lance mais separado onde eu estudava. Isso é coisa de cidade pequena?

— É por causa da Sonya — responde Alex.

Arregalo os olhos.

— Calma, não é nada disso — explica ele, rindo. — Quer dizer que é por causa dela que somos amigos. No segundo ano do fundamental rolou um festival de sei lá o quê com um cercadinho de animais que tinha um pônei e tudo.

— Por que eu sinto que não é uma história bonitinha? — indago, pegando o baseado.

— Éramos eu, Sonya, Trenton e SJ — começa Alex. — Brooke só veio para cá no sexto ano. Nós estávamos lá, fazendo carinho nos patos e nas galinhas. Tinha um porquinho muito fofo também.

— E gansos? — pergunto, tragando e deixando que a fumaça entorpeça minha mente. — Gansos são malvados.

Agora mal estou pensando no que Sonya está fazendo agora. Só consigo imaginar a pequena Sonya no cercadinho de animais.

— Sim, ouvi dizer. Mas não tinha gansos. Tinha um pônei.

— O pônei era malvado?

— O pônei era legal. Até Trenton decidir que devia montar nele.

— Ah, não!

— Pois é. Ele subiu no pônei e bateu nele com um calcanhar como se soubesse o que estava fazendo, dizendo "upa, upa".

— Que merda.

— O pônei se ergueu e derrubou Trenton. Mas não foi só isso. Acho que o Trenton despertou algum tipo de trauma no pônei, porque o bicho saiu correndo pelo festival.

— Onde estavam os adultos?

— Comprando doces. O cercadinho era para ser um lugar seguro.

— Eita.

— Sonya congelou bem na frente do pônei! E, olha, ela era bem baixinha na época. E o pônei estava correndo a toda velocidade na direção dela, prestes a atropelá-la. Trenton estava caído no chão, SJ estava gritando, e eu...

Alex dá uma risada.

— Você tirou a Sonya do caminho — chuto.

— Como você sabe?

Em outras circunstâncias, se eu fosse uma garota diferente, o sorriso de Alex me deixaria com um frio na barriga. É tão grande e libertador, e faz seus olhos escuros parecerem infinitos. Entendo por que uma garota desejaria a atenção dele, ficar sozinha com ele.

— Sonya já te contou essa história? — pergunta ele.

Balanço a cabeça.

— Não — respondo. — Resgatar alguém parece algo que você faria.

Alex coça a nuca, tímido.

— Obrigado.

— É só a verdade.

Falo isso para encerrar a conversa quando de repente percebo que não temos o que conversar. Mas não me sinto mal. Como eu disse: se eu fosse uma garota diferente...

Será que é isso que Sonya quer? Era disso que ela estava falando com a bebida de morango? Ela quer que eu seja a amiga perfeita porque não consegue lidar com a ideia de sermos *namoradas?*

Será que eu conseguiria? Por ela? Alex está tão perto, sorrindo, olhando para minha boca de vez em quando como se estivesse pensando em alguma coisa. Como se, se eu quisesse, eu só precisaria me aproximar e...

Então eu me aproximo. Para mim, é quase como um experimento. Hipótese: isso vai fazer com que eu me sinta melhor. Experimento: me inclinar para a frente e beijar os lábios dele.

A reação de Alex é imediata. Sem hesitação. E por que ele hesitaria? É assim que deve ser. Sem medo. Sem nervosismo. É *o certo*... né?

A mão dele pousa em meu ombro com delicadeza, como se eu fosse de porcelana. A boca dele se move contra a minha, e eu fecho os olhos, ávida pela sensação estonteante e quente na barriga que sinto quando penso em Sonya. Ou quando a toco. Ou quando a beijo.

Mas não acontece. Os lábios de Alex são macios, o toque dele é gentil, mas... não acontece nada.

Não. É pior do que nada. É como se uma porta se fechasse bem na minha mente. Vejo um sinal de rua sem saída em um caminho que deveria estar aberto para mim.

Agora eu *sei*. Não posso fugir disso da maneira como Sonya foge, porque agora sei o que é arder com o toque de outra garota. O que é amolecer só de pensar nela. Beijar Alex não é nada em comparação ao que foi beijar Sonya. Não é culpa dele. Não é culpa minha.

É apenas... quem eu sou.

E essa é a verdade. Não posso mais fugir dela. Ela está dentro de mim. Posso tentar matá-la ou posso cultivá-la.

Eu me afasto dele. Antes que eu consiga tentar me controlar, começo a chorar.

— Coley? — O rosto dele é tomado por uma expressão de preocupação. — Fiz alguma coisa? Você está bem?

— Desculpe.

— Não, não, por favor, não peça desculpas. Se eu tiver feito...

— Não — interrompo, tentando tranquilizá-lo. — Você é muito legal, Alex, mas eu... eu estou numa fase ruim.

As lágrimas começam a rolar pelo meu rosto. Ele emite um grunhido aflito e coloca a mão no bolso, depois tira de lá um guardanapo e me entrega.

— Ah, Coley — diz ele. — Todo mundo *vive* numa fase ruim.

Dou risada enquanto tento secar o rosto, mas as lágrimas continuam a transbordar pelos meus olhos.

Alex me dá um empurrãozinho amigável com o ombro, como um amigo faria.

— Vai ficar tudo bem. Seja lá o que for. Prometo.

Olho para baixo, odiando ter que pedir um favor depois de ter acabado de rejeitá-lo, mas preciso sair daqui.

— Pode me levar para casa? Você tinha razão sobre a maconha aqui ser mais forte.

— Aham — concorda ele. — Vamos.

Quando nos levantamos, tropeço no chão irregular do quintal e quase caio em cima de Alex.

— Cuidado — diz ele, me segurando.

— Opa, foi mal, estou meio tonta…

O mundo está girando um pouco. Eu dou uma risada e me apoio nele.

— Tem certeza de que consegue dirigir chapado? — pergunto.

— Aguento bem mais do que você — comenta ele. — Mas posso te acompanhar andando. Você decide.

— É longe demais — digo. — Não quero nem ir de bicicleta.

— Eu dirijo devagar — promete ele.

A porta de vidro se abre. Pessoas começam a sair, primeiro SJ e Sonya, seguidas por Brooke e Trenton. Eles olham para nós, e eu me afasto de Alex, mas é tarde demais.

Trenton solta uma gargalhada de deboche.

— Agora você curte sapatão, Alex?

— Nossa, Trenton! — chia Brooke, escondendo o rosto, mas não o sorriso.

Nossa, como essa cena é repugnante. Não penso em mim. Na verdade, olho para Sonya — como *ela* aguenta? —, mas ela nem sequer olha para mim. Em vez disso, encara Alex, seus olhos ardendo de fúria. Ver a reação de Sonya me faz querer gritar "Por que você acha que tem o direito de se sentir assim?", mas não posso. Não posso fazer nada.

Só posso ir embora. Nossa, como eu quero ir embora.

— Vamos? — pergunto para Alex.

Ele assente.

— Meu carro está pra lá.

Quando começamos a nos afastar, Alex fala por cima do ombro:

— Você é um babaca, Trenton. Precisa pensar melhor nas coisas.

— Você precisa entender o que é uma piada — grita Trenton, mas já estamos longe e Alex não responde.

O carro de Alex é bem mais legal do que eu imaginava. Tem pelo menos quinze anos, mas o interior está novinho. Parece que ele é muito cuidadoso, o completo oposto do interior nojento da minivan de Trenton.

O trajeto é silencioso, como se ele soubesse que não consigo falar nada.

Um tempinho depois, paramos em frente à minha casa, e aquela energia de bom moço que o fez salvar Sonya quando eram crianças vem à tona. Ele puxa o freio de mão e se vira para mim, solene.

— Eu podia dizer um monte de coisas — diz ele. — Mas até parece que eu sei qual seria a certa.

Isso *quase* me faz rir, mas não consigo. Estou chateada demais. Sonya me feriu repetidas vezes, e agora não sei como parar de sangrar.

— Sinto que nunca vou conseguir ser normal — confesso.

— Por que você quer ser normal?

— Só um garoto diria isso.

— Talvez — concorda ele. — Mas talvez eu esteja certo. É melhor ser você mesma.

— Você vai continuar salvando as pessoas de pôneis furiosos?

— Onde houver um pônei furioso, lá estarei. Juro por Deus — diz ele, muito sério.

Sinto um nó na garganta, mas sei que é de gratidão. Não sei o que teria feito se tivesse precisado voltar pedalando para casa, com os pensamentos sobre Sonya martelando minha cabeça.

— Você já passou por muita coisa — comenta ele.

Franzo o cenho, mas não demoro para entender o que Alex quis dizer, porque ele continua:

— Eu... hã... fiquei sabendo o que aconteceu com sua mãe. Sinto muito, Coley.

— Como assim? — repito, sem entender.

Meus ouvidos estão zumbindo. As palavras dele pairam no ar. Como foi que...

Ah. Eu sei como.

— Pois é, a Sonya... — Ele para no meio da frase quando percebe minha reação. E então entende. — Caramba. Coley...

— Tenho que ir.

Começo a tentar soltar o cinto de segurança, desajeitada.

— Me desculpa. Eles estavam falando sobre isso como se todo mundo soubesse...

Saio do carro e tento ignorar Alex, me concentrando em não vomitar enquanto corro até a porta. Por sorte Curtis não está em casa, então não há perguntas quando entro. Há apenas a casa vazia, o corredor e, por fim, minha cama.

Assim que me jogo na cama, percebo que estou sem minha jaqueta.

Esqueci na casa de Sonya.

Então parece que sou uma granada cujo pino foi puxado por alguém. *Bum*. As lágrimas escorrem por minhas bochechas, e eu fico em posição fetal, jogando o cobertor por cima do corpo. Não tem o efeito calmante da jaqueta da minha mãe, e sei que estou chorando por muito mais do que isso.

Não quero ver nenhum deles nunca mais. Nem sei se quero ver Sonya outra vez. Mas retiro o pensamento no mesmo instante, ainda que não tenha dito isso em voz alta.

Nossa, qual é o meu problema?

VINTE E SEIS

Como ela pôde contar para eles sobre minha mãe?

Já é um novo dia, mas esse questionamento não sai da minha cabeça. Sonya me trouxe muitas perguntas. Sobre ela. Sobre mim mesma. Sobre o mundo e sobre quanto meu coração aguenta de ódio, amor, ciúme, tristeza e *raiva*.

Nossa, estou com tanta raiva de Sonya. Mas, mais do que isso, estou com raiva de mim mesma.

Não deveria ter confiado nela. É isso, não é? Mas eu confiei; contei tudo. Compartilhei meus medos, minhas verdades e a ferida aberta que tenho dentro de mim, o terrível "e se?" que não tenho coragem de me perguntar em voz alta. E ela contou para os amigos como se fosse uma fofoca. Sinto que traí minha mãe tanto quanto Sonya me traiu. Fui idiota e descuidada, me perdi no turbilhão que é Sonya, e agora essa sou eu, a menina que tem uma mãe que se matou.

Droga. Como ela teve *coragem*? Quero agarrar Sonya pelos cabelos. Quero gritar com ela, cair de joelhos e perguntar, em meio ao choro, por que ela fez isso ao mesmo tempo em que a abraço.

Essa é a pior parte: eu ainda quero estar com ela. Como isso é possível, se ela é tão cruel?

Eu me levanto depressa. A decisão está tomada. Pode ser que Sonya não queira me ver e, a essa altura do campeonato, também não sei se quero vê-la. Mas preciso pegar a jaqueta da minha mãe. Eu me arrumo e saio do quarto em direção à porta. O som suave das cordas deveria ter chamado minha atenção, mas quase não noto Curtis sentado no sofá, tocando um de seus violões.

— Oi, Coley.

Congelo no lugar.

— Oi. Estou de saída.

— Para onde vai? — pergunta ele. — Você tem saído bastante ultimamente. Não que isso seja ruim, estou feliz por você estar fazendo amigos, mas queria que jantássemos juntos pelo menos uma vez por semana.

— Aham — digo, distraída. — Mas deixei minha jaqueta na casa da Sonya. A jaqueta da minha mãe. Ou a sua jaqueta, acho.

Ele sorri.

— É da sua mãe. Ela ficou com ela por mais tempo do que eu, e ficava melhor nela. E agora fica melhor em você. Quer que eu te leve?

Não é o ideal.

— Posso ir de bicicleta...

— Não, assim a gente pode ir jantar depois. Tem um restaurante japonês que eu queria que você conhecesse, gosto de jantar lá às sextas.

— Então estou atrapalhando sua rotina?

Curtis fica desconcertado, mas sorri depressa, o que faz com que eu me sinta uma idiota.

— Não, só me dando razões para criar uma nova — responde ele, colocando o violão de lado.

— Quantos violões você tem?

— Alguns — responde Curtis. — Menos do que quando eu era jovem. Vendi alguns. E vendi minha moto.

— Você andava de moto? — pergunto, com um interesse repentino.

— Aham — diz ele. — Tinha uma Harley antiga. Você gosta de motos?

— Minha mãe sempre disse que são perigosas demais — respondo, acompanhando Curtis até o carro. — Sonya mora na rua Kingsley.

— Que chique — observa ele, dando partida no carro. — Sua mãe tinha razão. Não quero você andando de moto por aí.

— Faça o que eu digo, mas não faça o que eu faço?

— Pois é. Parece que esse é o lema quando o assunto é cuidar de um filho.

Não consigo conter uma risada.

— Acho que nenhum pai admite isso.

Curtis dá de ombros.

— Quero ser sincero com você, Coley. Parece a melhor forma de agir, né?

Fico em silêncio. Não tinha percebido que a conversa ia ficar séria. Eu caí direitinho nessa armadilha, porque não é como se eu pudesse sair do carro. Bem, talvez quando pararmos no sinal. Se bem que Curtis provavelmente ficaria bravo se eu saísse correndo do carro para evitar uma conversa. Seria covardia.

— Vou ser sincero se você for também — continua Curtis.

— Beleza — respondo, devagar.

Ele sorri, aliviado.

— Que bom.

Seguimos em silencio até a casa de Sonya.

— Vai ser rápido — garanto. — Ela está ocupada se preparando para ir a um acampamento de dança.

Saio do carro e toco a campainha. Então ouço uma risada lá dentro. O som fica mais alto conforme a pessoa se aproxima da porta.

— Peguem os bolinhos — diz Sonya, segundos antes de abrir a porta.

Ela está usando uma tiara ridícula na cabeça que diz BOA VIAGEM. O sorriso desaparece do rosto de Sonya assim que ela me vê, tirando o acessório de cabeça depressa.

— Oi — cumprimento, sentindo a boca dormente.

Droga. *Droga.*

— São os garotos? — É a voz de SJ. — Fala para o Trenton que eu quero meu hambúrguer!

Ela aparece no corredor, e Brooke vem logo atrás. As duas estão usando o mesmo adereço de cabeça.

Meu mundo desaba e minha ficha cai: Sonya não está ocupada fazendo as malas. Está dando outra festa de despedida com os amigos.

Sonya só não me queria ali. Com ela.

Ela encara o chão, sem conseguir olhar para mim.

— Vim buscar minha jaqueta — explico.

Sonya finalmente me olha, e sua expressão é fria como gelo.

— Ah…

— Deixei no seu quarto.

Não completo "quando estávamos prestes a nos beijarmos outra vez", mas fica implícito. O jeito que as bochechas dela ficam vermelhas me traz uma onda cruel de prazer. Ela sente a mesma coisa. *Eu sei* que sente.

— Bem, pode ir buscar — diz ela, dando de ombros, como se não se importasse.

— Você poderia ir comigo? — pergunto, no ápice da minha coragem.

— Pode ser — responde ela, olhando para SJ e Brooke. — Só um minuto, gente. Se eles chegarem, podem abrir a porta. Já volto.

Subo as escadas, nervosa ao saber que Sonya está apenas a dois passos de mim. Nós ficamos em silêncio e, quando ela fecha a porta do quarto, nada é como antes. Não é mais uma bolha secreta só nossa. Agora parece uma armadilha na qual nós duas nos metemos.

— Está por aqui em algum lugar — diz Sonya, parecendo desconfortável.

Ela vai até a cama e olha em volta. Sonya encontra a jaqueta no cesto de roupa suja, o que não faz sentido, a menos que ela a tenha jogado lá dentro.

— Aqui.

Ela me passa a jaqueta e, quando a pego, Sonya não a solta de imediato. Ela abre os dedos devagar, como se aquilo doesse, mas quando nos olhamos o rosto dela é impassível.

— Só isso? — questiona ela.

Não, penso. *Quero mais. Preciso de muito mais. Começando com uma explicação.*

— Aham — respondo, covarde.

Engulo minha raiva, queimando por dentro.

Sonya continua ali, imóvel como uma estátua. De repente eu me lembro do que ela disse aquele dia, bêbada, quando estávamos nos trilhos e ela me contou que a mãe não queria que ela dançasse de vestido quando era pequena. Que ela mandava Sonya ficar quieta. É isso o que ela está fazendo agora? Reprimindo seu verdadeiro eu com força para nunca mais deixá-lo sair, agora que Sonya sabe o que acontece?

Sinto vontade de abraçá-la. De gritar com ela. De dizer para ela que tudo vai ficar bem. Mas não sei se vai.

Só que, se eu encostar nela, se eu abrir minha boca, tudo vai sair: a raiva, a confusão e tudo o que está borbulhando dentro de mim. Meu corpo vibra como uma corda de violão que Sonya não consegue parar de puxar. Tenho que ir embora. Preciso ir. Senão...

Não sei o que vou fazer. Não sei quem vou ser.

Quero descobrir. Mas estou com medo. De mim. Dela. Disso tudo.

Temo essa incerteza. Esse nervosismo toda vez que chego perto dela. Quem diria que é possível vibrar de desejo? Não é apenas vontade. É *necessidade.* É diferente.

Ela me mostrou isso.

Eu me forço a passar por Sonya em direção à porta, e nossos braços se tocam. Ela arfa, e eu me sobressalto como se meu corpo inteiro sentisse, como se ecoasse pelo quarto e pela minha *alma,* porque não é só um suspiro, é só mais uma confirmação além de todas as outras.

E eu *desmorono.*

— Coley... — sussurra ela, como se meu nome fosse doce em sua língua.

Eu me aproximo, incapaz de resistir. Simplesmente não consigo evitar. É sempre assim quando estou perto dela.

O olhar de Sonya pousa sobre minha boca, e ela umedece os lábios. Minha mão desliza pelo braço dela, pela pele macia, quente. Estamos quase...

De repente ela se afasta, e sua expressão se torna fria outra vez.

— O que está fazendo? — pergunta ela, calma.

— Eu sei que você gosta de mim — afirmo.

Quero que ela saiba que ainda me sinto da mesma forma, mesmo depois de tudo. Ela só está com medo.

Mas Sonya não diz nada. Só fica parada, mais distante a cada segundo.

Decido continuar falando para preencher o silêncio que cresce entre nós:

— Você me beijou.

E pronto. Ela *estremece.* Sonya não é feita de gelo.

Essa é a garota que eu conheço. A garota que me beijou e que dançou em zigue-zague na trilha do trem. A garota que adora dançar. *Essa* garota está lá dentro, pronta para se libertar.

— Você passou todo o seu tempo livre comigo — continuo.

Sonya está imóvel como se estivesse tentando se transformar em uma estátua.

— Você basicamente disse que *me ama*.

Ela ri. É um riso breve e desconfortável, que me traz um calafrio gelado.

— Não sei o que dizer — comenta Sonya.

— Sério?

— Que bobagem, Coley. Eu sou assim com todas as minhas amigas. Algumas garotas são afetuosas, e isso não quer dizer nada, ainda mais o que você está pensando.

Sonya balança a cabeça. Parece que estou levando uma bronca. Sinto uma onda de vergonha. Quero protestar. Quero lutar por… não sei… por nós? Mas ela está dizendo que não existe "nós". Que nunca existiu. Que foi *coisa da minha cabeça*.

Mas não foi! Não foi *mesmo*!

— Sei que você contou sobre minha mãe para os seus amigos.

Sonya cerra os punhos, e percebo que ela está afundando as unhas nas palmas das mãos. Ela quer me machucar? Ou quer machucar a si mesma?

— Não vai pedir desculpas? — pergunto.

Ela ergue o queixo, mas fica em silêncio. É aí que sinto vontade de feri-la.

— Você está fazendo péssimas escolhas — vocifero. — E não estou falando de nós duas. O que você fez… Você não tinha o direito. Só uma pessoa horrível não pede desculpas depois de fazer algo grave assim. Isso foi *imperdoável*.

A última palavra escapa cheia de rancor. Estou me segurando para não chorar.

Vou embora sem sequer esperar por uma resposta, tentando respirar fundo para amenizar a dor em meu peito. Desço a escada depressa e passo pela mãe de Sonya, que pergunta:

— Coley, você não vai ficar?

— Não. Desculpe. Só vim pegar minha jaqueta. Meu pai está me esperando. Tchau!

Aceno e saio pela porta.

— O que aconteceu? — indaga Curtis no momento em que entro no carro.

Tento enxugar minhas lágrimas antes que ele veja.

— Só me leva para casa — peço.

— Tudo bem. Podemos ir jantar outro dia.

E, para meu alívio, ele não faz mais perguntas. Curtis me leva para casa sem dizer uma palavra e me deixa mexer no rádio do carro e colocar minhas músicas sem reclamar, embora ele fique o tempo todo prestes a abrir a boca.

Quando chegamos, não consigo ir para o meu quarto. Eu simplesmente me jogo no sofá e ligo a TV, desesperada por algum tipo de distração. Não consigo pensar na negação de Sonya. Não consigo acreditar que estou maluca. Sei que não estou. Sei que foi real.

É real. Eu não senti aquilo sozinha quando nos tocamos.

Talvez seja algo apenas físico para ela. Talvez não tenha nada a ver com sentimentos. Talvez seja por isso que ela não acredita que o que existe entre a gente é real. Mas é. Se eu conseguisse fazê-la se abrir...

Não. Preciso parar. Preciso respirar. Troco de canal e deixo em um programa sobre animais. Os leões estão rondando a savana, e eu tento me concentrar na descrição do narrador sobre como eles vivem.

Ouço Curtis pedindo comida na cozinha e, quando o jantar chega, ele se senta ao meu lado.

— O que está assistindo?

— Um negócio sobre leões — respondo, pegando a tigelinha de frango marinado que ele me entrega.

Nós comemos e vemos TV em silêncio e, pela primeira vez, não sinto raiva dele.

Só me sinto grata por ter alguém ao meu lado.

VINTE E SETE

Usuário do LiveJournal: SonyaSol
Postagem pública
5 de julho de 2006

[**Humor:** feliz da vida]
[**Ouvindo agora:** "Milkshake", Kelis]

Chegueeeei! Sei que todo mundo deve estar *morrendo* de curiosidade para saber todos os detalhes do acampamento de dança, então vou poupar vocês dessa tortura. Mas já estou devidamente instalada, dançando horrores e sentindo saudades de todos vocês!

Me contem o que aconteceu desde que fui embora. Já se passaram três dias e estou desfalecendo com a falta de notícias.

Bjs,
Sonya

Comentários:

SJbabyy:
Estamos com saudades, amiga! Aqui está parado sem você.

Brooke23:

Fale por você, estou trabalhando pra caramba.

SonyaSol:

Trabalhar com o público está sendo difícil?

Brooke23:

Você não faz ideia.

SonyaSol:

Mas você vai ganhar tanta grana! Isso é o máximo!

TrentOnnn:

Sim, é o máximo que agora ela é só mais uma peça na engrenagem do capitalismo.

SJbabyy:

Cala a boca, Trenton. Ninguém te chamou aqui.

Usuário do LiveJournal: SonyaSol

Postagem privada

5 de julho de 2006

[**Humor:** !!!]

[**Música:** "Smile Like You Mean It", The Killers]

Que merda de vida. A festa de despedida foi uma *droga*. Foi o exato oposto de diversão. Coley apareceu querendo conversar, mas não tem nada para ser dito! Não pode ter.

E ela ficou tão magoada. Como se fosse tudo culpa minha. E eu tentei me convencer de que não era. Fiquei muito bêbada depois que ela foi embora.

Não foi minha culpa. Mas aí eu vim para o acampamento só com minha mãe no carro, e ela quis ouvir um audiolivro de autoajuda no rádio, então fui obrigada a me concentrar em meus próprios pensamentos.

Comecei a me perguntar se realmente não foi minha culpa. Pelo menos um pouquinho.

Eu de fato contei para SJ sobre a mãe de Coley.

Minha mãe tentou falar comigo quando a faixa de áudio terminou, mas ela só queria falar de dança, e isso me fez perceber que a gente nunca fala de nada além disso. Que terrível...

Acho que meu problema é pensar demais. Rá.

E olha que eu nem cheguei na cereja do bolo de horrores que minha vida se tornou. O acampamento deveria ser meu refúgio, um respiro de todo o drama das férias, toda a esquisitice, todos esses... sei lá... esses sentimentos. É um retiro do mundo. É assim que Madame Rosard se refere ao lugar.

E foi assim que eu sempre pensei também. Mas Faith está aqui. Ela não é só uma monitora este ano, é assistente da Madame Rosard. Ela está em *todas* as minhas aulas da manhã e está fazendo a gente sofrer.

O poder subiu à cabeça dessa garota! Ela está em cima de mim desde que cheguei, como se fosse meu cão de guarda.

Primeiro foi: "Ah, Sonya, coloca suas malas aqui para o chalé 4." E depois "Ah, Sonya, empurre o carrinho até o chalé 4, por favor". E aí ela *me seguiu* para "garantir que está tudo bem com as minhas acomodações". E minha mãe do lado, concordando com tudo. Depois ela foi embora como se eu nem merecesse um abraço ou uma despedida apropriada.

E todas as minhas colegas de chalé ficaram felizes em ver a Faith! Até Gaia, que é *minha amiga* de acampamento, não dela. Pelo amor de Deus, por que Faith não ficou em casa ou na faculdade? Ela podia ter ficado em qualquer droga de lugar *que não fosse aqui*. Esse é o meu lugar! E ela já se formou! Não deveria estar aqui.

Ela fica sorrindo para mim, toda convencida, como se *soubesse de alguma coisa*.

Odeio essa garota. Por que ela não pode simplesmente me deixar em paz?

Sonya

VINTE E OITO

Ela não foi embora só fisicamente. Essa é a questão. Sonya foi embora da minha vida da mesma forma que eu fui embora do coração dela.

Na verdade, será que já estive lá algum dia? Talvez não, porque ela me descartou com muita facilidade. Bastou um piscar de olhos para que eu desaparecesse, jogada no lixo como um batom que ela não quer mais usar.

— Queria te mostrar uma coisa — diz Curtis.

Demoro um instante para tirar os olhos da TV. Estou jogada no sofá pelo que parecem ter sido semanas, mas na verdade foram só alguns dias. O tempo está deixando de fazer sentido, como todo o resto das coisas.

Será que ela pensa em mim do jeito que penso nela? Sonya deve estar dançando o dia inteiro, dando risada, enquanto estou aqui chorando no banho e sempre que sinto qualquer cheiro floral ou cítrico que me faz lembrar dela.

Curtis está segurando alguma coisa. Ele se senta ao meu lado e me entrega o objeto.

— Acabei de achar.

Olho para as fotos em minhas mãos e, de repente, todos os pensamentos sobre Sonya desaparecem da minha mente. Seria ótimo ter um respiro desses sentimentos, mas as fotos trazem um tipo diferente de tristeza. Nas fotos vejo minha mãe, Curtis e eu; eu devia ter dois ou três anos, estou usando um casaco fofo e estamos na neve. Nossa, ela parece tão jovem. Está quase irreconhecível.

Não porque está mais nova, mas porque parece muito *feliz*.

Toco a foto bem em cima do pingente de olho-de-tigre que ela estava usando. Ela realmente o guardou por todos aqueles anos. O que isso significava? Ela ainda amava Curtis, mesmo no fim? Como isso era possível, se ele decidiu que nos abandonar era a melhor opção?

— Sua mãe era muito engraçada — conta ele. — Nunca ri tanto com alguém. Nós tínhamos um amigo, um cara esnobe de Harvard, você deve conhecer esse tipo de gente, que dizia que sua mãe era "genial". E ela era mesmo. Nisso ele acertou.

Curtis fica em silêncio por um momento e eu passo para a outra foto. Dessa vez é minha mãe sozinha, de perfil, com um vestido frente única vermelho e leve. Na fotografia, ela está com uma das mãos na barriga de grávida e a outra apontando para a câmera, provavelmente para Curtis. Sua cabeça está inclinada para o céu azul e seu sorriso é muito espontâneo. Ela não sabe o que está por vir. Ainda não me conhecia. Ainda não sabia que Curtis nos deixou. Ainda não sabia que ia me deixar também.

Será que ela teria feito as coisas de maneira diferente se tivesse uma bola de cristal e soubesse o que estava por vir? Será que existe alguma coisa que poderíamos ter feito diferente que nos faria continuar todos juntos, em família?

Tenho que me policiar para não amassar as fotos sem querer. Pouso as fotos no meu colo; já não consigo mais olhar para elas.

— Ela era uma mulher intensa. Às vezes estava muito bem, outras muito mal... — continua Curtis, como se ele conhecesse minha mãe.

Como se os dezesseis anos que passei com ela não fossem comparáveis com, sei lá, a *meia dúzia* de anos que ele passou com minha mãe aos vinte anos? A raiva ferve dentro de mim como um incêndio: começa lenta e depois se espalha, rápida e ansiosa para encontrar qualquer coisa que sirva de combustível. E quanto mais Curtis fala, mais combustível ele me dá.

— Sei bem como os momentos ruins eram difíceis para ela — continua ele. — Se você estiver se sentindo assim, Coley...

Eu me levanto na hora, fazendo com que as fotos caiam no chão.

Curtis se agacha no mesmo instante para pegá-las, como se fossem preciosas, e isso me deixa com mais raiva ainda. Então ele acha que fotografias devem ser manuseadas com cuidado, mas pessoas de verdade, não.

— Por que você me mostrou essas fotos?

Curtis arregala os olhos e faz uma cara de cão sem dono que me dá vontade de dar um soco nele.

— Fiquei feliz por ter encontrado essas fotos. E eu... estou feliz por você estar aqui. Assim eu posso mostrá-las para você.

— Só estou aqui porque minha mãe *está morta*.

E então Curtis tem a audácia de começar a chorar. Seus olhos ficam *marejados*. Minha nossa, como eu odeio Curtis. Quero gritar: *Você não tem o direito de chorar por ela*. Mas ela chorou por ele, muito depois de eles terem se separado, então quem sou eu para dizer isso?

— Sabia que ela estava usando seu precioso colar quando morreu? — conto.

Ele parece ainda mais aturdido. Minhas palavras o atingem exatamente como eu queria.

— Você não estava cuidando dela — prossigo, sem conseguir parar. As palavras jorram da minha boca com uma urgência quase tão forte quanto a que estou sentindo. — Você não estava lá ao lado dela. Não estava lá quando ela teve dias bons e muito menos quando teve dias ruins. *Eu* estava. Eu estava lá. Todos os dias. Você não sabe como foi.

— Mas eu quero saber — diz Curtis. — Quero que compartilhe comigo o que viveu, o que está sentindo. Quero muito que você sinta que pode se abrir comigo, Coley.

Balanço a cabeça. Tudo o que ele diz soa tão falso.

— Droga. Não acha que está tarde para isso? — questiono, mas não de um jeito raivoso. A pergunta soa apenas franca e um pouco incrédula, porque como é que *não seria* tarde demais?

Curtis passa a mão na boca, parecendo exausto, mas determinado.

— Sei que minha perda não é a mesma que a sua — diz ele, devagar. — Mas perder sua mãe me ensinou que não posso parar de lutar pelas coisas, mesmo que pareça tarde demais.

Não respondo, porque esse tipo de tentativa... parece fantasiosa. Acho que deixei de acreditar em coisas assim aos poucos, primeiro quando perdi minha mãe e depois quando perdi Sonya.

— Eu e você... nós somos o que resta da nossa família — continua Curtis. — Sei que não é o ideal. Sei que ela deveria estar aqui, e não eu. Sinto muito, querida. De verdade. E eu sei que você não me conhece. Mas eu estou tentando mudar isso.

Encaro Curtis.

— Eu quero muito conhecer você — diz ele.

— Só porque você *é obrigado* a fazer isso.

Saio da sala antes que ele possa dizer qualquer outra coisa.

As fotos ficam jogadas no chão.

Saio pela janela do quarto. Talvez seja um pouco dramático, mas pensar em passar por Curtis para chegar até minha bicicleta me dá vontade de vomitar de ansiedade. *Que ódio*. Quero poder relaxar em um espaço só meu, mas não posso, porque nada aqui é meu, é *dele*. Ele pode dizer quantas vezes quiser que essa casa também é minha, mas não é o que sinto.

Então pulo a janela e pego minha bicicleta, andando com passos pesados. Pedalo depressa, deixando o vento soprar em meus cabelos e em meu ouvido, deixando o vento afogar todo o resto: o aperto no peito que sinto cada vez que estou perto de Curtis, os cacos em que Sonya transformou meu coração, os segredos que se tornam cada vez mais profundos dentro de mim, como se nunca mais fossem vir à tona…

Tudo vira um borrão verde, marrom e cinza ao meu redor enquanto acelero pela rua. Quase não percebo a mancha vermelha até ser tarde demais. Aperto os freios, as rodas derrapam e eu quase dou de cara com a placa PARE.

Os carros passam zunindo na rua à minha frente. Estou ofegante, e meu corpo vibra de medo e alívio. Que droga, eu podia ter me dado mal. Preciso me recompor.

Viro à direita em direção à lojinha de conveniência no fim da rua.

Encontro um lugar para amarrar minha bicicleta e vou direto para os fundos da loja. Quando o sininho da porta toca, o mesmo caixa ruivo de quando estive ali pela primeira vez olha para cima e logo em seguida volta a atenção para as palavras cruzadas que estava fazendo.

Sonya enganou esse cara com tanta facilidade. Parece que foi há séculos. Fiquei tão impressionada com a ousadia dela enquanto eu tentava pegar a bebida, toda desajeitada. Estava com muito medo de ela não me achar legal.

Aquele foi o começo, não foi? O começo de *nós duas*.

Só não fui inteligente o suficiente para me dar conta de que tudo que tem um começo também tem um fim.

Mas será que tivemos um começo, um meio ou até mesmo um fim quando ela nem sequer admite que isso *existiu*? Ela disse que é assim com todas as amigas.

Eu deveria ter perguntado se ela também beijou SJ. Ou Brooke. Teria sido melhor do que me humilhar daquele jeito. Por que a gente sempre pensa na melhor maneira de agir dias depois da situação em questão? Sonya já deve ter se esquecido de tudo isso. Ela está no acampamento, dançando e se divertindo com as amigas. Eu poderia me torturar e ler o LiveJournal dela. Estou com vontade, mas até agora tenho resistido. Sonya disse como se sente e eu tenho que descobrir como lidar com isso.

Talvez eu devesse simplesmente ir embora, assim eu não teria mais que pensar em nada disso. É óbvio que Curtis não se esforçaria para me encontrar.

Sei que fugir é uma ideia idiota. Preciso pelo menos terminar a escola. Não posso deixar que uma garota me impeça de fazer isso, mesmo que seja uma garota como Sonya.

— Posso ajudar? — pergunta uma voz aguda atrás de mim.

Desperto dos meus pensamentos e percebo que estou segurando a porta da geladeira de cerveja aberta sabe-se lá há quanto tempo. O caixa está inclinado sobre o balcão me olhando com uma cara feia.

— Foi mal — digo depressa, fechando a geladeira e indo até a próxima para pegar um chá gelado. — Muitos pensamentos.

— Devia tentar fazer isso aqui — aconselha ele, apontando para a revista de palavras cruzadas quando vou até o caixa para pagar.

— Valeu pela sugestão — respondo, entregando o dinheiro.

Saio, abro o chá e tomo um gole. *Eca*. Peguei o sem açúcar sem querer.

— Tão ruim assim?

Olho para cima. A garota que trabalha aqui, aquela que quase me pegou com o champanhe da última vez, está encostada no poste em que deixei a bicicleta. Ela está com um cigarro pendurado na boca pintada de batom vermelho.

— Peguei errado — respondo, indo até ela. — Seu nome é... Blake, né? — Espio o crachá dela para acertar.

Blake joga o cigarro fora e tira um sanduíche do bolso. É tão inesperado que fico sem reação.

— Quer? — oferece ela.

Balanço a cabeça.

— Obrigada.

— Você deu uma viajada lá dentro.

Fico vermelha. Eu nem tinha percebido que ela estava me observando.

— Estou tendo um dia ruim. — Dou uma risadinha. — Droga. Estou tendo um ano ruim, na verdade.

Blake concorda solenemente com a cabeça.

— Viver tem dessas coisas.

Dou uma risada. É algo sucinto e meio genérico de se dizer, mas não deixa de ser verdade.

— São coisas do coração? — indaga ela.

— Coisas no geral — respondo.

Blake morde o sanduíche mais uma vez, pensativa, então me dá uma palmadinha no ombro. Um pedaço de tomate cai do sanduíche e vai parar no chão, quase em cima do meu sapato.

— Quem quer que tenha partido seu coração é uma pessoa bem babaca — diz ela.

Não sei por que aquilo significa tanto vindo de uma garota que eu não conheço, mas é como se alguém tivesse colocado um pequeno curativo na tentativa de remendar meu coração. Não é grande coisa e o curativo nem é tão grande, mas é *alguma coisa*. Para meu completo desespero, meus olhos ficam marejados.

— Sério, a pessoa é uma grande idiota — enfatiza ela.

— Ela é mesmo — concordo.

Então arregalo os olhos, surpresa por ter admitido que era uma garota em voz alta, como se não fosse nada.

Blake apenas morde o sanduíche outra vez.

— Fica tranquila — diz ela, percebendo que estou prestes a pirar. — Você fuma?

Assinto.

— Acabei de sair do trabalho — comenta ela. — Vamos para a minha casa. Vamos fumar um. Você parece estar precisando.

VINTE E NOVE

Blake deixa todas as janelas do carro abertas.

— Não tenho ar-condicionado — explica ela, dirigindo.

Deixei minha bicicleta na lojinha e estou sentindo o ar quente esvoaçar meu cabelo. Faço um rabo de cavalo com um elástico que eu tinha no pulso, mas mesmo assim alguns fios continuam voando com o vento.

O carro dela é a definição de lata-velha. Não que eu possa julgar, já que só ando de bicicleta, mas o espelho retrovisor está preso com fita adesiva e o banco traseiro é mais remendado do que uma calça antiga.

Blake coloca um CD no aparelho de som, e em seguida uma música da Nine Inch Nails começa a tocar num volume estrondoso.

— Moro perto do riacho — anuncia Blake, como se eu devesse saber onde fica.

Sério, às vezes acho que os habitantes desse lugar não conseguem conceber a ideia de que algumas pessoas não conhecem a cidade.

— Ah, que legal — respondo.

O que mais eu poderia dizer? Perguntar "Que riacho?", talvez? Mas então Blake perguntaria onde eu morava e eu começaria a pensar na minha mãe, e então…

Quero *esquecer*. De tudo. Só por um segundo. A ideia de ficar chapada parece ser o paraíso. Quero rir de um desenho animado e comer toneladas de Cheetos.

Blake não parece achar ruim que a gente não converse muito no caminho. É meio estranho, mas fico aliviada.

Quanto mais nos afastamos da cidade, mais percebo que "o riacho" é bem longe. Ela faz uma curva e entra numa estrada de terra.

— Caramba, você mora bem longe — comento.

Blake dá uma risada.

— Ninguém nunca reclamou.

— Ficou chateada?

Ela balança a cabeça e estaciona em frente a uma casa meio antiga com telhado enferrujado. Estreito os olhos para ter certeza, mas sim, as telhas são bem finas. Acho que pensei que telhados assim não eram usados há muito tempo.

Um cachorro late do outro lado da cerca que rodeia a casa.

Ela me leva para dentro. Lá está fresco graças às arvores ao redor. Ela me conduz por um corredor escuro com carpete bege. E, quando chegamos ao quarto dela, percebo que o cômodo é escuro também. Ela tem cortinas pretas e um cobertor do Buzz Lightyear. A única fonte de luz lá dentro é uma lâmpada de lava.

Blake se joga na cama, e eu dou uma olhada em volta, observando os livros e todas as coisas empilhadas nos cantos.

—Você gosta de ler? — pergunto.

— Às vezes — responde ela. — Gosto de fantasia. E você?

— Não gosto tanto — confesso. — Mas talvez eu não tenha lido o livro certo.

Ela tira um bong de debaixo da cama.

— Quer fumar?

Assinto e vou até ela. A primeira tragada é tranquila e está gelada por causa do bong, mas depois me pega de jeito, e fica evidente que Blake precisa limpar o instrumento. Só que eu já estou tão chapada que não faz diferença. Eu me deito e encaro o teto texturizado do quarto, e o mundo começa a girar um pouquinho. Pouco depois eu me sento, tentando esvaziar a cabeça.

— Banheiro? — pergunto.

— Logo ali.

Ando com determinação, mas estou tonta e meus movimentos saem lentos quando me abaixo para jogar água no rosto. Ajuda bastante, mas então vejo meu reflexo no espelho. Tem água pingando do queixo. Ali, naquele banheiro pequeno, não consigo ver nada além de mim mesma. Estou presa em minha própria imagem e só consigo sentir ódio. Eu odeio Curtis... Sonya... eu mesma... minha mãe...

Algumas vezes odeio tanto minha mãe por ter me deixado. E me odeio tanto, o tempo todo, por não ter estado lá para salvá-la. Por não ter sido o bastante para mantê-la aqui.

Por que eu não fui suficiente para que ela ficasse?

— Você está bem? — pergunta Blake, baixinho.

Balanço a cabeça. Não consigo não dizer a verdade naquele momento. Todas as minhas defesas desmoronaram com o abandono e a traição de Sonya.

Eu me viro para Blake. Ela é bonita de um jeito só dela, como se fosse uma fada travessa que não faz nada além de arranjar confusão e dar risada quando seus planos funcionam com os humanos desavisados.

— Tem certeza de que não quer fumar mais?

— Aham — respondo. — Quero outra coisa.

Ela ergue a sobrancelha, e eu fico vermelha, me lembrando de como acabei de contar para ela que estou triste por causa de outra garota. Essa estranha acabou sabendo mais sobre mim do que qualquer outra pessoa no mundo, e essa percepção me atinge em cheio nesse banheiro minúsculo.

Eu me apoio na pia, que está suja de pasta de dente.

— Você tem uma tesoura? — pergunto, a voz falhando um pouco.

Blake abre um sorrisinho.

— Quem nós vamos esfaquear?

Dou uma risada.

— Só pega a tesoura.

Blake vai para o quarto, e consigo ouvi-la revirando as coisas, até reaparecer na porta.

— Cuidado, é afiada — diz ela.

— Melhor para esfaquear.

Ela ri muito alto e por longos minutos.

Solto o cabelo e jogo o elástico na pia.

— Quer ajuda? — oferece Blake.

— Você sabe cortar cabelo?

Ela dá de ombros.

— Eu corto o meu.

Olho para o cabelo dela, descolorido. É um pouco maltratado.

— Acho que consigo sozinha, mas talvez precise de ajuda com a parte de trás.

— Beleza — diz Blake, sentando-se na beirada da cama para me observar. — Vou ficar aqui assistindo e servindo de apoio moral. *Vai, Coley!*

Ela ri com a própria piada e parece não perceber que está rindo sozinha.

Meu cabelo cai ao redor do rosto. Seguro um pedaço e tento medir o comprimento, pensando até onde quero cortar.

Sonya brincou com meu cabelo entre os dedos como se as mechas fossem joias preciosas, como se ela quisesse usá-las como um anel. E eu queria que ela usasse. Queria ser parte de Sonya, dentro do corpo, do coração e dos pensamentos dela. Mas, em vez disso, ela é que se tornou parte de mim, não o contrário. Estou sendo assombrada por alguém que não morreu, mas que parece querer estar morta para mim. O que raios eu faço com isso?

Seguro a tesoura com firmeza. Uma mecha de cabelo castanho cai sobre a pia. Encaro meu cabelo e sinto uma onda de adrenalina. Corto mais uma mecha. Outra. Chumaços de cabelo começam a cair e, a cada um, eu me sinto mais forte.

— Está ficando maneiro! — elogia Blake, pegando o bong outra vez.

Só mais alguns cortes.

Quando termino, a pia está cheia de cabelo. Balanço a cabeça de um lado para o outro.

— Adorei — diz Blake, levantando-se e me pegando pela mão.

Deixo a tesoura na mesa e permito que ela me puxe para a cama. Blake equilibra o bong sobre os joelhos e passa os dedos no meu novo cabelo. Fecho os olhos, tentando não gostar da sensação, tentando não compará-la àquele sentimento, mas fracasso nas duas coisas.

— Quer ver uma coisa legal? — pergunta ela.

Assinto.

Ela acende o bong e puxa a fumaça. Ao soltar, sopra pequenos círculos de fumaça. Blake faz isso até cair na gargalhada de novo.

— Quanto tempo você demorou para aprender a fazer isso? — questiono.

— Nossa, um tempão.

— Tempo bem gasto, né?

Eu me deito na cama e fecho os olhos.

— O que mais eu teria para fazer nessa droga de cidade? — indaga ela.

— Por que não vai embora?

— Adoro que você fala como se fosse fácil — diz Blake, olhando para mim da cabeça aos pés. — Você é riquinha igual à Sonya?

A menção do nome de Sonya, tão casual e cheia de desdém, me atinge como um tiro. É um lembrete de que Blake conhece Sonya e seus amigos, e provavelmente muito melhor do que eu. Balanço a cabeça, como se isso fosse espantar o fantasma dela para longe de mim.

— Desculpa — digo. — Você tem razão.

— Eu vou sair daqui um dia — diz ela. — Tenho planos.

— É?

— Planos de curtir esse bong.

As palavras dela se transformam em mais risos, e dessa vez eu dou risada junto, porque ela é estranha e um pouco engraçada, e talvez até meio assustadora, mas acho que todas as garotas são assim, de uma forma ou de outra. Talvez seja melhor eu me sentir assim do que como eu me sentia com Sonya, como se eu estivesse em uma montanha-russa. Eu não tinha noção do quanto ela poderia me machucar. Se soubesse, será que teria mergulhado mesmo assim? Quebrei tanto a cara. Será que é possível impedir que essas coisas aconteçam? Será que é inevitável?

Será que a mágoa é inevitável?

Blake olha pra mim.

— Você é meio difícil de entender, não é?

Não respondo, porque a resposta é *com certeza,* mas não acho que é isso que ela quer ouvir.

— Não sei dizer se você está prestes a rir ou chorar — continua ela.

Começo a me sentir culpada. Eu deveria ir embora. Está tudo um caos e estou buscando distrações em qualquer lugar, mesmo que às custas de outra garota.

Mas eu sou fraca. Fico lá, na cama dura de Blake, e decido mentir.

— Talvez eu esteja sendo um pouco esquisita — continua Blake.

— Não somos todos? — pergunto. — Pelo menos um pouco?

Ela olha para mim, pensativa.

— Ou muito — complemento.

Blake abre um sorriso como se não pudesse se dar ao trabalho de fazer outra coisa além de sorrir.

— O que você pensou quando me viu pela primeira vez? — indaga Blake.

— Pensei: droga, ela vai me prender por roubo.

Ela gargalha muito alto, e eu fico olhando para ela, admirada, me perguntando como é ser assim tão livre.

— Você é engraçada — diz ela. — Muito engraçadinha.

Sei o que vai acontecer minutos antes. É tão estranho, quase irreal, como se eu estivesse assistindo à cena de um filme. Isso é mais fictício ainda, porque garotas não se beijam em filmes.

Blake se inclina para a frente e me beija. É um encostar de lábios com cheiro forte, meio desajeitado. Beijo de volta, segurando Blake como se ela fosse minha corda salva-vidas. Eu me odeio por estar com apenas um pensamento: eu não me lembro do nosso último beijo. Meu e de Sonya. O beijo que eu não sabia que seria o último.

Mas *ela* sabia.

Sonya sabia de tudo. Ela ditava as regras do jogo, mas eu nem sabia quais eram. Por que foi tão fácil para ela ir embora? Será que as coisas são sempre assim? Garotas usam as pessoas, experimentam elas como se fossem uma calça jeans e aí decidem: hum, *não gostei.*

Mas não é exatamente o que você está fazendo, Coley? O pensamento invade minha mente enquanto Blake me acaricia, e a combinação das duas coisas me deixa com ânsia de vômito. Não por causa de Blake.

Por *minha* causa.

Eu me afasto, interrompendo o beijo. Preciso ir. Preciso fugir. Assim como Sonya.

— Estou chapada demais — digo, fechando os olhos quando Blake corre os dedos por meus cabelos agora curtos.

A sensação é tão boa. É quase como se…

Não termine esse pensamento. Não pense nela.

— Eu também — diz Blake, quase como se estivesse dando permissão.

Quase como se qualquer coisa que pudesse acontecer não fosse importar. Será que é uma saída? Ou uma desculpa?

Os dedos dela descem pelas minhas têmporas e depois pelas maçãs do meu rosto. O toque é gentil e evoca lembranças de uma garota que eu descobri ser tudo, menos gentil. Nossa, eu só quero que alguém me ame. Que alguém me toque como se me amasse. Como se eu fosse importante.

Não. Eu quero que *Sonya* me ame. Que ela me toque com amor. Que ela olhe para mim com devoção.

— Você é tão bonita — murmura Blake. — Já te disseram isso?

Sonya disse. Mas não sei se ela estava falando sério ou se era só um joguinho.

Balanço a cabeça, como se isso fosse tornar a mentira real.

Quando Blake me beija de novo, meus olhos se fecham e eu me entrego ao toque dela. Se eu ficar de olhos fechados, consigo imaginar que ela é outra pessoa.

É errado. Não é justo. É completamente *doentio*.

Em vez da voz de Blake, ouço a de Sonya. Em vez de sentir os lábios de Blake, sinto os lábios de Sonya. Na minha mente, as unhas de Blake não estão pintadas de preto; são cor de lavanda.

— Adoro seu sorriso — elogia Sonya, percorrendo minha clavícula com os dedos de um jeito provocante, deitada sobre minha barriga como se eu fosse um travesseiro. — E seu cérebro… — diz ela, erguendo-se sobre mim para que nossos corpos se toquem.

Preciso me controlar para não arquear o corpo junto ao dela.

— A forma como você pensa... — continua ela. — Você é tão inteligente.

— Eu...

— Eu gosto de você — interrompe ela.

Estremeço ao ouvir aquilo, dito de forma tão direta.

Desperto da minha fantasia bem quando Blake me beija, porque Sonya... Ela *não diria isso.* Não de uma forma tão simples.

Ela jamais *admitiria.* Nem mesmo para si mesma.

Os lábios de Blake se movem junto aos meus. Estou na cama dela, na casa pequena em que ela mora.

Sou uma idiota que só quer...

Eu me afasto, ofegante.

— Está tudo bem? — pergunta Blake, parecendo confusa.

Pisco com força, tentando desesperadamente afastar as lágrimas que começaram a brotar em meus olhos.

— Me desculpa — digo. — É que acabei de me lembrar... Meu pai quer que eu volte a tempo de jantar. Se eu não aparecer...

— Entendo — diz Blake. — Meu pai era um idiota também.

— Meu pai não é... — respondo quase automaticamente.

Faço uma careta ao perceber que quase defendi Curtis. Qual é a droga do meu problema?

Estou completamente fora de mim.

— Vou ficar sóbria e levo você para casa — garante Blake. — Vem.

Mas quando ela estende a mão, não consigo segurá-la.

TRINTA

Já está tarde quando Blake me deixa em casa. Lá dentro, está tudo escuro. Já estou quase chegando ao quarto, pensando que me safei, quando as luzes se acendem. Congelo onde estou, sentindo a presença de Curtis logo atrás de mim. *Droga.*

— Coley — chama ele.

— Oi?

Eu me viro e tento parecer o mais inocente e sóbria possível.

Sei que estou fedendo a maconha. Deveria ter aceitado a sugestão de Blake e tomado banho, mas pensar em fazer isso me fez lembrar daquela noite com a urtiga e Sonya. Odeio isso. O fato de que tudo me faz lembrar de algo que aconteceu com Sonya.

— O que você fez com seu cabelo?

— Cortei — respondo, surpresa por ele ter notado.

— Beleza. E onde você estava?

— Na casa de uma amiga.

— Pensei que Sonya tinha ido para o acampamento de dança.

— Fiz mais de uma amiga — respondo, ainda que não tenha certeza de que isso é verdade.

Uma coisa da qual eu tenho *certeza* é de que Sonya e eu *não éramos amigas,* não importa o que ela diga. Não tenho ideia do que Blake é. Preciso descobrir para não fazer com ela a mesma coisa que Sonya fez comigo.

— Acho que precisamos entrar em um acordo — diz Curtis, impedindo minha passagem pelo corredor. — Você precisa chegar em casa antes da meia-noite.

— Isso é mais uma imposição do que um *acordo* — retruco. Cruzo os braços.

— Tudo bem, é uma imposição — responde ele. — Preciso saber onde você está e que horas vai voltar. É para isso que você tem celular.

— Não tem sinal na casa da minha amiga — explico. — Ela mora perto do riacho. Não recebi as mensagens até voltar para a cidade.

— Então me avise antes de sair — diz ele.

— Por que você não cuida da sua vida e eu cuido da minha?

— Porque eu sou responsável por você, Coley!

— Droga nenhuma! Eu sou responsável por mim mesma! Eu sou responsável por mim mesma *desde sempre*. Fui responsável por mim e pelos outros! Para de agir como se eu fosse uma criança. Se você sabe mesmo como minha mãe era quando estava nos dias ruins…

Não termino a frase. Estou arfando, e Curtis está olhando para mim.

— Só porque você sabe cuidar de si mesma não significa que tem que fazer isso — responde Curtis.

— Ah, vai se ferrar — respondo, perdendo a paciência. — Seu primeiro instinto sempre foi *se* colocar em primeiro lugar. Você me abandonou. Você abandonou minha mãe. Tudo isso porque você não queria *se mudar?*

— Foi mais do que isso, Coley — rebate ele.

— Então me explica. — Lapido minhas palavras para que se tornem uma arma. — Porque quando caras legais terminam com as namoradas, eles não deixam de ser pais. Só os caras que são meio merda acham que é tranquilo fazer isso.

Curtis fica em silêncio.

— Você não lutou por mim. Você *nem tentou*. Não me visitou nas férias, não me ligou no Natal, não mandou nem um cartão de aniversário — digo, como se, ao abrir as feridas antigas, o que escorresse fosse mágoa em vez de sangue. — Você foi a primeira pessoa a me ensinar que eu não faço falta para ninguém — continuo. — Que sou descartável. Ninguém deveria ser descartável para o próprio pai. Você sabe o que é crescer e se dar conta disso? Se dar conta de que existe um grande nada no lugar em que *um pai* deveria estar?

Fico perdida na sensação de *finalmente* dizer tudo aquilo, tudo o que estava na minha cabeça, enterrado por tanto tempo porque eu dizia a mim mesma quando era pequena que não adiantava nada pensar nele, que eu nunca mais o veria.

Agora estamos aqui. Obrigados a ficar juntos em uma reviravolta de mau gosto. Só que agora eu posso gritar, chorar e xingá-lo o quanto eu quiser.

Posso pressionar Curtis até que ele mostre quem é de verdade em vez dessa sua encenação de cão arrependido. Quero conhecer o homem que nos deixou. Quero ver esse Curtis em vez de quem quer que esteja diante de mim.

Só preciso cutucar a ferida certa. Sonya me ensinou isso. Sonya me ensinou muitas coisas sobre amor, dor e o limite tênue entre as duas coisas.

— Por que não combinamos uma coisa? — proponho. — Você me atura e eu aturo você, tipo colegas de quarto. E assim que eu me formar eu caio fora, como você quer.

Acho que nunca vi alguém empalidecer tão rápido.

— É o que você quer? — pergunta ele, em um tom tão suave e embargado que sou pega de surpresa.

— É o que *você* quer — insisto.

— Não — diz ele. — Essa é *a última coisa* que eu quero. Você é quase adulta e eu perdi tanto da sua vida... Posso ficar aqui pedindo perdão e dizendo que estou arrependido, porque estou, mas também posso me certificar de não perder mais nada. Só quero que você seja feliz e esteja segura, e a maneira como você tem agido me faz pensar na…

Ele fica em silêncio. Curtis arregala os olhos como se tivesse percebido que disse a coisa errada.

Porque ele disse. Se minha raiva estava diminuindo, ela volta a borbulhar e transbordar dentro de mim.

— A maneira como tenho agido faz você pensar na minha mãe. — Termino a frase por ele. — E você não quer considerar essa possibilidade, não é?

— Coley…

Empurro Curtis com tanta força para passar pelo corredor que fico com medo de ele cair. Aí ele realmente vai me expulsar de casa, e com razão. Fecho a porta do quarto e a tranco, mas até mesmo o esforço para chegar à cama parece impossível. Simplesmente me deixo cair no chão, deslizando contra a porta. Abraço minhas pernas e escondo o rosto entre os joelhos.

Mas, infelizmente, Curtis está começando a entender essa coisa de ser pai, porque ouço seus passos pelo corredor, e eles não passam reto. Em vez disso, param na frente do meu quarto, e ele bate à porta.

Abraço as pernas com mais força.

— Coley? — chama ele, do outro lado. — Pode me deixar entrar?

Balanço a cabeça, o que é muito idiota. Ele não consegue ver.

— Eu sei que fiz merda — diz ele. — Agora e no passado. Mas a gente só pode superar isso se conversarmos.

Estou tão cansada de conversar. De sentir. De existir.

Rejeito o último pensamento assim que ele me atinge. Meu corpo inteiro estremece com a ideia. *Não.* Não posso pensar assim. Esse é o tipo de coisa que assusta Curtis.

Esse é o tipo de coisa que *me* assusta. Esse precipício que minha mãe também viu, a mente dizendo que ninguém sentiria falta dela. Mas eu sentiria. Eu *sinto* falta dela. Não sei fazer nada além de sentir saudade. Sinto tanta saudade que é difícil pensar em qualquer coisa que tenha a ver com ela, porque dói demais. Já apaguei duas vidas inteiras — a dela e a minha antes de ela morrer — e agora sou uma casca vazia: todo o amor, as lembranças e o sentimento de pertencimento foram tirados de mim.

— Nunca pensei que as coisas fossem acontecer assim — diz Curtis do outro lado da porta, parecendo tão magoado quanto eu. — Sempre achei que... Droga. Coley, eu sempre achei que ela voltaria. Que um dia alguém bateria na porta e, quando eu abrisse, vocês duas estariam lá. Mas percebo agora... que foi errado ficar esperando. Que cada vez que eu pensava em vocês, e eu pensava muito, Coley, vocês estavam congeladas nas idades em que tinham quando ela foi embora.

— *Você* foi embora.

Sinto um baque suave do outro lado da porta. Pressiono a mão contra a madeira, me perguntando se a mão dele está ali também. Quero que ele sinta toda a minha raiva através da porta.

— Eu deixei você — diz ele. — Eu continuei com você, mas apenas na minha mente, onde você ficou com três anos de idade esse tempo todo. Eu errei. Perdi muito e fiz você perder muito. Me desculpe. Fui covarde. Mas eu não deixei sua mãe, ela quem me deixou.

Tenho que perguntar isso para ele, já que minha mãe não está mais aqui para responder. É uma pergunta que me faço desde que descobri que ele fez o pingente dela.

— Você ainda ama minha mãe?

A resposta demora uma eternidade. A verdade é assim: difícil de ser dita.

— Vou amar sua mãe para sempre, Coley. Assim como sempre amei você e sempre vou amar.

TRINTA E UM

Depois daquela noite, eu e Curtis estabelecemos uma espécie de acordo. Estamos pisando em ovos como no começo, mas está tudo tão solitário... Os dias se misturam, uma tristeza interminável que não consigo evitar, pensando no que Sonya está fazendo, se ela está pensando em mim.

Quando Blake me chama para sair, fico presa nos "e se?" outra vez. Como prometi a mim mesma que não pensaria sobre as possibilidades, peço para ela vir me buscar. Dessa vez eu digo para Curtis aonde estou indo.

Esse é o acordo. Estou tentando ser responsável.

Não quero que ele fique com medo de eu me perder na escuridão como minha mãe. Descobrir isso não foi nada legal. Eu não deveria me importar com os sentimentos dele, mas Curtis continua tentando, e eu não tenho mais ninguém, por isso acho que eu também deveria tentar um pouco. Acho.

— Vou sair, beleza?

Ele está sentado no sofá e olha para mim.

— Aonde vai?

— Vou para a casa da minha amiga, Blake. Ela mora perto do riacho e está vindo me buscar.

— Tá bem. Em casa antes da meia-noite.

— Divirta-se com os discos.

— Estou sentindo cheiro de sarcasmo?

— Bem, é meio antiquado, não é?

O aparelho de som dele tem uma caixinha na sala, ao lado dos violões.

— É um clássico, Coley — responde ele. — *Um clássico.*

— Se você diz…

— Eu posso te mostrar…

— Ah, não, você não vai me mostrar essas músicas de velho, né?

Curtis ri.

— Nunca me senti tão careta. Música de velho?

— Sei lá, eu não sei o que você curte!

Ele balança a cabeça, parecendo achar graça e estar muito ofendido ao mesmo tempo.

Escuto uma buzina.

— Blake chegou — anuncio.

— Divirta-se. Falamos de música outra hora. Você pode me mostrar as que você curte, o que acha?

— Você não vai gostar — respondo, sincera.

— Talvez você se surpreenda — diz Curtis.

Até parece, penso, mas antes de sair aceno para manter a paz. Blake abre a porta do passageiro antes de eu sequer tocar a maçaneta.

— E aí? — diz ela.

Dessa vez eu tenho um plano. Passei alguns dias me torturando por pensar em Sonya quando estou com Blake. Mas não posso fazer isso. Preciso saber mais coisas sobre Blake além do fato de ela ser um pouco estranha e muito expansiva. É assim que se faz, não é? As pessoas passam tempo com as outras para conhecê-las melhor? Ainda não faço a mínima ideia do que fazer. Sonya está presente em tudo e não existe um manual para essas coisas.

— Você sempre morou aqui? — pergunto, à medida que avançamos em direção à casa dela.

As janelas estão abertas, e eu sinto o cheiro fresco de feno que vem do caminhão na nossa frente.

— Aham, minha mãe herdou a casa. É da minha família há séculos. Foi a única coisa que meu avô não perdeu no jogo.

Não sei como responder. "Que pena"? É a única coisa que consigo pensar. Mas ao menos elas ainda têm a casa, né? São as reviravoltas da vida. Algumas boas, outras ruins.

Chegamos, e percebo que estamos sozinhas outra vez.

— Você mora com sua mãe? — pergunto.

— Não, meu pai está por aqui, mas ele fica na dele quando está em casa — responde Blake, distraída.

Ela revira a geladeira e pega uma embalagem de torta de cereja. Depois pega dois garfos, os espeta bem no meio do que resta do doce e passa por mim em direção ao quarto. Sigo Blake, e quando chego lá, vejo que ela deixou a torta em cima de um travesseiro e já está deitada na cama, esticando-se para alcançar o bong.

— Quer?

Balanço a cabeça. Talvez parte do problema tenha sido ficar muito chapada da outra vez. É melhor estar sóbria. Eu me sento à escrivaninha em vez de ao lado dela na cama, tentando manter certo espaço.

— Está quase acabando — comenta Blake.

Fico vermelha, me perguntando se eu deveria ter me oferecido para... sei lá... comprar mais? Não sei qual é a etiqueta por aqui. As pessoas fumam muito mais maconha do que estou acostumada.

Eu me recosto na escrivaninha, e meu cotovelo bate em algo. Eu me viro para olhar e vejo várias embalagens espalhadas pela mesa. AGULHA DESCARTÁVEL 16 G.

— Blake — começo devagar. — Por que você tem tantas agulhas?

— Drogas — responde ela, alegremente, levando o bong à boca outra vez.

Encaro Blake e sinto um calafrio. *Merda.*

Ela solta fumaça pelas narinas e ri daquele jeito estridente.

— Meu Deus! Você tinha que ver sua cara agora!

Eu me sinto um pouco enjoada; minhas bochechas estão quentes.

— Vou começar a treinar para colocar piercings ano que vem — explica ela. — Só preciso guardar mais dinheiro.

— Faz sentindo.

Realmente faz sentido que Blake goste da ideia de furar pessoas.

— Que legal. Eu não conseguiria — comento.

— Tem medo? Quer que eu coloque um em você?

— *Em mim?*

Blake ri.

— Você parece estar nervosa. Um piercing na orelha, talvez?

Coloco a mão na orelha. Uma argolinha talvez ficasse legal. Ainda mais agora que estou de cabelo curto.

— Pode ser.

— Opa, vamos nessa.

Nós ajeitamos as coisas no banheiro, e fico impressionada com a infraestrutura que Blake montou. Ela tem agulhas, esterilizador e argolinhas esterilizadas e pré-embaladas. Ela me diz para escolher e eu escolho a prata, em vez da dourada, porque dourado me faz lembrar de Sonya e eu quero algo que seja só meu. Prata, como uma lua crescente sussurrando conselhos sábios no meu ouvido. Ando precisando muito disso.

— Como você começou com isso? — pergunto.

Blake higieniza minha orelha e marca o lugar do furo.

— Furei minha própria orelha com uma agulha e gelo quando era mais nova — conta ela. — Depois comprei vários brincos na farmácia e comecei a cobrar vinte dólares das minhas amigas para furar as orelhas delas também.

— Que adulta.

— Pois é. Algumas vezes ser ferrada da cabeça compensa — brinca Blake. — Respira fundo.

Obedeço e sinto a picada da agulha na orelha. Ela tem mãos firmes — talvez *justamente* por estar tão chapada? —, e antes que eu me dê conta há uma pequena argolinha na minha orelha. Blake limpa a área com cuidado e me entrega um frasco de solução salina e um cartãozinho com instruções para cuidar do meu piercing.

— Uau — digo. — Muito profissional.

— A gente tem que fazer 750 horas de treinamento para conseguir a habilitação — diz Blake. — Mas eu tenho que arranjar dinheiro para o curso.

Ela volta para o quarto enquanto eu me olho no espelho. Cabelo curto, piercing novo. Não é uma Coley totalmente nova olhando de volta para mim, *mas já é alguma coisa*. Pelo menos estou tentando me arrastar para fora desse ciclo interminável de infelicidade em que não parece haver nada de bom no mundo.

— Então você vai cumprir essas horas e dar no pé? — pergunto, indo me sentar ao lado dela na cama.

Blake pega a torta. A larica começou a bater.

Há certa liberdade nela que me faz sentir uma mistura estranha de inveja e vergonha. Acho que nunca conseguiria não dar a mínima para as coisas como ela.

— Quero ir para uma cidade maior para aprender a tatuar — diz ela. — Estou pensando na minha primeira tatuagem há uns anos. Quer ver?

Faço que sim, e ela coloca a torta no meu colo e se levanta. Depois de revirar as coisas em uma estante, puxa um caderno de desenho velho que só fica fechado com o auxílio de dois elásticos.

Ela tira os elásticos e as páginas caem. Quando ela folheia o caderno, consigo ter um vislumbre dos desenhos dela.

Um cemitério com várias mãos se erguendo do chão, algumas humanas, algumas de zumbis. Um autorretrato muito mais crítico do que deveria ser. É assim que ela se vê? Um gato preto parecendo assustado. E então Blake finalmente encontra o desenho que está procurando.

É um anjo, mas ela não desenhou com carvão como os outros. As asas não são de penas, mas de couro, e brotam das costas dela, sangrentas e dolorosas, com espinhos nas extremidades. A cabeça do anjo está inclinada como se as asas fossem pesadas demais para ela.

— Ela parece triste — comento, no súbito silêncio.

Estendo a mão sem pensar. Para tocar o desenho, acho. Mas Blake puxa a página depressa e a devolve cuidadosamente ao caderno.

— Pois é. É um dos desenhos que fiz depois que terminei com meu ex-namorado gay e fiz um aborto — explica ela, dando de ombros. — Os hormônios da gravidez são um inferno. Mexeram demais com a minha cabeça. Não recomendo.

— Você não recomenda ficar grávida de… espera… — Balanço a cabeça, tentando processar todas aquelas informações. — Seu ex-namorado é gay? Tipo, gay…?

— Sim, gay gay — responde Blake. — Quer dizer, sei lá, talvez ele seja bi. Eu teria que perguntar, e a gente não se fala mais. Ele concordou com o aborto e pagou metade, como era a obrigação dele. Mas ele é meio mal resolvido com essa coisa toda de gostar de homens. — Ela revira os olhos. — Ele se preocupa muito. Não é nada de mais.

— Você realmente pensa assim sobre ser gay?

Blake olha para mim, e por um segundo sua expressão se torna feroz.

— Qualquer pessoa que diga o contrário é babaca — declara ela.

Nunca imaginei que um tom de voz pudesse ser mortífero até aquele momento.

Eu dou uma risada.

— Parece que você passou por muita coisa. Sinto muito se foi difícil.

Blake abre um sorriso e se aproxima, dando uma apertadinha no meu nariz.

— Por isso gosto de você. Você é muito fofa! O mundo ainda não te machucou.

Dou um sorriso amarelo para disfarçar o impacto daquelas palavras em mim. Essa suposição despreocupada dela... *Se você soubesse.*

Mas não posso dizer nada. *Não posso.*

Eu confiei nela. Depois dos beijos na linha do trem, das mãos de Sonya tocando minhas costas no silêncio do banheiro, da cama dela a poucos metros de distância. Eu me deixei confiar nela e ela simplesmente me apunhalou pelas costas. Não me refiro só ao "vai, não vai" que ela fazia comigo como se não fosse ela que procurava por mim, para começo de conversa, mas o fato de ela ter contado para todos os amigos sobre minha mãe...

Como você teve coragem de fazer isso comigo?

— Você é um docinho, Coley — diz Blake, me resgatando dos meus devaneios e chegando mais perto para me beijar.

Quero acreditar nela. Quero ser a garota que ela vê em mim, porque não sou. Eu sou o oposto.

Agora a pessoa usando uma máscara *sou eu*, agora os *meus* lábios estão tocando os de uma garota, agora *eu* estou me escondendo enquanto ela compartilha segredos. Eu riria de mim agora.

Sonya diria: *Você aprendeu direitinho.*

O discípulo se torna o mestre.

TRINTA E DOIS

— Acho que a gente devia sair — sugiro.

Já é a quarta vez que venho até a casa de Blake. Cheguei tarde, então vai escurecer em breve. Os dias em que a gente não se vê se arrastam. Gostaria de dizer que perdi a noção do tempo desde que Sonya partiu, mas seria mentira.

— Não tem para onde ir — comenta Blake.

— A gente podia ir para o lago.

— Nem a pau.

— Sair para comer alguma coisa, então?

— Não estou com fome — diz ela. — Não fumei hoje. Minha maconha acabou ontem à noite.

— Ah... — respondo.

— Que saco. Odeio beijar sóbria.

Eu me levanto.

— Quer que eu vá embora?

— Não, gênio — diz ela. — Conheço uma pessoa. Uma pessoa que vende. A gente pode ir lá comprar.

— Você tem dinheiro?

— Ele me deve um favor. Ou um milhão de favores, na real. Garanti que ele não fosse pai na adolescência, afinal.

Fico surpresa com a informação.

— Seu ex-namorado vende maconha?

Ela pega as chaves em cima da mesa e depois a carteira abarrotada.

— Não fique tão horrorizada, pequena Coley — caçoa ela. — Você fuma a maconha dele quando estamos juntas.

Fico vermelha.

— É diferente.

— Tão pura e inocente — implica Blake, rindo. — Vamos lá. Vamos corromper você um pouquinho.

Ela estende a mão, e eu a seguro. Porque eu sei que ela já sofreu, e sei, no fundo, que as pessoas não contam esse tipo de coisa para alguém quando não se importam.

Blake coloca uma música num volume ensurdecedor enquanto zunimos por ruas sinuosas pelas quais deveríamos estar dirigindo devagar. Estou meio tonta quando ela finalmente para diante de um amontoado de casas em frente a um terreno amplo e plano. Não há árvore nenhuma naquele pedaço, apenas alguns tocos que fazem lembrar o que já existiu ali.

Blake estaciona na frente de uma casa amarela cujos degraus de entrada são improvisados com blocos de concreto.

— Ele mora aqui. Vou ver se está em casa. Fica aqui.

Ela sai do carro e vai até lá. Acompanho Blake com o olhar e sinto um calafrio esquisito ao perceber que ela não bate na porta. Primeiro ela tenta a maçaneta, depois gira devagar, olhando em volta como se estivesse contando os carros.

Sinto meu peito se comprimir de ansiedade. Tem algo de errado aqui. Desço o vidro do carro.

— Ei — sussurro.

Blake olha para mim e vem correndo até o carro.

— Fala baixo — diz ela.

— Ele está aí? — pergunto, embora já saiba a resposta.

— Parece que não.

— Então vamos embora?

Por favor, vamos embora.

Sinto meu pescoço tensionar. Meu coração está disparado como se eu tivesse corrido por quilômetros.

— Não... — diz Blake. — Preciso fumar, e ele me deve.

— Blake!

Mas ela já está voltando para a frente da casa.

Observo Blake tentar abrir uma das janelas e, para meu horror, conseguir. Droga. Droga. Ela vai mesmo fazer isso. Ela está *roubando coisas* do ex-namorado, que é um traficante. Que maluquice. Isso é perigoso. Curtis vai me matar se alguém aqui não fizer isso antes.

Minha mão se fecha ao redor da maçaneta da porta. Os músculos das minhas coxas se tensionam e meu coração grita *foge, foge, foge*. Mas não há para onde ir! Estamos a quilômetros de distância de tudo. Estou presa aqui. Fui idiota e agora não tenho para onde correr enquanto essa pessoa insana se arrisca de um jeito que eu...

Ouço passos no cascalho atrás de mim, e meu coração, que já estava disparado, quase sai pela boca. Em pânico, olho pelo espelho retrovisor quando uma caminhonete para atrás do carro de Blake. Ela entrou na casa. Eu me agacho, torcendo para que quem quer que esteja no carro não me veja. Mas e se eles já me viram? As janelas estão abertas. Não posso fechar agora. *Que merda. Que merda.* A gente vai se ferrar. A gente vai levar uma surra.

Os faróis do veículo iluminam a entrada da casa, e eu me encolho quando ouço a porta do carro bater. Alguém saiu. Eu me ergo devagar, só um pouquinho, para conseguir enxergar pelo espelho lateral. A silhueta vem se dirigindo até mim e, quando vejo o bastão em sua mão, meu corpo inteiro grita para que eu corra.

Não tenho para onde ir, não tenho para quem ligar, estou sozinha outra vez.

O pânico toma conta do meu corpo conforme os passos se aproximam.

— Ei, o que você... — diz uma voz masculina.

Congelo. Conheço essa voz, mas não consigo me lembrar de onde.

— Coley? — chama a voz.

De repente estou olhando atônita para Alex, que está me encarando com uma expressão confusa. Ele dá uma olhada nas algemas de pelúcia penduradas no retrovisor do carro de Blake e depois olha de volta para a casa.

— Ah, não acredito nisso — diz ele. — Ela está na minha casa?

Antes que eu consiga responder, Blake faz isso por mim, escolhendo esse bendito momento para sair pela janela segurando um saquinho de maconha entre os dentes.

Alex vai até ela com o bastão em mãos, me deixando aqui para tentar entender o que está acontecendo. *Alex* é o ex-namorado-talvez-gay de Blake?

— Blake, que droga você acha que está fazendo? — grita ele.

— É meu por direito, querido!

O saquinho de maconha cai da boca de Blake quando ela ri. Alex mergulha no chão para pegá-lo, deixando cair o bastão, mas Blake está perto demais. Ela se abaixa e agarra o saquinho, escapulindo para longe de Alex e chutando o objeto para fora do alcance dele em meio a gargalhadas.

— Blake, devolve — pede ele. — Tem quase trinta gramas aí. Merda.

— Ah, "tem quase trinta gramas"? — Ela imita Alex com uma careta bizarra.

Sinto meu estômago revirar diante daquela cena. A vida é isso? O amor é isso? Ser usado e ferrar com os outros?

É por esse tipo de coisa que tenho que passar para estar com alguém?

Atrás de mim, ouço alguém bater a porta de um carro.

E lá está ele, a única pessoa que pode fazer com que essa situação se torne mil vezes pior. Trenton vem caminhando até o carro de Blake, como se Alex não estivesse correndo atrás da garota pelo quintal inteiro e não precisasse de ajuda. Está com as mãos nos bolsos, *completamente* calmo e focado em mim.

Sinto vontade de cavar um buraco e me esconder. Não consigo fechar as janelas a tempo, e ele se inclina para dentro do carro.

— Olha só quem está aqui. Finalmente andando com a sua turma? — diz ele.

Ao fundo, escuto as gargalhadas de Blake e os gritos de Alex, que ainda não conseguiu alcançá-la.

Não olho para ele. Tenho medo de cair em prantos ou explodir de humilhação se fizer isso.

— Trenton... será que dá... para dar uma mãozinha aqui? — pergunta Alex quando finalmente segura Blake pela cintura.

Ela se debate violentamente para se soltar, e Trenton se intromete bem quando Blake acerta Alex com força no joelho. O garoto cai no chão com um grito doloroso de surpresa.

— Droga! Blake, sua vagabunda! — brada Alex.

Segurando o bastão, Trenton avança em direção a Blake e ela se esquiva, desviando dele e correndo em direção ao carro, ainda com o saquinho na mão. Ela abre a porta, dá ré e por pouco não bate no carro de Trenton. Ela sorri como se estivesse se divertindo enquanto eles tentam nos alcançar, mas não adianta. Ela escapou. *Nós* escapamos. Só que meu coração ainda não entendeu isso.

Blake ainda está rindo conforme aceleramos pela rua arborizada e, quando olha para mim, seu sorriso cresce.

— Ah, pequena Coley, meu bebê — balbucia ela de um jeito ridículo. — Ficou com medo?

— Para o carro — digo.

— Como a…

— *Para o carro!*

O veículo balança no asfalto esburacado, e Blake vai para o acostamento. Abro a porta e saio. Não consigo ficar lá dentro com ela. Aqueles momentos antes de perceber que o traficante era Alex… Pensei que… droga, eu pensei em tanta coisa, e nenhuma delas era boa. Todas as possibilidades eram *assustadoras.*

— Vai vomitar? — pergunta ela.

Olho para Blake.

— Entra no carro — diz ela. — Foi *engraçado.*

— Não, não foi.

Blake revira os olhos.

— Vamos, Coley.

Não.

Ela me fuzila com o olhar, rangendo os dentes.

— Beleza, então! Boa sorte para chegar em casa, otária!

E vai embora.

Pego meu celular. Parte de mim torce para que eu não tenha sinal. Sim, eu sei, estou a mais de vinte quilômetros de distância da cidade, mas andar até em casa é quase melhor do que a alternativa.

Mas estou com sinal. O que significa que… *merda.*

Respiro fundo e disco o número.

Quando ele atende, começo a chorar. Estou chorando tanto que nem sei se ele entende metade da história que tento contar aos prantos, sozinha ali na beira da estrada. Mas sei que ele ouve a última pergunta, porque ela ecoa em meu cérebro, horas mais tarde, depois que eu me acalmo.

— Pai, você pode vir me buscar?

É por esse tipo de coisa que tenho que passar se quiser ser amada por uma garota?

TRINTA E TRÊS

Estou sentada na beira da estrada, com a bunda na terra, abraçando as pernas. Apoio o queixo nos joelhos, cerrando a mandíbula para não bater os dentes, me balançando para a frente e para trás.

Não está frio. Mas não importa.

Meus olhos estão doendo de tanto chorar. Minhas lágrimas já pararam de cair e já secaram, mas não consigo fazer meu coração parar de bater como se eu fosse um coelho fugindo de uma raposa.

Se eu soltar as pernas, vou sair correndo. Vou simplesmente sair correndo como um animal selvagem em busca de algum tipo de liberdade.

Então eu me seguro. Eu me fecho em uma camisa de força feita pelos meus próprios braços, tentando aguentar.

Mas está sendo demais para mim. Demais.

Ser eu mesma só resultou em dor. Tentei me abrir com Sonya, e ela me jogou para escanteio como se eu não significasse nada. Tentei me aproximar de Blake, mas tudo o que nós fazíamos me fazia lembrar de outra pessoa, e agora estou aqui, abandonada na beira da estrada. Jogada fora.

Todo mundo sempre vai embora. Primeiro Curtis, quando eu era pequena. Minha mãe se perdeu e não pôde ficar. Sonya me beijou como se eu fosse a primeira, a última e a única, depois me despedaçou e foi embora como se não fosse nada.

Como se eu não fosse nada.

Quando Curtis chega, começo a chorar outra vez. Ele freia com violência e *salta para fora do carro* como se eu tivesse ligado para ele e dito que tinha sido sequestrada.

— Eu estou bem — garanto, sem conseguir parar de chorar.

Quanto mais eu tento, mais eu choro. Transbordo lágrimas, coriza, humilhação, medo e *alívio.*

Ele veio me buscar.

— Meu bem...

Curtis me segura pelos ombros, e eu fico tensa, pensando que ele vai me balançar ou algo assim. Mas, não, ele só está verificando se estou bem. Ele meio que dá um apertão no meu ombro, como se dissesse "ah, sim, *está tudo no lugar!*" É tão esquisito que em qualquer outra circunstância seria engraçado.

Depois ele me puxa e me abraça apertado. Isso não é esquisito. De repente me dou conta de que é exatamente disso que preciso.

A camisa dele fica molhada com minhas lágrimas.

—Vamos embora?

Tudo o que quero é um banho, minha cama e nunca mais ver Blake, Alex ou Trenton, mas sei que isso não vai acontecer nessa cidade estúpida. Porque as aulas voltam em menos de dois meses, é lógico. Adoro ter cimentado minha reputação de caso perdido antes mesmo de pisar na escola.

— Sim — diz ele. —Vamos para casa.

Prendo o cinto de segurança e começo a mexer no painel do ar-condicionado para me ocupar enquanto ele manobra para voltar à rodovia.

Ele fica em silêncio boa parte do caminho. *Por quilômetros*. E eu fico ali sentada, quase vomitando de ansiedade, com as bochechas molhadas de lágrimas. Curtis acaba cedendo. Sinto um pequeno vestígio de orgulho por não ser a primeira a falar.

— Quer me contar o que aconteceu?

Estou olhando pela janela, porque olhar para ele não é uma opção.

— Eu sempre estrago tudo.

As palavras — a verdade — escapam da minha boca antes que eu perceba.

— Por que você acha isso?

— Eu me odeio. Eu odeio *tudo e todo mundo*.

— Coley… — diz ele, parecendo preocupado.

Eu me concentro nas árvores, nomeando cada uma na minha cabeça quando passamos por elas. Pinheiro. Pinheiro. Sequoia. Carvalho.

— Ela me odeia.

— A Blake, sua amiga? Por quê?

— Não. Sonya.

Ele fica em silêncio.

— Eu é que deveria odiar ela — continuo. — Eu me odeio por não conseguir. O amor é isso? Nunca odiar a pessoa mesmo quando ela merece? Porque isso é uma merda, Curtis.

— Eu…

Curtis me olha de relance, tentando entender. Continuo olhando para a frente.

— Não sei por que não sou suficiente para ela. Será que não sou suficiente para *ninguém*? Minha mãe desistiu de mim. Acho que minha mãe me odiava também. Nos seus últimos dias, ela não suportava ficar perto de mim. Às vezes acho que foi por isso que perdi o ônibus naquele dia, para passar só mais uns minutos longe do ódio que ela tinha por mim.

— Ah, Coley.

Curtis para o carro no acostamento. Um caminhão que vinha atrás de nós passa rápido pelo carro. Ele se vira para mim e repousa a mão no apoio do meu banco, a centímetros de distância do meu ombro.

— Sua mãe amava você — diz ele.

— Não o bastante.

Ele fica um bom tempo em silêncio, e aquela constatação paira entre nós como uma nova cicatriz compartilhada.

— Talvez não naquele momento — comenta ele, por fim. — Acho que naquele momento ela não estava pensando em nada além da própria dor. Mas no geral? Nos dias normais? Sua mãe *amava* você. Ela lutou por você. E eu sei que ela tinha muito orgulho de você.

— Você não...

— Sim, eu sei, Coley — interrompe ele. — Fui eu que arrumei todas as coisas dela. Os diários. Os cadernos de desenho.

— Você leu?

Curtis respira fundo.

— Só o último. O do último ano antes de ela...

Queria sentir algum tipo de indignação, mas não consigo. Parte de mim entende. Parte de mim quer ler também agora que ele falou nisso, mas a outra parte nunca quer chegar perto deles. *Nunca*.

— Queria entender um pouco como aquilo aconteceu. De como vocês estavam vivendo — explica ele.

— Você encontrou as respostas?

— Encontrei muitas perguntas — retruca ele. — Perguntas que acho que só você vai poder me responder. Com o tempo.

— E você acha que temos tempo?

— Temos todo o tempo que estivermos dispostos a dar um ao outro, Coley — responde Curtis, sincero. — Podemos começar de novo. Eu e você. Isso não significa que vamos esquecer o passado ou que tudo será perdoado. Sei que perdão e confiança são coisas que precisam ser conquistadas. Mas você merece superar tudo isso. Você merece ser amada.

— Acho que não consigo fazer isso.

— Acho que consegue, sim.

Quero acreditar nele. Ter esperança desse jeito... Não sei se é possível. Mas eu nunca vou descobrir se não tentar.

— Como as coisas podem melhorar? — pergunto.

— Temos que ser sinceros um com o outro em vez de agir como se estivéssemos num ringue — diz ele. — Eu estou do seu lado. Quero estar do seu lado, não lutar contra você. Quero ver você terminar o ensino médio e depois a faculdade. E então... sei lá, o mestrado.

— Hum, você já viu meu boletim?

Ele ri.

— Beleza. Então quero ver você começar uma carreira. Encontrar um amor. Essas coisas. Quero fazer parte da sua vida, Coley. Sei que perdi muita coisa, mas não quero perder mais nada. Podemos estar presentes um para o outro. Para as coisas boas e para as ruins também.

— Eu tive as coisas boas com Sonya — sussurro. — Mas depois ela me destruiu. Ela não só foi embora... — desabafo. — Ela contou para todo mundo sobre minha mãe.

— Ah, meu bem...

De repente estou nos braços do meu pai, inclinada sobre o freio de mão. É um abraço desajeitado, mas muito necessário.

— Você era a parte boa do que quer que tenha acontecido entre você e Sonya — diz Curtis, veemente. — Você é a parte boa *de tudo*, querida. Não podemos controlar o que as pessoas fazem, se elas nos traem, por que nos traem, se decidem sair de nossas vidas. Às vezes as pessoas se assustam e saem correndo. Algumas vezes elas voltam para nós e reconquistam nossa confiança. Mas quando elas não voltam ou não se esforçam para recuperar o que perderam de nós, precisamos aprender a deixar que elas partam de vez.

— É tão difícil...

— Mas quando você superar tudo isso, pode pegar todo o amor que você tem, toda a energia, e oferecer para si mesma. Porque você tem muitas razões para se amar, Coley.

— Queria conseguir enxergar isso — respondo.

—Você vai. Vou te ajudar. Prometo.

Ali, só nós dois, sinto que Curtis está falando a verdade. E ele tem razão. Nós temos um ao outro. E isso basta.

A confiança é mesmo algo que se conquista, e acho que, aos pouquinhos, ele está conquistando a minha.

TRINTA E QUATRO

Usuário do LiveJournal: SonyaSol

Postagem pública

8 de julho de 2006

[**Humor:** eufórica]

[**Música:** "Maneater", Nelly Furtado]

Da próxima vez que um garoto me disser que dança não é um exercício pesado, quero que eles façam a aula de alongamento que acabei de fazer. Ah, não, espera! Eles começariam a chorar depois de cinco minutos!

Estou sentindo latejar músculos que eu nem sabia que existiam.

Sonya

Comentários:

TrentOnnn:
Eu tenho uma coisa latejando aqui também.

Brooke23:
TRENTON!

Usuário do LiveJournal: SonyaSol

Postagem privada

11 de julho de 2006

[**Humor:** irritada]

[**Música:** "Numb", Linkin Park]

Ando reservando o estúdio privado todas as noites só para ficar um pouco sozinha. Madame Rosard diz que eu preciso socializar, que não posso focar só na dança, mas... não é por isso que meus pais estão pagando esse acampamento?

Ela não gostou dessa resposta. Quase fiquei responsável por lavar os pratos como punição. Se eu receber mais duas advertências, vão ligar para minha mãe. Então preciso tomar cuidado.

A primeira vez em que reservei o estúdio tão tarde foi porque minha colega de quarto convidou Faith para ficar lá. E eu não suporto aquela cara de sabe-tudo que a Faith tem. Por que todo mundo gosta dessa garota? Ela é tão convencida. Como se fosse a dona do universo.

Eu não seria tão convencida se fosse ela. Ouvi dizer que ela e a mãe não se falam. Os pais se separaram por causa dela. O pai ficou do lado dela, mas a mãe...

O amor não é muito incondicional, não importa o que digam. Aprendi isso quando minha mãe e meu pai se separaram. Quando uma família se separa, não ficamos com uma cicatriz, e sim com uma ferida que às vezes não sara.

Alguns processos de cura são lentos.

Não quero que minha família se afaste. Não quero ser o motivo pelo qual eles vão se separar de vez, só porque não consigo controlar o que eu...

Como Faith aguenta? Os pais dela *se separaram* porque ela não consegue se controlar.

Será que dói, mas ela sabe esconder?

Se Faith está escondendo, quero saber como.

Quero aprender.

Preciso aprender.

Porque eu magoei ela.

Não Faith, não dou a mínima para ela.

Coley.

Eu estraguei tudo. Quer dizer, Coley estragou tudo primeiro, quando ela começou a...

Por que Coley tinha que ser assim? Por que ela tinha que falar aquelas coisas? Estava tudo bem até ela começar a querer *tudo aquilo*. Ela não foi razoável. Eu não sou a Faith. Ela não é a Faith. Nós *não podemos* ser como a Faith.

Uma pessoa só pode ser como a Faith se estiver disposta a perder pessoas como a mãe e todos os amigos. Por que Coley faria isso, sendo que ela já perdeu a mãe? Não faz sentido.

Nunca vale a pena ser a coisa que vira tudo de ponta-cabeça.

Eu jamais valeria a pena assim.

Não é?

Sonya

Usuário do LiveJournal: SonyaSol

Postagem pública

15 de julho de 2006

[**Humor:** cercada de amor!]
[**Música:** "A Thousand Miles", Vanessa Carlton]

Hoje recebi a encomenda mais fofa do mundo! @SJbabyy, muito obrigada!!! A bailarina está pendurada no meu beliche. Minhas colegas de quarto ficaram morrendo de inveja no começo, mas eu dividi os biscoitinhos com elas. Você é um amor! <3

E @TrentOnnn, você *tem noção* de como eu podia ter me ferrado com o cartão que você mandou? Um monte de pênis desenhados formando a palavra "saudade"? Sério? Você tem cinco anos de idade?

Sonya

Comentários:

SJbabyy:

Que bom que as coisas chegaram direitinho! A bailarina me fez lembrar de você!

Brooke23:

Não acredito que você mandou um presente pra ela sem me dizer!

SJbabyy:

Eu não sabia onde você estava! Você anda sumida.

TrentOnnn:

Só queria ter certeza de que você vai se lembrar de mim, gatinha.

Usuário do LiveJournal: SonyaSol

Postagem privada

18 de julho de 2006

[**Humor:** sei lá]
[**Música:** "Chasing Cars", Snow Patrol]

Às vezes, quando estou deitada na cama à noite, sinto meu corpo inteiro doer.

E não tem nada a ver com os músculos ou com as horas e horas de dança. É uma dor que alongamentos não resolvem.

É mais profunda.

Está tão enraizada em mim que não consigo fazer parar.

Alguém tem que conseguir.

Ela tem que conseguir.

Coley aparece toda noite. Na minha cabeça, no meu coração, no meu corpo. Ela se enfia debaixo da minha pele, trazendo vida, e não consigo fazer nada. E nem quero.

É tudo o que tenho dela agora.

É o único momento em que me sinto viva. Ali, deitada no escuro, pensando nela, pensando em nós duas, nos beijos nos trilhos do trem e nos sussurros no banheiro, no toque dela na minha barriga... Mas no escuro, sozinha na cama, imagino os dedos dela descendo e descendo, assim como os meus na vida real.

Querer alguém assim *dói demais*. Saber que ela nunca vai ser minha outra vez... Morder os lábios, sentir gosto de sangue e o tremor do corpo... dói.

Isso é tudo o que tenho: lembranças no escuro, minha mão e ela...

Um dia, Coley vai ser como Faith. Ela vai se mandar da cidade e vai voltar para Los Angeles ou São Francisco, e aposto que vai conhecer uma garota linda que cursa Artes na faculdade. Uma garota linda que tem pais que não se importam com isso. Uma garota que vai levá-la para a casa dos pais e que não vai pensar duas vezes em segurar sua mão na frente deles.

Coley vai ter tudo o que merece. Vai conhecer uma garota que vai dar o mundo inteiro para ela. E, um dia, Coley vai dizer para ela: "Já te contei sobre as férias depois que minha mãe faleceu? Sobre a garota que eu conheci?" E Coley vai rir ao se lembrar dos nossos beijos, que para mim ainda vão ser muito valiosos, porque ela já vai ter compartilhado muito mais com outra pessoa. Os nossos beijos não vão mais ser importantes.

Vou ser apenas uma lembrança. Vai existir outra garota na vida dela.

Se eu ficar bem quieta e imóvel aqui, talvez eu me transforme em uma estátua de pedra.

E aí talvez minha mãe fique feliz.

E aí talvez essa dor passe.

Por que não consigo deixar Coley para trás?

Sonya

Usuário do LiveJournal: SonyaSol

Postagem pública

25 de julho de 2006

[**Humor:** nas nuvens]
[**Música:** "Dirty Little Secret", The All-American Rejects]

Foi mal por não estar postando muito daqui do meu recanto da floresta! É que estou me divertindo *muito*. Vou estar insuperável nessa temporada de competição! Cuidado, meninas!

Sonya

Usuário do LiveJournal: SonyaSol

Postagem privada

25 de julho de 2006

[**Humor:** irritadíssima]
[**Música:** "Bring Me To Life", Evanescence]

Todo mundo tem me enchido o saco nos últimos tempos. Ainda mais minha mãe, apesar de eu só querer falar com Emma quando a gente se fala por telefone. Sei que ela e Madame Rosard conversam, são amigas. Amigas que fofocam, provavelmente. Com certeza minha mãe está ciente de que não estou me saindo bem nas aulas.

Pelo menos consigo evitar minha mãe, tirando quando atendo as ligações. Faith, por outro lado, é uma pedra no meu caminho. E, pelo amor de Deus, ela não me deixa em paz. Tem uma sequência que não consigo acertar nas aulas, e, beleza, já entendi: Madame Rosard está começando a ficar irritada comigo. Ela disse que estou com a cabeça no mundo da lua.

Ai, caramba. Será que ela está dizendo isso para minha mãe? Desse jeito, quando eu voltar para casa minha mãe já vai ter montado um cronograma novo em que vou ter cinco minutos de descanso a cada três semanas.

Madame Rosard estava batendo no chão com a bengala, mas num ritmo diferente. Quando ela faz isso, quer dizer que alguém fez merda.

Ela me levou para a frente da sala e ficou repetindo *Sonya, você é melhor do que isso* até que, juro por Deus, eu comecei a me sentir tonta. E o tempo todo Faith estava lá no canto, perto dos espelhos com o resto da sala, *assistindo.*

E depois! Nossa, como isso foi humilhante. Depois Madame Rosard chamou Faith para me mostrar como fazer a sequência! E mesmo assim eu não consegui!

E por isso não vou esperar por Faith depois da aula para ela me ensinar de novo, como se eu fosse uma criança de cinco anos que começou a aprender agora.

Eu deveria estar me divertindo aqui. Era para ser um descanso. Meu lugar sagrado! É o *meu* acampamento! E Faith fica estragando tudo com aquele sorrisinho convencido, como se soubesse todos os meus segredos. Que ódio. Eu odeio essa garota. Ela é só mais um lembrete horrível desse verão.

Eu devia espalhar papel higiênico molhado pela cabana dela para ela aprender a lição.

Sonya

TRINTA E CINCO

Usuário do LiveJournal: SonyaSol

Postagem privada

28 de julho de 2006

[**Humor:** bêbada]
[**Música:** "Too Little Too Late", Jojo]

Não foi por querer.

É o que eu queria dizer para Coley.

Não queria ter contado sobre a mãe dela para todo mundo. Só contei para SJ. E foi por uma boa razão, mas acho que não boa o suficiente.

Eu não sabia se tinha feito a coisa certa quando Coley me contou. Eu não sabia se devia ter dito algo diferente, algo melhor, e estava com tanto medo de estragar as coisas que acabei estragando tudo. E SJ entende desse tipo de coisa séria, porque ela já passou por situações difíceis.

Mas aí Brooke ouviu nossa conversa, e a notícia se espalhou. Torci para que Coley não descobrisse.

Mas ela descobriu.

E agora ela me odeia. E isso deveria ser bom, não deveria? Eu deveria estar feliz.

Não posso desejar uma garota dessa forma.

Simplesmente não posso.

Sonya

Usuário do LiveJournal: SonyaSol

Postagem pública

30 de julho de 2006

[**Humor:** radiante]
[**Música:** "Hey Ya!", Outkast]

Só mais uma semana, pessoal, e essa gatinha aqui *vai estar de volta!*

Espero que estejam fazendo grandes planos para o meu retorno.

Quero champanhe. Serpentina. Purpurina. Um stripper pulando de dentro de um bolo gigante!

Enfim, quero tudo. Estou dando um duro danado e mereço *festejar* quando voltar para casa!

Sonya

Usuário do LiveJournal: SonyaSol

Postagem privada

30 de julho de 2006

[Humor:]

[Música: "My Happy Ending", Avril Lavigne]

Minha mãe me ligou hoje. Ela não me esperou telefonar. Então na hora eu saquei que estava encrencada.

Eu tinha razão quando imaginei que Madame Rosard ia falar com ela. Minha mãe começou a conversa bem calma, o que, é óbvio, já me deixou de orelha em pé. Minha mãe não é calma. Mas, quando ficou nítido que eu não estava acreditando, ela começou o sermão.

Disse que estava preocupada comigo. Que eu estava estranha. "Distante", segundo ela. Minha mãe ficou me perguntando se eu estava tendo problemas com um garoto ou alguma coisa assim, disse que garotos adolescentes são ariscos, mas que sabia que lá no fundo Trenton gostava de mim, ainda que paquerasse outras meninas. Senti vontade de simplesmente desligar, porque, pelo amor de Deus, o problema só pode ser um garoto, não é?

Lógico que meu comportamento não tem nada a ver com o fato de que minha mãe domina toda a minha vida e planeja meu futuro em detalhes, sem me dar o direito de opinar. Ou que eu mal vejo meu pai, apesar de ele se esforçar para ser presente. Continua não sendo o mesmo que morar com ele, tomar café da manhã juntos e ir dormir à noite sabendo que ele está na mesma casa que eu.

Percebo como Emma se olha no espelho às vezes. Como se já estivesse procurando defeitos. E ela é uma criança, não tem defeito algum. Eu me pergunto: quando comecei a fazer isso? Na idade dela? Mais cedo ainda? E então me pergunto: onde foi que aprendi isso?

E a resposta não é boa.

Como posso amar a mim mesma quando tudo o que aprendi desde sempre me leva a fazer o contrário?

Fique calada, Sonya. Fique quieta. Era o que minha mãe me dizia quando eu era pequena. Acho que por isso ela me colocou na dança: para gastar energia e poder ser uma boneca perfeita no resto do tempo.

Mas eu não sou uma boneca perfeita. Sou uma boneca quebrada. Sou um caos.

Ninguém me quer.

Ninguém deveria me querer.

Por que a Coley me quis?

Por que eu não consigo parar de querer ela?

Sonya

Usuário do LiveJournal: SonyaSol

Postagem privada

30 de julho de 2006

[Humor:]
[Música:]

Já passou da meia-noite, e estou escondida na sala de informática, como se fosse uma nerd. Reservei o estúdio até tarde, então ninguém veio me expulsar às dez como sempre acontece. Então continuei lá, porque a Faith vai se achar o máximo se eu não conseguir acertar a coreografia da Madame Rosard.

Quando estava indo embora, ouvi alguma coisa no estúdio C. Risadinhas. Pensei que fosse uma festa secreta ou coisa parecida.

Era "coisa parecida".

Nunca tinha visto duas garotas se beijando antes.

Não é estranho? Ter beijado uma garota antes de ter visto um beijo assim ao vivo, na minha frente? É meio desconfortável, depois deixa de ser.

Elas estavam se beijando no estúdio C. Faith e Orion, a outra assistente de Madame Rosard. Foi um beijo contra o espelho, entrelaçando os dedos, sorriso com sorriso. Parecia que uma delas estava prestes a levantar um pouco a outra, para se apoiar na barra de balé.

Não consegui me mexer. Elas não me viam de onde eu estava, e fiquei ali por alguns segundos. Quando minhas pernas voltaram a funcionar, vim correndo para o laboratório de informática e... Eu queria...

Era assim que eu e a Coley estávamos naquele dia nos trilhos? Suaves e felizes, quase brilhando?

Quando os sentimentos são verdadeiros, a cena é assim tão linda?

Porque Faith e Orion...

Estavam lindas demais.

Sonya

De: sonyasol@aol.com

Para: coley87@aol.com

Assunto: [E-MAIL NÃO ENVIADO] Me desculpa

Querida Coley,

Preciso começar pedindo desculpas. Me desculpa por contar para SJ sobre sua mãe. Não foi minha intenção, mas isso não é justificativa. Estraguei tudo, sei disso. Sinto muito. Estou muito arrependida. Não sou muito boa em perdoar as pessoas… o que significa que é meio contraditório querer tanto que você me perdoe.

Estou com saudade. Penso em você o tempo todo. Não consigo fazer outra coisa além disso. Só queria tocar você. Beijar você. Ficar na cama com você. Fico revivendo cenas na minha cabeça… as sardas das suas costas, sua pele… Queria voltar para aquela noite, depois da festa, quando estávamos sozinhas. Queria me virar de frente e deixar você olhar para mim. Queria muito que você me visse, e queria ver você também.

E queria mais do que isso. Eu queria tudo. Vivo sonhando com isso, sonhando em acordar grudada em você, e toda vez que acordo, percebo que você não está aqui. É como se eu levasse um soco na barriga.

Não sei como lidar com isso. Não sei como é querer alguém desse jeito sem poder estar com essa pessoa. Sei que você vai achar graça, pensando "ah, a mimada da Sonya".

Mas não consigo respirar. Não consigo pensar.

Você faz com que eu queira jogar minha vida toda para o alto, e eu não consigo.

E não vou.

Mas, meu Deus, como eu quero.

Sonya

Usuário do LiveJournal: SonyaSol

Postagem privada

2 de agosto de 2006

[**Humor:** furiosa]

[**Música:** "Hide and Seek", Imogen Heap]

Não acredito no que a Faith fez. Quem ela pensa que é? Que pessoa ridícula e invasiva. Eu devia contar para a Madame Rosard.

Mas ela sabe que eu não posso! Isso é o que mais me deixa furiosa nessa história. Ela sabe que não vou. Porque aí eu teria que contar o que ela disse.

Quem chama alguém disso? Quem fala esse tipo de coisa? Quem *deduz* esse tipo de coisa? Como se ela me conhecesse melhor do que eu mesma. Ela só sabe disso porque é o que ela faz!

Faith me encurralou hoje. Eu devia ter percebido que tinha alguma coisa por trás daquilo. Pensei que ela ia encher meu saco pela coreografia de novo, falar que não sou criativa o bastante para competir. Mas, em vez disso, ela disse uma coisa que me deixou com vontade de morrer.

Ela me disse que eu deveria prestar mais atenção ao usar o computador no laboratório. Disse que eu esqueci de sair das minhas contas, e falou isso com uma voz mansa e arrastada, como se estivesse me dando uma grande notícia. Como se eu não estivesse prestes a voar no pescoço dela quando entendi o que ela estava dizendo.

Ela leu. Ela leu alguma coisa. Talvez meu e-mail para Coley, talvez meu LiveJournal. As postagens privadas deveriam ser *particulares*, e agora...

Eu literalmente senti vontade de vomitar em cima dela. Cheguei a pensar nisso. Ela estava merecendo.

Mas ela continuou falando, óbvio. Eu mal estava ouvindo, até que ela disse:

Muitas de nós passam por essas fases difíceis no armário, Sonya. Está tudo bem.

Como se ela fosse uma Jesus lésbica me abençoando! Como se eu fosse *uma delas*. Como se esse tempo todo eu fosse parte de um grupo e não soubesse!

Pensei que fosse vomitar, juro. Mas Faith não parava de falar. De um jeito muito gentil, como se estivesse preocupada comigo. Ela disse que queria me ajudar e que eu mesma me odiar não ia me levar a lugar algum.

Que palhaçada. Que grosseria. Que pretensão. Não preciso da ajuda dela ou das coisas que ela imagina. Não preciso de ninguém.

Disse para ela dar o fora e ela finalmente foi embora, depois saí correndo para o laboratório e mudei todas as minhas senhas, só por via das dúvidas.

Faith age com tanta naturalidade. Como se isso fosse *fácil*. Como se você pudesse simplesmente beijar garotas em estúdios de dança quando desse na telha, e segurar a mão de uma garota na rua, e levar uma garota para conhecer sua mãe como seria com um garoto. Como se esse tipo de amor estivesse ao meu alcance. Como se... como se alguém simplesmente vivesse essa realidade.

Não posso ser como Faith. Só posso ter lembranças de beijos nos trilhos, dos olhos de Coley brilhando ao me ver como se eu fosse especial, e sei que nunca vou ter nada disso de novo. Alguém olhando para mim como se me entendesse, porque *de fato* me entende.

E agora eu sei: seguir a vida como antes depois de já ter experimentado o outro lado é muito amargo.

Mas é o que tenho. É tudo o que tenho.

Sonya

TRINTA E SEIS

Nós vamos fazer uma lista. Eu e Curtis. Depois que ele me buscou na rua, quando aconteceu toda aquela confusão com Blake, nós decidimos fazer uma lista. Parece muito brega — nossa, e é brega *mesmo*. É brega como ele está animado para se sentar e se dedicar a essa tarefa. E talvez seja um pouco patético que eu até goste de vê-lo assim. Mas aqui estamos nós, elaborando uma lista de coisas para fazer.

O primeiro item que Curtis escreve é me levar a um restaurante japonês de grelhas hibachi, como combinamos quando Sonya ainda estava na cidade. Mas também há outras coisas na lista. Ele coloca "Apresentar The Cardigans para Coley" e eu coloco "Mostrar músicas feitas neste século para Curtis". Quando ele escreve "Levar Coley para o festival de joias no outono" tenho que perguntar o que é. Pelo jeito é uma feira anual em que as pessoas vendem cristais e pedras preciosas.

— Parece ser o lugar perfeito para um filme de assalto — observo.

Curtis ri tanto que parece até que está fingindo, mas a gargalhada dura tempo demais para ser falsa.

Quando finalmente se recompõe, Curtis seca os olhos e balança a cabeça.

— Sua mãe dizia a mesma coisa. Eu a arrastava para essas feiras.

— Mentira!

— Uma vez ela ficou morrendo de tédio porque eu estava demorando e esquematizou uma estratégia inteira de roubo de diamante com um guardanapo e uma caneta. Queria ter guardado.

— Acho que essa vida de ladrões de diamantes não é nossa praia, mas posso ir com você, se quiser.

— Acho que você vai gostar da lojinha com cristais em forma de caveira.

Eu me endireito no mesmo instante.

— Lá tem uma loja dessas?

Curtis ri outra vez de um jeito que, começo a perceber, acontece quando faço algo que faz ele se lembrar da minha mãe.

Talvez eu não devesse ficar brava por ele ter conhecido uma versão totalmente diferente dela. Talvez eu devesse descobrir coisas novas sobre ela através dele e vice-versa. Contar coisas para ele também. É só o que nos resta agora.

Decidimos fazer de imediato a primeira coisa da lista: ir ao restaurante japonês. O Makoto's é o tipo de lugar que bomba, quente e barulhento, cheio de risos, palmas e o estalido de facas e espátulas afiadas contra as grelhas enquanto os cozinheiros preparam os alimentos para os clientes.

Curtis e eu nos acomodamos em uma mesa perto de uma das grelhas, com algumas outras pessoas. Ao nosso lado está um casal mais velho sorridente que cumprimenta Curtis pelo nome e uma família com uma menininha maravilhada com a torre de cebola que o chef está construindo para ela na grelha.

— Curtis! Não nos vemos há muito tempo — diz o homem mais velho.

— Sentimos sua falta por aqui — acrescenta a mulher, sorrindo para mim. — Essa deve ser sua filha. Meu nome é Myra. Esse é o Dan.

— Essa é a Coley — diz Curtis.

— Prazer em conhecer você — diz Dan.

— O prazer é meu — respondo.

— Myra é dona da loja de carros na cidade — explica Curtis. — Meu carro já teria ido para o ferro-velho se não fosse por ela.

Uma mulher mecânica?

— Que legal — comento.

— Se um dia quiser aprender a trocar o óleo do carro, é só me chamar — convida Myra. — É uma coisa que todo mundo que tem carro precisa saber.

— Por enquanto só tenho uma bicicleta.

— E faz bem — responde Dan. — Pedalar por aí fortalece os pulmões.

— É melhor tirar a carteira de motorista antes de chegar o inverno — diz Curtis, distraído, como se meu coração não disparasse diante da ideia de ter tanta liberdade. — Posso ensinar você a dirigir, se quiser.

— Com esse pé pesado? — provoca Dan. — É melhor ela fazer algumas aulas de verdade.

— Shhhh — repreende Myra.

— Seu pai e eu andávamos de moto juntos — conta Dan. — É sério. Faça aulas de verdade.

— Eu ia adorar aprender a andar de moto — comento.

— Nem pensar — responde Curtis, resoluto.

— Não é justo! — reclamo, mas num tom bem-humorado.

— Talvez quando você tiver dezoito anos — responde ele. — Mas só se você usar equipamento de proteção.

Nós fazemos os pedidos, e eles iniciam uma conversa tranquila e familiar, mas não me sinto excluída ou deixada de lado, provavelmente porque eles sempre me perguntam coisas.

As grelhas hibachi como as do Makoto's são muito americanizadas, e a comida jamais vai chegar perto do que minha mãe cozinhava para mim quando estava tendo um bom dia, mas tudo é muito gostoso e me faz lembrar dela. Quando nos levantamos para ir embora, já estou cheia e carrego uma sacola com o almoço de amanhã. Estou começando a entender por que Curtis gosta dessa tradição semanal. Estar ali faz a gente se sentir mais próximo da minha mãe.

Ao sairmos, passamos por uma plaquinha que diz ESTAMOS CONTRATANDO que eu não tinha notado ao entrar no restaurante.

— Vemos vocês semana que vem? — pergunta Myra, quando já estamos no estacionamento.

— Estaremos aqui — responde Curtis.

— Parece legal — concordo. — Foi ótimo conhecer vocês.

— Foi muito bom conhecer você também, Coley — diz Myra. — Até mais!

Eles acenam antes de entrar em um Chevy antigo. Eu e Curtis vamos até o nosso carro.

— Eles são muito legais — digo.

— Que bom que gostou deles. Somos amigos há muito tempo.

— Quer dizer que você não é o tipo de cara que conserta o próprio carro?

Curtis ri.

— Meus talentos se resumem à música e à joalheria. Sua mãe costumava brincar que ela sabia fazer mais coisas do que eu. Era verdade.

— Uma vez o pneu do nosso carro estourou e ela trocou num instante, sozinha, em um acostamento minúsculo — conto, sorrindo com a lembrança, embora eu tenha ficado com medo na época. — Os carros e os caminhões passavam a toda velocidade a menos de um metro de distância. Minha mãe estava usando um vestidinho branco e, quando terminou, ele continuava limpíssimo, sem mancha alguma.

— Não me surpreende.

Curtis dá um sorriso afetuoso e melancólico, mergulhado em lembranças, e dessa vez não dói reconhecer meu sorriso no rosto dele. Não dói que ele esteja sorrindo pensando na minha mãe. É difícil falar dela e pensar nela, mas o processo de cura dói tanto quanto feridas abertas.

— Então fizemos uma das minhas coisas na lista — diz ele quando chegamos ao carro. — Você escolhe a próxima.

Ele tem razão. Combinamos de alternar as vezes. Penso nas coisas que coloquei na lista e depois olho para trás, onde está a placa de ESTAMOS CONTRATANDO. Uma das coisas que coloquei na lista foi arranjar um emprego.

— Já volto.

Atravesso o estacionamento correndo e entro no restaurante.

— Oi — diz a recepcionista, levantando os olhos do balcão de madeira. — Vocês esqueceram alguma coisa?

— Vi na placa que vocês estão contratando. Posso me candidatar?

— Ah, lógico! — responde ela, pegando uma folha na gaveta e entregando para mim. — Nosso gerente vai estar aqui amanhã, se quiser entregar direto para ele.

— Beleza. Obrigada.

— De nada. Boa sorte!

Curtis está me esperando no carro.

— O que foi fazer? — pergunta ele.

— Se eu for contratada, talvez ganhe um desconto para funcionários — explico.

— Agora sim eu vi vantagem.

— Beleza, o que você acha? — pergunto.

Abro os braços, completamente ciente de que é ridículo pedir conselhos de moda para Curtis. Mas eu nunca fui a uma entrevista de emprego e não sei se a camisa azul de botão e a calça jeans são apropriadas. Abotoei a camisa até em cima para não deixar nada à mostra.

— Acho que está ótimo — diz Curtis.

— Parece que sou uma boa recepcionista?

— Sim, você parece muito responsável. Tenho uma coisa para você.

— É?

Vou até a sala e me sento ao lado dele. Curtis me entrega uma caixa de veludo comprida. Eu a abro e, por um momento, só observo o conteúdo, em silêncio.

— Percebi que você gosta daquelas gargantilhas — explica ele. — Então pensei que você fosse gostar disso.

— Você quem fez?

Meus dedos tocam o fio prateado trançado com delicadeza. Há pedras ovais perfeitas feitas de olho-de-tigre cravejando o padrão intrincado do arame.

— Todo mundo precisa de um amuleto da sorte — diz ele. — As pessoas associam pedras a um monte de coisas diferentes. Em algumas tradições espirituais, o olho-de-tigre é uma pedra protetora. Em outras, dizem que ela traz lucidez ao portador.

— Você acredita nessas coisas?

— Não sei — responde ele. — Minha filosofia sempre foi a de estar aberto e ouvir. Imagino que tudo no mundo tem algum tipo de energia. Energias diferentes trazem vibrações diferentes.

— Vibrações? — Não consigo conter um sorriso. — Muito hippie da sua parte.

— Acho que algumas coisas funcionam se você acreditar — diz ele. — Então se você acha que o olho-de-tigre vai trazer lucidez, ele provavelmente vai.

Tiro a gargantilha da caixa e toco uma das pedras com o polegar. Preciso de toda a lucidez que eu puder conseguir, mas meu coração precisa de proteção. Sonya estará de volta em poucos dias. As aulas começam no final de agosto, e não vou mais conseguir evitar ela ou os amigos dela quando isso acontecer.

Preciso estar preparada. Concentrada em outra coisa. Por isso quero tanto esse emprego, vai ser a distração perfeita. Se eu estiver trabalhando e estudando, vou estar tão ocupada que jamais precisarei pensar em Sonya, a menos que a gente se veja. E vou dar um jeito de evitar isso também.

Vou dar um jeito de arrancá-la do meu coração, pouco a pouco.

Preciso fazer isso.

— Você gostou? — pergunta Curtis.

Sorrio e digo a verdade:

— Eu amei.

TRINTA E SETE

De: sonyasol@aol.com

Para: coley87@aol.com

Assunto: [E-MAIL NÃO ENVIADO] Sem assunto

Queria muito odiar você, sabia? Gaia arranjou vodca pra gente e eu tomei um pouco e agora estou aqui, nesse computador horroroso do laboratório, em vez de estar no conforto do meu quarto com minhas amigas. E a culpa é sua, Coley. É toda sua. Só queria odiar você. Seria muito mais fácil. Talvez você nem se importe. Você disse que nunca ia me perdoar, e por que perdoaria? Sou uma imbecil. Exatamente como Faith disse. A imbecil da Sonya, nunca sabe o que está fazendo. Mas eu sabia. Eu *sabia*. Eu sabia de tudo antes de você chegar, ou pelo menos acreditava que sim. Tinha certeza que sim. Como é possível uma pessoa estar tão enganada sobre si mesma? Como é possível não saber algo tão… Não. Foi você quem fez isso. Eu não sou… Eu tenho que te odiar. Não é nem que eu queira, eu preciso. Eu preciso. Se eu não… Droga, o que eu faço se eu não conseguir te odiar?

Sonya

TRINTA E OITO

— O casal na mesa dois pediu água — avisa Kendrick.

Estou terminando os drinques da mesa quatro.

— Pode deixar.

Coloco dois copos de água na minha bandeja e a equilibro na mão. Nos primeiros dias trabalhando no Makoto's, eu morria de medo de derrubar a bandeja, mas em uma semana já estava fazendo isso como uma profissional.

—Você arrasa — diz Kendrick, calculando a conta de uma mesa.

Atravesso o restaurante e entrego primeiro as bebidas das mesas mais distantes da cozinha, depois as águas. Pego os pratos vazios ao passar pelas mesas pensando em como gosto do som dos chefs trabalhando e do aroma de pimenta no ar quando um cliente pede um prato picante.

Gosto do ritmo da coisa. Do restaurante, digo. Desde o primeiro dia. Tem sempre alguma coisa para fazer — e, tudo bem, na maioria das vezes essa "alguma coisa" é limpar. Mas algumas outras vezes é acompanhar a preparação da comida na cozinha dos fundos ou ouvir o chef — acho que ele nem tem outro nome, é apenas *chef* — falar sobre as viagens que já fez. Esse cara já esteve *em mil e um lugares.*

— Aquela mesa de seis pessoas deve estar chegando — avisa Jackie quando me aproximo do balcão da recepção. — E aí, como estão as coisas?

— Muito melhor desde que você me recomendou esses sapatos — respondo, balançando o pé em um ângulo que ela possa enxergar.

— Precisa usar sapatos de boa qualidade para trabalhar em pé.

— Nunca pensei que sentiria dor nos pés até vir trabalhar aqui — confesso.

— Do que estão falando aí? — pergunta Kendrick.

— Sapatos — responde Jackie.

— Sempre um bom assunto — diz Kendrick, sorrindo. — Vai ficar para o jantar dos funcionários hoje, Coley? Chef queria saber quantas pessoas vão ser.

— Jantar dos funcionários? — indago, confusa.

— Ah, é mesmo, você estava no turno do almoço — diz Kendrick. — No turno da noite, o chef serve uma refeição para os funcionários depois que fechamos.

— É bem legal — complementa Jackie. — Você devia ficar.

— Beleza — concordo. — Parece legal.

— Eba!

Jackie bate palma.

— Chegaram — avisa Kendrick.

A mesa de seis pessoas de Jackie aparece, e nós três voltamos ao trabalho.

No fim do dia, Kendrick e Jackie diminuem as luzes do restaurante e apagam o letreiro de neon que diz ABERTO. Dez de nós sentam-se à mesa em que o chef distribui tigelas de sopa de missô, arroz e curry de legumes com batatas e cenoura.

Os dez funcionários atacam a comida e, assistindo à cena, me dou conta de que é como ter oito irmãos e irmãs, todo mundo desfrutando uma refeição enquanto o chef nos observa como um avô satisfeito.

— Coley, come o curry! — diz Kendrick, empurrando uma tigela na minha direção.

— Valeu.

Coloco um pouco em minha tigelinha de arroz.

— Tenho que cuidar da minha aprendiz — comenta ele, solene, e depois pisca exageradamente para me fazer rir.

De todos os meus colegas, Kendrick é o mais engraçado.

— Tye vem hoje? — pergunta Jackie a Kendrick do outro lado da mesa.

— Aham! Ele deve chegar daqui a pouco.

— Coley, está gostoso? — indaga Sam, um dos cozinheiros.

— Uma delícia.

— É a melhor parte do turno — diz Sam.

Ouvimos a campainha da porta de entrada e, segundos depois, um homem alto mais ou menos da idade de Kendrick aparece com uma caixa nos braços.

— Tye!

Ele é cumprimentado por várias pessoas ao mesmo tempo.

— E aí, pessoal? — cumprimenta ele. — Chef, aqui estão os cogumelos.

Tye entrega a caixa ao chef.

— Maravilha — agradece ele. — A grana está lá no escritório. Agora sente-se para comer!

— Sim, chef — diz Tye.

Ele dá a volta para se sentar na cadeira livre ao lado de Kendrick e passa o braço pelos ombros dele.

— Sentiu saudade? — questiona Tye.

— Sempre — responde Kendrick, entrelaçando os dedos aos de Tye.

Desvio o olhar e depois checo de novo para ter certeza. Ninguém parece estar olhando para os dois de mãos dadas. Todo mundo está simplesmente comendo e conversando, e o chef está olhando a caixa de cogumelos que Tye trouxe como se estivesse repleta de ouro.

— Estou vendo gente nova no pedaço — diz Tye, sorrindo em minha direção. — Você deve ser a Coley.

— Esse é meu namorado, Tye — apresenta Kendrick. — Ele fornece cogumelos para o restaurante.

— Prazer — digo. — Como se cultiva cogumelos?

É uma coisa idiota de se perguntar, mas é melhor do que ficar encarando os dois, abraçados com tanta naturalidade. É tudo tão normal.

Kendrick faz uma careta.

— Nem faça essa pergunta! — avisa Kendrick.

Tye ri, dando um empurrãozinho com o ombro no namorado.

— Calado! — diz ele. — Vamos lá, a coisa mais importante do cultivo de cogumelos é…

Ele é interrompido por um coro de todos os presentes:

— Regra número quatro!

— Qual é a regra número quatro? — pergunto.

— Não falarás sobre cultivo de cogumelos a menos que estejas na cozinha — explica Tye, enquanto a mesa continua o coro.

— O papo de cogumelos ficou intenso, pelo visto — digo. — As pessoas estão tomando partido? Espero que ninguém tenha dado preferência para aqueles esquisitinhos que se parecem com botões. Mas acho que algumas pessoas sempre vão gostar dos renegados.

O olhar de Tye cintila, bem-humorado.

— Kendrick disse mesmo que você era engraçada.

— Eu tento. Às vezes consigo.

— Coley é filha do Curtis — conta Kendrick.

— Sério? — indaga Tye, sorrindo. — Seu pai é muito legal. Ele fez isso aqui.

Ele estende o braço, mostrando um bracelete de prata simples com contas de madeira avermelhada. Kendrick usa um parecido no punho esquerdo.

— São muito lindos — digo. — Ele é muito bom nisso, né? Não sabia que ele fazia joias até me mudar para cá.

— Um dia vou pedir para Curtis fazer as nossas alianças — declara Tye, com um brilho nos olhos.

— Como você é romântico — responde Kendrick, com uma expressão de ternura.

— Alguém no relacionamento tem que ser — revida Tye.

Em seguida, Tye rouba a tigela de curry de Kendrick e começa a devorá-la enquanto descreve a arte do cultivo de cogumelos, ignorando completamente a regra número quatro.

TRINTA E NOVE

— Coley, você está aí? — pergunta Curtis quando chega em casa.

Ouço a porta da frente se abrir.

— Oi — respondo do quarto. — Estou me arrumando para o trabalho.

Curtis aparece na porta do meu quarto.

— Oi. Senti sua falta hoje no café da manhã. Está tudo bem?

Dou de ombros, decidindo ser sincera.

—Vai ficar melhor quando eu chegar no trabalho.

A data de retorno de Sonya fica mais próxima a cada dia que passa. Ela vai voltar do acampamento a qualquer momento, e eu tenho me comportado muito bem: estou evitando o LiveJournal dela e todos os lugares a que os amigos dela vão. Estou focada no meu expediente e nos meus amigos do trabalho, e tenho jantado com eles toda vez que fico no turno da noite.

É legal trabalhar e depois me reunir com os outros colegas, comer e rir juntos. Nesses momentos, nós fazemos brincadeiras sobre alguns clientes recorrentes ou fofocamos sobre o primeiro encontro tenebroso que vimos de camarote na mesa dois.

Ao mesmo tempo, parece algo frágil, como uma bolha que estou segurando na palma da mão e que pode estourar a qualquer momento.

Não posso deixar que isso aconteça. Preciso disso, desse sentimento. Preciso me sentir bem-vinda. Me sentir forte.

— Fico feliz em saber que o trabalho está indo bem — diz Curtis, fazendo com que eu desperte do meu devaneio.

Eu estava esse tempo todo escovando a mesma mecha do cabelo.

— Adoro trabalhar lá — respondo.

Mais sinceridade. Nesse ritmo, vou acabar abrindo o jogo com ele. Algo difícil de se imaginar, mas acho que já estamos nesse ponto. Quem diria.

— Hoje meu expediente só tem quatro horas — digo. — Quer que eu traga comida?

— Só se eu puder escolher a música enquanto comemos.

— Beleza — concordo, como se aquele fosse um grande pedido.

Mais sinceridade? Meio que curti os dois últimos álbuns que ele colocou para tocar. Pois é, eu sei, também fiquei surpresa.

— Trouxe isso para você.

Ele tira um pequeno livro do bolso de trás e me entrega. É um manual de direção.

— Para você fazer a prova e tirar uma carteira provisória — explica ele.

— Obrigada, mas não sei se vou conseguir guardar dinheiro suficiente no Makoto's para comprar um carro.

— Vamos focar em arranjar uma carteira de motorista antes — diz Curtis. — Myra pode nos ajudar a achar algo para você quando for a hora.

— É muito vantajoso ser amigo de uma mecânica — comento, dando uma olhada no horário na tela do meu celular. — Droga, preciso ir. Quer o de sempre?

— Com edamame extra. Aqui está o dinheiro para o jantar.

Pego o dinheiro.

— Até mais tarde.

Levo pelo menos vinte minutos para chegar ao trabalho de bicicleta, mas pedalo depressa e ainda consigo chegar dez minutos antes do início do meu turno. Passo uma água no rosto no banheiro enquanto Kendrick amarra um avental na cintura e depois joga um para mim. Faço o mesmo, depois guardo meia dúzia de canetas no bolso. Preciso anotar coisas tanto quanto os garçons, e eles sempre me pedem canetas emprestadas. Até o fim da noite, vai ser uma grande surpresa se eu ainda tiver duas delas comigo.

Passo brilho labial em frente ao espelho, observando meu reflexo.

Tem alguma coisa nas roupas do restaurante que faz com que eu me sinta adulta. Talvez seja porque todas as roupas pretas que tenho são de inverno, então eu tenho usado uma saia e uma camisa em gola V na maioria dos dias. Preciso comprar mais roupas pretas. Talvez eu devesse aceitar o desconto de funcionários que Brooke me ofereceu. Estremeço e paro com o aplicador do brilho labial a alguns centímetros da boca.

— O que foi? — pergunta Kendrick.

— Só pensando em umas coisas que aconteceram nas férias.

— Que coisas?

Me apaixonei pela garota errada. Desembucha, Coley. Você pode fazer isso.

— Acabei me apaixonando por uma garota que não devia.

Kendrick não esboça a mínima reação diante da minha confissão, e isso me deixa ainda mais feliz do que ter confessado. A curiosidade despreocupada dele é uma experiência completamente inédita para mim.

— Não foi correspondido?

— Não, não muito — respondo. — Foi confuso e nada a ver e... maravilhoso, às vezes.

— E agora?

— Ela só... — Olho para o teto, tentando escolher as palavras. — Acho que estamos em momentos diferentes — digo, por fim. — Não queria que fosse assim, mas ela nem sequer admite que... — Não termino a frase. — Você e Tye... tenho prestado atenção em vocês. Não, tipo, de um jeito esquisito, sabe? Nada disso — explico, depressa.

Ele ri.

— Mas quando estamos limpando as coisas depois de jantar juntos — continuo —, eu percebo a maneira como vocês agem perto um do outro. É tipo uma dança que só os dois conhecem.

Kendrick sorri com delicadeza.

— Acho que é assim quando a gente sente que não tem que se esconder.

— É meio assustador — admito.

— Algumas vezes as coisas boas são, mesmo — diz Kendrick.

Então Jackie aparece, ainda usando roupa de academia, e o dia de trabalho começa pra valer.

— Quer um smoothie? Alguma coisa? — pergunta Curtis.

Estamos saindo do supermercado com as compras.

— Não, valeu. Mas vou dar um pulinho ali. — Aponto para o estúdio de tatuagem e piercings na esquina. — Preciso comprar uma joia para o meu piercing.

— Vou comprar um smoothie e você compra seu piercing. Nos encontramos no carro daqui a dez minutos?

— Beleza.

Vou até o estúdio e entro. Lá dentro, há arte exposta por toda parte e um espaçoso balcão de joias no fundo da sala.

— Já vai! — diz alguém fora de vista.

Vou até o balcão para dar uma olhada. Há muitas argolas e piercings que parecem ser de língua. A ideia passa pela minha mente por um instante — como seria beijar uma garota com um piercing de língua? —, e eu balanço a cabeça para afastar o pensamento. De repente avisto uma pedrinha turquesa no canto do balcão.

— Posso ajudá-la?

Reconheço aquela voz, e meu estômago dá um nó, porque lá está Blake com seu cabelo loiro preso em dois pequenos coques no topo da cabeça.

— Coley — diz ela, parecendo surpresa.

— Hum, oi.

Droga. Eu devia dar meia-volta e ir embora, né? Mas, em vez disso, respiro fundo. Cidades pequenas *são uma droga*. É assim que as coisas vão ser daqui para a frente: vou esbarrar em Blake, Trenton, Alex, Brooke e SJ em todo canto.

E em Sonya.

Só tenho que aprender a lidar com isso.

— Oi — cumprimenta Blake.

Nós nos encaramos e, no começo, acho que é minha imaginação, mas no fim das contas não é: as bochechas dela ficam levemente vermelhas.

— Queria dar uma olhada naquela pedra turquesa — peço.

— Beleza.

Ela pega a pedra no balcão e coloca diante de mim.

— E aí? — pergunta ela.

Não digo nada, só pego a caixinha do piercing e dou uma olhada no preço.

— Vou levar — digo.

— Fechado.

Blake pega a joia e vai até o caixa.

— Você saiu daquele trampo na loja de conveniência? — pergunto, pagando pelo piercing.

Ela assente e me entrega o troco.

— Aqui é melhor.

Conto o dinheiro.

— Aqui tem troco a mais — aviso.

— É que está com meu desconto de funcionário — responde ela, como se não fosse nada de mais.

Estou tão surpresa que não consigo dizer nada.

— Obrigada, acho.

Blake assente, dessa vez com um ar meio sábio. Quão chapada ela está?

— Tenho que ir — digo. — Tchau.

Estou quase na porta quando ela diz:

— Eu fui meio babaca, não fui?

Não sei o que dizer, porque *é óbvio.*

— Às vezes eu faço essas coisas — continua ela.

A forma como ela diz aquilo me dá a impressão de que ela está se desculpando.

— Me desculpe também — digo. — Eu estava passando por umas coisas.

— Parece que ainda está — comenta ela, observadora demais.

Fico meio desconfortável, e ela sorri.

— Você ainda vê o mundo com olhos bons demais, pequena Coley — diz.

Não me dou ao trabalho de pedir para que ela não me chame assim. Blake provavelmente só riria.

— Meu pai está me esperando — digo. — Tenho que ir. Tchau.

— A gente se vê por aí.

QUARENTA

— Aniversariante na mesa três — avisa Jackie quando volta para pegar as bebidas. —Vou juntar o pessoal. Pode ajudar Kendrick a empratar a torre de abacaxi na cozinha? Ele vai te ensinar.

— É pra já.

A cozinha lá dentro é voltada para a montagem dos pratos, mas mesmo assim é mais quente do que o resto do restaurante, e barulhenta de um jeito diferente, já que a equipe de cozinheiros fica andando e interagindo enquanto trabalha.

— Estou passando — anuncio, percorrendo o corredor apertado entre as geladeiras e o balcão de preparação.

Kendrick está do outro lado, fatiando um abacaxi para a torre de frutas de aniversário.

— Pronta para cantar? — pergunta ele.

— Nossa, não vejo a hora — resmungo.

— Não tinha participado de um aniversário ainda?

Ele sorri e começa a organizar os abacaxis no prato.

— Não, ainda não, mas me ensinaram a música no meu primeiro dia, antes mesmo de eu vir até aqui para receber o treinamento.

— Não vou pedir para você usar o tambor dessa vez, isso exige tempo e preparação.

— E eu também não tenho ritmo — aviso.

Depois que ele me ensina como fazer, também começo a ajeitar as fatias de abacaxi no prato.

— Não tem problema, o nosso barulho abafa seu som.

— *Alguém* aqui tem ritmo?

— Vai dar certo — garante ele com um sorriso.

Assim que terminamos a torre de abacaxi, a cabeça de Jackie aparece na fresta da porta.

— A torre está pronta? Tudo certo por aqui. É uma garotinha, então todos vão caprichar.

— Tudo pronto — respondo.

Kendrick pega o prato com cuidado, e eu vou atrás dele. Toda a equipe está agrupada na entrada da cozinha. Por sorte ninguém me passa um tamborete, mas vejo que Cameron, um dos garçons, está segurando um. Ele começa a batucar enquanto alguns de nós seguem em direção aos clientes na mesa três. Há vários presentes amontoados debaixo da mesa, e sinto meu coração quase sair pela boca quando levanto o olhar e vejo Sonya sentada ao lado de Emma e do restante da família.

Kendrick pousa a torre em frente a Emma, que encara maravilhada a vela fincada no abacaxi do topo.

Sonya está olhando para o resto do grupo e parece levar um susto ao me ver ali no meio. Foi uma cena memorável que devia ter feito com que eu me sentisse triunfante, mas em vez disso só consegui sentir que alguém estava dando um nó nas minhas entranhas.

Ela cortou o cabelo, está na altura dos ombros agora. Quando? Por quê? Será que ela levou a tesoura para o banheiro em um momento de raiva, tentando se livrar de uma lembrança nossa, como foi comigo? Será que ela estava sentindo *uma fração* do que eu senti nas semanas longe dela?

Todos começam a bater palmas no ritmo da música, que eu mal estou ouvindo. Só consigo olhar para Sonya. Mas acompanho Kendrick quando ele me dá um cutucão na hora em que os chefs começam a cantar para Emma.

Emma bate palmas, alegre, e assopra a vela a pedido dos pais. Sonya abraça a irmã, mas não tira os olhos de mim.

Preciso dar o fora dali. Não posso ir embora do restaurante, mas posso me ocupar com outras coisas.

— Vou dar uma olhada nas reservas — digo a Jackie quando o grupo se dispersa.

— Beleza — responde ela. — Pode dar uma limpada nos cardápios também?

— Aham — aceito, grata por ter uma desculpa para ficar o mais longe possível das mesas.

A mesinha de recepção é a coisa mais linda que já vi na vida. Um refúgio. Um abrigo. Preciso de um segundo, só de um segundo, para me recompor.

Eu me apoio na estrutura de madeira, sentindo o coração disparado bater na garganta. *Era inevitável,* tento me lembrar. *Já acabou. Já era.*

— Coley? Oi.

Só que não. Merda. *Óbvio* que não acabou. É óbvio que ela veio atrás de mim.

Encaro o telefone e rezo para que ele toque, mas minhas preces não são atendidas. Pego uma caneta e começo a analisar o caderno de reservas.

— Oi — digo, olhando para cima apenas por um segundo com um sorriso breve.

Anoto um nome no caderno de reservas que pretendo apagar mais tarde.

— Precisa de alguma coisa? Mais água? — pergunto.

— O que você está fazendo aqui? — indaga Sonya.

— Trabalhando.

— Desde quando?

— Um mês, mais ou menos.

— Seu cabelo — diz ela. — Você cortou.

— Ah, sim, faz tempo.

Kendrick se aproxima com uma pilha de cardápios em mãos.

— Pode cuidar disso para mim?

— Pode deixar — respondo, pegando os cardápios.

— Você vai ficar para a refeição? — questiona ele.

— Aham — respondo, muito ciente de que Sonya está nos observando.

— Foi mal — digo para ela, colocando os cardápios no balcão e desvirando alguns para que estejam todos do mesmo lado. — Aqui é corrido na sexta-feira. Fala para a Emma que eu desejei feliz aniversário.

Sorrio outra vez, agora sem tremer, apesar de me sentir como se estivesse tremendo. Minhas pernas estão bambas, mas escondidas atrás do balcão. Se ela me tocar, eu já era. Sonya vai saber que não estou tão firme quanto pareço. Mas não estou fingindo, o que faz com que eu me sinta mais forte.

Ela franze a testa ao ouvir minha tentativa de despedida.

— A gente devia conversar — insiste ela.

— Tenho que trabalhar.

— E mais tarde?

Ela comprime os lábios. Por um segundo, mergulho em minha memória, me lembrando de como a boca dela se encaixava na minha.

— Você acha mesmo que a gente tem algo para conversar?

— Coley, por favor. Não faz assim.

Sinto minha nuca se arrepiar. É óbvio que ela não quer que eu aja dessa forma, porque estou sendo sincera. E ela não sabe lidar com honestidade.

— Beleza — digo. — Saio às onze.

— Até lá, então. Vai ser ótimo!

Ela volta para a mesa com os pais e Emma. Olho para Sonya por um segundo, me perguntando se um dia ela vai estar *ótima.* Aí o telefone toca, e eu volto ao trabalho, tentando ignorar os ponteiros do relógio tiquetaqueando até as onze.

Sonya está esperando por mim quando meus colegas de trabalho começam a sair pelos fundos depois que todos comemos juntos. Sonya está encostada no carro que pega emprestado da mãe às vezes, olhando para mim. Faltam mais ou menos dez minutos para que Curtis venha me buscar. Ele não gosta que eu ande de bicicleta à noite.

— Pode ir para casa — digo a Kendrick, que costuma esperar Curtis comigo. — Minha...

Não termino a frase. O que ela é, no fim das contas? Nós não somos amigas. Será que um dia fomos? Não. Sempre foi algo mais. Algo que ela não queria nomear, algo de que ela fugiu. Algo que me mudou e me fez crescer, no final das contas, o que eu não esperava que fosse acontecer. Acho que posso me sentir grata por isso. Um dia, pelo menos. Quando a mágoa passar.

Se a mágoa passar.

— Eu e ela precisamos conversar — explico.

Kendrick assente como se entendesse. Na verdade, acho que ele entende mesmo.

— Você é incrível — diz ele, baixinho. — Não se esqueça disso, beleza?

— Sei, sei.

Aceno quando ele vai embora, e só depois vou até Sonya.

— Oi! — diz ela, alegre.

— Oi.

Ela coloca o cabelo atrás da orelha em um gesto nervoso.

— Gostei do seu cabelo.

— É, você disse.

Sonya baixa o olhar, fitando meus pés. Depois olha para mim de novo.

— É, acho que disse.

Silêncio. Não suporto isso.

— E aí?

Acaba logo com isso, Coley.

— Estou feliz em ver você — comenta ela, sincera.

— Aham...

Respiro fundo, tentando não me deixar afetar pela maneira como os olhos dela percorrem o meu corpo, como se ela estivesse faminta esse tempo todo.

— Posso... Você pode me dar um abraço? — pergunta ela.

A voz dela falha, e isso simplesmente *acaba comigo.* Odeio ceder tão facilmente. Chego mais perto, Sonya também, e pronto.

Os braços dela ao redor do meu corpo. A linha da cintura. Os músculos esguios sob minhas mãos... Sonhei com esse momento por vários dias. Odeio admitir, mas eu já me sentia em casa nos braços dela antes e isso não mudou.

O abraço chega ao fim, mas ela não se afasta. Em vez disso, nossas bochechas se tocam de um jeito que quase me provoca dor física, então Sonya coloca uma das mãos na minha nuca e apoia a testa na minha. Ela cheira a peônias, um aroma tão familiar, do qual senti tanta falta e que ao mesmo tempo odiei. Sua pele brilha na luz do estacionamento. Meus braços querem seguir a linha de luz nos braços dela, tocar sua clavícula, tocar a calça jeans que ela está usando. Agarro a camiseta dela entre os dedos, e Sonya sussurra no pequeno espaço entre a gente:

— Senti tanta saudade. Você não faz ideia — diz.

E isso quebra o feitiço. Não sei por quê, talvez porque senti exatamente a mesma coisa na ausência dela. É um lembrete do buraco que ela deixou em mim.

Eu me afasto com cuidado. Sonya arregala os olhos ao compreender minha rejeição.

— Por que está me dizendo isso? — pergunto.

— A gente não conver…

— E de quem é a culpa?

Ela imediatamente se cala.

— Foi você quem pediu para conversar agora — lembro, tentando ser gentil.

Porque… droga, porque eu tenho que ser gentil. As pessoas têm que ser gentis com quem elas…

Pensei que fosse ser mais fácil, mas acho que vou precisar praticar muito para não voltar correndo para ela.

— Então me diga o que você quer falar — peço, sentindo raiva da tênue centelha de esperança de que talvez, dessa vez, Sonya não vai fugir do assunto.

— Eu gosto de você — declara ela.

Sinto como se alguém estivesse ressuscitando meu coração ferido.

— Me dá medo pensar em quanto gosto de você — continua Sonya. — E eu não sei o que isso significa…

O corpo dela oscila um pouco.

— Significa que eu sou… tipo…

Ela pausa, passa a mão pelo cabelo e dá aquela jogadinha distraída que quase me faz desmaiar, mas dessa vez é um movimento nervoso e desajeitado.

— Talvez seja só com você, sabe? Fiquei pensando nisso. Que você é, tipo, uma exceção. E que por isso me sinto atraída por você. Quer dizer, eu sei que você não é a pessoa certa, mas eu sinto que…

— Calma. Como assim? — interrompo.

As palavras dela atingem minhas expectativas como uma bola de demolição.

— Você acha que *eu não sou a pessoa certa?* — pergunto.

Ela enrijece no mesmo instante, ajeitando a postura e erguendo os ombros.

— Você entendeu o que eu quis dizer.

— Na verdade, não entendi, Sonya — respondo. — Por que não me explica?

Ela estremece. A onda de raiva que estou sentindo parece emanar dos meus poros.

— Você está completamente ferrada, se é assim que você pensa — declaro, passando por ela para ir na direção oposta.

Não ligo que Curtis ainda não tenha chegado; vou andando pela rua.

— Nada em mim é errado — comento.

Sonya me segue.

— Eu não... Espera.

Ela segura meu braço, e eu congelo. Ficamos paradas ali, as duas olhando para a mão dela segurando meu punho como se fosse o elo mais forte do mundo.

Mas acho que o amor é o elo mais forte que existe, não é?

— Me desculpa — diz Sonya. — Eu não quis...

Sonya umedece os lábios, e sua voz e seus olhos começam a transparecer seu desespero. Sinto meu estômago revirar do pior jeito possível. Ela está sofrendo. Está *em negação.* Ela vai se odiar se continuar fazendo isso, mas não posso obrigá-la a se amar. Tudo o que posso fazer é amar a mim mesma e torcer para que um dia ela consiga fazer isso também.

— Não sei o que fazer — declara ela, de olhos marejados. — Você mudou meu mundo inteiro. Nunca pensei... Eu não... Eu *não era assim* antes de você! Você me deixou mais confusa do que qualquer outra pessoa que já conheci.

— Você acha que eu não estava confusa? — pergunto. — Você acha que *eu* não mudei?

Eu me desvencilho da mão dela, e Sonya deixa escapar um soluço aflito.

— Também tenho sentimentos — digo, odiando a forma como minha voz cresce. —Você me mudou. E você me magoou. Você *me traiu*. Compartilhei uma coisa sobre minha vida, minha mãe e meu luto, e você usou isso para fofocar com os seus amigos!

— Me desculpa — diz ela, chorando. — Sinto muito por isso. Coley, eu me importo demais com você...

—Você não se importa comigo — retruco. — Se se importasse, me deixaria seguir em frente em vez de tentar voltar para minha vida como se nada tivesse acontecido, só para continuar sendo o centro das atenções!

— Não tem nada a ver com receber atenção — discorda Sonya. — Mas a ideia de ver você com outra pessoa... Coley, que droga. Isso *me mata*.

—Você está de brincadeira? Quem me abandonou *foi você!*

— Eu quero que você seja feliz — insiste Sonya, parecendo nervosa. — Ainda que eu não seja a razão, quero que você seja feliz.

— Então me deixa em paz — digo, firme, desejando estar tão segura disso quanto faço parecer.

— Mas eu quero ser a pessoa que te deixa feliz!

Fico em silêncio. Sonya continua:

— Não consigo dormir. Eu estava tão distraída no acampamento que minhas professoras de dança ficavam chamando minha atenção toda hora. No quarto, na sala, *em qualquer lugar,* eu só conseguia ficar pensando em você. Não conseguia fazer outra coisa. E eu tentei, eu tentei muito. Mas não consigo fugir disso, Coley. Eu só quero você.

— Para com isso — digo, com a voz embargada.

São as palavras certas, mas está tão, tão tarde para isso.

— Por que está dizendo essas coisas? — indago.

— Porque quero ficar com você.

— Então *fica comigo!* — grito, sem conseguir me conter.

— Não consigo.

Duas palavras. Elas me esmagam, mas são suficientes para extrair a verdade.

— Então me deixa em paz! — brado.

— Não consigo! — repete ela.

Meu coração fica em pedaços quando ela cai em um choro tão sentido que precisa se apoiar em um carro. Quero ir até ela, quero consolá-la.

Mas como vou fazer isso, se estar ao lado dela me machuca?

— Não sou só eu — começa ela, aos prantos. — Meus amigos, minha família. E se minha mãe não me deixar mais ver Emma? E se eles me odiarem?

Odeio o fato de ela se importar tanto com a opinião dos amigos, mas não posso culpá-la por se preocupar com a família. Ela os conhece melhor do que eu, e sei o quanto ela ama Emma.

— Isso não tem fim — digo. — Nós nos aproximamos, você fica assustada, você me rejeita. E então você sente saudade e volta. Você me quer, mas não pode me querer. Estar comigo é errado, mas quando estamos juntas tudo parece certo. Tudo isso só torna as coisas piores. Só *magoa*.

— Não quero te magoar. Não quero... Meu Deus, eu não quero mais te magoar.

Eu gostaria de ser a pessoa que protege Sonya de tudo que possa magoá-la, mas não consigo porque ela não permite.

— Por favor, não desiste de mim — implora Sonya, estendendo a mão para segurar a minha.

Seguro a mão dela, desejando poder fazer o que ela precisa. Mas não vou. Não mais. Não posso continuar me machucando.

— Não posso ficar esperando por alguém para finalmente viver minha vida — respondo, suave. — Não posso fazer isso comigo mesma. Não posso desperdiçar minha vida sendo tratada dessa forma horrível. Não vou ficar correndo atrás de alguém que tem medo de me amar.

Sonya aperta minha mão como se soubesse que estou prestes a soltar a dela. É isso? Essa vai ser a última vez que nos tocamos? Quero me lembrar de cada instante.

— Não tenho medo de amar você — garante ela. — O que me deixa com medo é que eu *amo.*

Se meu coração já não estava partido, aquelas palavras dão conta do recado.

Começo a me afastar, mas Sonya diz:

— Não quero perder você.

Meus dedos tocam a palma da mão dela, relutantes em se separarem.

— Então não me perca.

À medida que afasto a mão, nossos dedos se tocam até se separarem de vez, de maneira triste e agridoce.

— Tenho que ir — digo.

— Espera.

Sonya envolve o próprio corpo com os braços, tentando consolar a si mesma.

— Quando vamos nos ver de novo? — pergunta ela.

— Acho que na escola — respondo.

— Vai demorar muito. Não tem outra forma? — pergunta ela, nervosa.

Fico em silêncio, porque não sei. Não sei se consigo. Não sei se ela consegue.

Coloco o cabelo de Sonya atrás da orelha. Meu dedo toca sua pele, que fica arrepiada.

É a última vez, digo a mim mesma quando me aproximo.

É a última vez que dou um beijo na testa dela, segurando o rosto dela.

É a última vez que me despeço.

— Coley?

Eu me viro antes de ir embora.

É a última vez que ela me olha assim, como se eu fosse o mundo, as estrelas e um universo inteiro que ela está perdendo.

— Um dia vou ser tão corajosa quanto você — diz Sonya.

É a última vez que ela me destrói com palavras.

QUARENTA E UM

Vou até o lago no meu dia de folga do restaurante. Não nutro qualquer esperança de ver Sonya. Vou bem cedo justamente para não correr o risco de esbarrar com ela e os amigos, caso eles decidam nadar ou pegar sol.

Vou até lá porque água não tem apenas a ver com limpeza. Não quero me purificar de Sonya. Isso seria pensar da mesma forma que ela, como se nosso amor fosse sujo ou errado. Odiei me dar conta de que era isso que ela pensava da gente, sem nem mesmo entender que tinha criado uma armadilha para si mesma. Sem entender que estava machucando mais a si mesma do que a mim.

Vou até o lago porque a água tem a ver com renascimento.

Meus dedos tocam a água. É de manhã, então está fria. Não há neblina, mas tem algo de místico no ambiente mesmo assim, com as árvores e as nuvens refletindo no lago. A água toca meus calcanhares, depois as batatas das minhas pernas, depois meus joelhos. Hesito, brincando com os dedos na superfície.

Será que tenho coragem suficiente para me amar?

Para deixar Sonya pra trás e torcer para que um dia ela encontre a verdade?

Respiro fundo.

Só tem uma forma de descobrir.

Mergulho.

* * *

Estou abrindo o cadeado da minha bicicleta no estacionamento quando ouço um barulho de motor de carro. Ver aquela minivan estacionando na pequena estrada que dá para o lago é quase como ter um *déjà-vu*. Trenton e Alex descem do carro, seguidos pelas garotas. Desvio o olhar quando vejo Sonya. Meu cabelo está molhado e gotas escorrem pelas minhas costas. Passo a corrente pela bicicleta. O grupo de Sonya segue o caminho até o lago, mas ela se vira para mim, e nossos olhos se encontram.

Ninguém se esconde. Ninguém desvia o olhar.

Somos apenas eu e ela e o que existe entre a gente, ardendo em chamas. Ela sorri e eu sorrio também. É um sentimento agridoce.

Dou as costas e vou embora. Não olho para trás porque não aguentaria saber se ela está me observando partir.

Depois que saio do estacionamento, atravesso a rua e percorro uma distância considerável do trajeto, até que ouço um barulho de chinelos vindo atrás de mim.

— Coley! Espera aí!

Eu me viro e me deparo com SJ cruzando o estacionamento.

— Oi — falo. — E aí? Tudo bem?

— Queria te convidar para uma festa lá em casa hoje.

— SJ, não precisa fazer isso — digo.

— Mas eu quero — insiste ela.

Ela respira fundo.

— Olha, eu fiquei sabendo que a notícia se espalhou. Sua mãe... — SJ faz uma pausa. — Sinto muito. Sonya me contou sobre a sua mãe porque ela estava preocupada de não ter agido da forma certa. Ela queria um conselho. Mas então a Brooke ouviu. Foi assim que o assunto tomou essa proporção. Quero que você saiba que eu jamais falaria sobre esse assunto em tom de fofoca. E Sonya veio falar sobre isso *comigo* porque... — Ela hesita, umedecendo os lábios e baixando o olhar para os chinelos decorados. — Porque algo parecido aconteceu na minha família.

Sinto meu coração bater forte à medida que a voz de SJ se torna mais grave e mais arrastada, como se ela estivesse escolhendo cuidadosamente as próprias palavras. Isso é importante para ela. SJ continua:

— Minha irmã estava muito deprimida uns anos atrás e tentou o suicídio. Meus pais conseguiram ajuda, hoje ela é diagnosticada, está medicada e tem uma ótima terapeuta. Está muito melhor. Mas eu sinto muito pela sua mãe, sinto muito pela forma como isso se desenrolou com as outras pessoas. Se alguém tivesse fofocado sobre minha irmã, eu ia sentir vontade de arrancar os olhos dessas pessoas. Entendo se você me odiar, mas queria que você soubesse que Sonya não falou por mal. Ela queria descobrir uma forma melhor de te ajudar, e ela veio falar comigo para garantir que não ia falar merda. E não estou dando desculpinhas, a gente devia ter fechado a porta para que ninguém ouvisse, mas ela... — SJ morde o lábio. — Sonya está de volta há uma semana e está bem triste. E muito diferente. Pergunto o que está acontecendo e ela fala que estragou a amizade de vocês. Então eu pensei que, talvez, se eu explicasse...

— Obrigada — interrompo, ainda que delicadamente, tentando processar o que ela disse.

Será que é verdade? Acho que sim. SJ teria que ser um monstro para mentir sobre um assunto desses.

— Moro na casa que ficou parada na década de setenta, na rua Luna — diz SJ. — Pode vir, mas se não quiser, tudo bem. Você decide.

— Tá bem.

— Espero que você vá. Sei que Sonya vai ficar feliz em te ver.

— E é mesmo o que você quer? — questiono, curiosa.

Será que SJ desconfia de alguma coisa? Será que ela já leu nas entrelinhas, nos olhares e nos anseios? Será que ela se importa? Será que ela aprova? Para mim não faz diferença, mas sei que para Sonya, sim.

— Ela é minha melhor amiga — responde SJ. — E eu a amo. Você é o tipo de pessoa que sempre está disposta a ouvir e ajudar os outros, e acho que esse é o tipo de pessoa que a gente tem que manter por perto.

— Que bom que ela tem você. — Isso é tudo o que digo. — Tchau, SJ.

Subo na bicicleta e vou embora.

Ainda estou pedalando até em casa quando decido: eu vou. Quero provar para mim mesma que consigo fazer isso, que consigo estar perto dela sem quase enlouquecer com cada passo e cada respiração perto dela.

A saída está logo ali, mas todas as possibilidades precisam ser testadas.

Todas as escolhas são repletas de possibilidades.

QUARENTA E DOIS

Naquela tarde, chego à casa de SJ me preparando mentalmente para o que vou encontrar.

Talvez ir não tenha sido a melhor das ideias, mas já estou quase lá. Avisto uma casa com um visual dos anos 1970 que só pode ser a dela, então pedalo até lá e deixo a bicicleta apoiada num chafariz no jardim. Quem tem um *chafariz* hoje em dia?

Mesmo do lado de fora consigo ouvir as conversas e o baixo de uma música.

Você pode só dar uma passadinha, digo a mim mesma à medida que avanço até a porta. *Tentar falar com ela. Depois você dá o fora.*

Toco a campainha, e a porta se abre surpreendentemente rápido, então mal tenho tempo para me preparar. E lá está ela. É como se os olhos de Sonya, um segundo antes tão escuros, se iluminassem.

— Você veio — diz Sonya com um suspiro.

Ela se aproxima com a intenção de me dar um abraço, mas para no meio do caminho. Seus braços ficam estendidos de um jeito desajeitado por um instante desconfortável antes de ela abaixá-los.

— Hum. Aham. Obrigada por me convidar.

— O pessoal está na sala — anuncia Sonya.

Chegando na sala, dou de cara com vários amigos delas, corpos e cerveja.

— Quer beber alguma coisa? — indaga Sonya.

Balanço a cabeça.

— Não, hoje não.

Sonya sorri.

— Também não estou muito a fim. Quer vir se sentar?

Assinto e me sento ao lado dela na namoradeira, mantendo nossos joelhos afastados e tomando o máximo de espaço possível. Ali não é o melhor lugar para conversar com ela. Precisamos de um lugar silencioso, e essa sala está cheia de gente.

A música muda de um som animado para um ritmo lento e arrastado, e as pessoas que antes estavam dançando reajustam os movimentos para acompanhar a nova trilha sonora. Sonya ri e aponta com a cabeça para um casal dançando perto de onde estamos.

— A gente deixa eles no chinelo — diz ela.

Dou uma risada. Não consigo evitar. Mas o riso morre depressa, porque a voz dele ecoa através da sala, arruinando o momento.

— Sonya! Vem, gatinha!

O rosto dela murcha quase instantaneamente. Trenton se aproxima e se senta no braço da namoradeira, ao lado de Sonya. Ele acaricia o ombro dela, e Sonya se desvencilha do toque com um movimento ríspido.

— Vem cá — repete ele, pegando Sonya pela mão e a puxando para ele.

— Trenton — repreende Sonya —, você está bêbado.

— E você também deveria estar. Vem, tem tequila.

Trenton puxa Sonya, e ela o segue, reclamando.

Também me levanto da namoradeira. Eu me recuso a me deixar ficar mal por causa disso *outra vez*. Eu me recuso a fazer parte dessa merda de ciclo infinito. Tentei conversar com ela, mas não funcionou. Isso significa que é hora de ir embora.

Vou para o corredor que está quase tão lotado quanto a sala. Penso em procurar por SJ e agradecer pelo convite antes de dar no pé, mas decido que não vai fazer diferença. Cruzo a porta da frente e estou quase alcançando minha bicicleta quando…

— Espera! — grita alguém atrás de mim.

Quase ignoro, mas a pessoa chama de novo:

— Coley!

Eu me viro e vejo Alex fechando a porta e correndo pela rua até onde estou. Estremeço quando me lembro da cena humilhante na casa dele e sinto meu rosto quente quando me dou conta de que sei muito mais sobre Alex do que ele imagina.

— E aí? Tudo bem? — pergunto. — Na verdade eu estava indo embora.

— Cedo assim?

Dou de ombros, olhando para o chão.

— Acho que não estou no clima, sabe?

— Sei — responde ele. — Só queria… — Ele pausa. — Sei que já faz, tipo, um mês, mas você pareceu ter ficado muito assustada naquele dia em que a Blake invadiu minha casa. Queria te ligar depois para saber se você estava bem, mas não tinha seu número. Sei que as coisas ficaram meio intensas…

— Intensas? Você veio pra cima de mim com um bastão.

— Não sabia que era você — explica ele. — E Blake… ela vai roubar a pessoa errada um dia desses. E eu não quero que ela se machuque. Ela tá lidando com muita coisa.

— Eu também — confesso.

— Só… Chega de prestar ajudas duvidosas, beleza?

— Nunca mais — prometo. — A gente se vê quando as aulas voltarem, então?

— Com certeza. A gente, que não veio de berço de ouro, tem que se ajudar — diz ele.

Alex abre um sorriso e volta para a casa.

Cometo o erro de olhar para a direita, em direção à piscina.

Sonya está sentada lá, totalmente sozinha, balançando os pés na água. Eu deveria simplesmente ir embora. Mas a oportunidade de que eu precisava está bem ali, na minha frente.

Quando dou por mim estou voltando. Entro na casa, passo pelo corredor e pela sala e abro caminho entre as pessoas até chegar às portas de vidro que dão para a piscina.

Lá fora, a música está a todo volume quando saio e depois fica abafada quando fecho a porta. Sonya não olha para mim quando me sento ao lado dela, mas se inclina para mais perto assim que me acomodo. Como se só de ouvir meus passos ela soubesse que era eu.

Ela apoia a cabeça no meu ombro, e nós duas nos encaixamos como peças de um quebra-cabeça. Respiro fundo, desfrutando nossa proximidade, desejando que o momento nunca termine.

— Estou tão cansada de viver assim — diz ela, baixinho. — Tudo é uma droga e tudo que eu quero é ficar com você. Mas eu só sei fugir.

— Você pode parar de fugir.

Sonya levanta a cabeça, e eu olho para ela.

— Você pode parar de fugir — repito. — Você pode ficar comigo.

Ela está tão perto. Sinto o calor do corpo dela ao longo de minha coxa e de meu braço. Minha mão paira centímetros acima do chão de concreto. Quero tanto tocá-la que chega a doer.

— Sim, eu poderia — diz Sonya, e não há hesitação em sua voz. — Eu quero — sussurra ela, inclinando-se na minha direção.

Meus olhos se fecham e meu corpo vibra de expectativa. Só mais um segundo e...

Sonya grita meu nome. Não entendo nada, mas sinto uma dor atrás da cabeça. Pisco depressa enquanto meu cérebro atordoado tenta processar o que está acontecendo. Que dor é essa?

Os dedos dele me seguram com mais força pelo cabelo. Trenton me ergue do chão e depois me empurra, gritando.

Sinto gotas de suor escorrendo pela minha testa quando ele me solta e vai para cima de Sonya.

— Como você teve coragem de fazer isso comigo? — vocifera ele, bem na cara de Sonya. — E *com ela?* Isso aqui é uma piada de mau gosto?

Toco minha nuca e vejo meus dedos manchados de vermelho. Hum... Então não é suor.

Que droga.

Começo a ver manchas pretas e, por um segundo, acho que minha visão vai escurecer de vez. Tudo vai desaparecer e então nada mais vai doer, porque, *caramba,* como minha cabeça dói.

Mas Trenton está gritando, e minha mente foca nas palavras dele em vez de se deixar mergulhar nas sombras.

— Olha pra mim! Não olha pra ela!

Trenton agarra Sonya pelo queixo e vira o rosto dela com violência.

Sonya emite um grunhido de dor.

Sinto como se tivesse levado um soco no estômago. Tudo fica vermelho, e eu me levanto. Eu me levanto depressa e avanço na direção dele com punhos cerrados. Nunca bati em ninguém antes, mas não importa. O amor e a fúria estão ao meu lado, e se esse garoto encostar nela outra vez, eu vou matá-lo.

Três golpes e ele cai no chão, mas eu não paro. Prendo Trenton no chão com meus joelhos e continuo com os socos. Posso até quebrar a mão, mas vai valer a pena. Vai valer *muito* a pena.

Alguém me agarra pela barriga e me puxa para trás, me erguendo do chão. Grito, pronta para revidar, até ver que é Alex. Há um grupo de pessoas assistindo à cena.

— Coley! — chama Alex, com os olhos arregalados. — Suas mãos! Você está sangrando.

— Que merda é essa? — indaga Brooke, correndo até Trenton e se abaixando, tocando o nariz ensanguentado dele. — Sua maluca!

— Ele bateu nela primeiro — explica Sonya num tom calmo, quase como se estivesse em transe. — Ele pegou ela... Segurou ela...

Sonya cambaleia, e seus olhos ficam marejados.

— Ele bateu na Coley? — pergunta SJ, incrédula. — Que droga você acha que está fazendo, Trenton? Batendo em mulher? — SJ se vira na minha direção, assustada. — Minha nossa, Coley, seu rosto!

— Ela veio para cima de mim! — protesta Trenton, com um gemido. — Acho que essa vagabunda quebrou o meu nariz!

— Você mereceu — rebato. — Se encostar em Sonya outra vez, vou fazer coisa pior.

— Como assim? — questiona SJ, cortante como lâmina. — Sonya, ele machucou você também?

— É melhor você dar o fora daqui — diz Alex para Trenton, em um tom firme. — A gente não vai aceitar um comportamento merda desse.

— A gente não é parceiro, cara? — pergunta Trenton, com a boca cheia de sangue.

— Nem ferrando — vocifera Alex.

— Pelo amor de Deus, por que vocês estão acreditando nessas psicopatas? — choraminga Brooke, abraçando Trenton de maneira protetora. — Trenton precisa de um médico!

Eu me afasto de toda aquela gritaria. Agora que a adrenalina passou, meu rosto e minhas mãos estão latejando. Minha mão está esfolada em alguns pontos, que estão ficando roxos. À medida que recuo, os amigos de Sonya começam a se aglomerar em volta da cena. Vou até a porta antes que qualquer um perceba que fui embora.

Fiz tudo o que podia. Agora depende de Sonya.

Pego minha bicicleta e a empurro até a rua. Sinto uma fisgada de dor ao dobrar os dedos para segurar o guidão e, quando passo a língua pelos lábios, sinto um sabor metálico. Não tenho um espelho comigo, mas tenho quase certeza de que Curtis vai ter um ataque quando me ver desse jeito.

Eu me abaixo para lavar o sangue das mãos no irrigador do gramado da casa ao lado e ignoro a pontada de dor quando o jato de água atinge meus cortes.

Cicatrizes de guerra. Todo mundo tem. E dessas eu vou ter orgulho. Elas vão ser um lembrete.

Eu a amo a ponto de lutar por ela. De protegê-la. De ser o refúgio dela, se assim ela quiser.

Estou prestes a subir na bicicleta.

— Espera!

A voz de Sonya rasga o silêncio e é como uma lança direto no meu coração. Uma lança que, quando arremessada, sempre atinge o alvo em cheio.

Ela está descalça e vem em minha direção com os cabelos ao vento e o rosto manchado de lágrimas. Sonya corre depressa, sem fôlego, como se estivesse com medo de que dessa vez eu é quem fosse fugir.

Mas eu não fujo.

Corro até ela.

Nossos corpos se chocam, e quase caímos na grama molhada. O corpo dela contra o meu, as mãos dela em meu cabelo, os lábios dela nos meus, o gosto de sangue misturado com o brilho labial de morango e o sabor das nossas lágrimas.

A sensação agora não é de fogos de artifício. É de alívio. Meu coração precisava do coração dela, e agora Sonya está aqui, por inteiro, feliz em meus braços. Sem máscaras. Sem fingimento. Sem joguinhos.

Só *ela*.

Ela se afasta por um instante, mas apenas para conseguir me puxar mais para perto. O queixo dela se encaixa com delicadeza sobre o meu ombro, e ela me abraça tão apertado quanto eu a abraço.

— Eu vou parar — diz ela em meu ouvido. — Vou parar de fugir. Quero ficar com você. Eu amo você, Coley.

Sonya sorri quando suspiro contra o pescoço dela. Sinto o sorriso dela, ainda que não consiga vê-lo.

— Eu também te amo — sussurro. — Muito.

Dessa vez eu a beijo, segurando seu rosto com cuidado, acariciando seu queixo com o polegar, como se pudesse apagar a lembrança do toque de Trenton naquele momento horrível. Os dedos dela percorrem os cortes delicados em minhas mãos e meu rosto, colocando meu cabelo atrás da minha orelha antes de afagá-los com um toque leve.

Os irrigadores se desligam de repente, e nós nos assustamos e nos afastamos, mas no instante seguinte voltamos a encostar nossas testas outra vez.

— Você tem que ir agora? — pergunta ela.

Acaricio o braço de Sonya, dos ombros até a altura do punho. Não quero ir.

— Não podemos ficar nos beijando aqui no meio do gramado alheio — observo.

Ela suspira.

— Promete que vai me mandar uma mensagem quando chegar em casa? — questiona ela. — Você já sabe meu usuário de cor a essa altura, não sabe?

— Pois é — respondo.

Sonya sorri, e eu reviro os olhos.

— Tudo bem, então. Vou voltar — diz ela. — SJ vai vir me procurar daqui a pouco se eu não for.

— Ela é uma boa amiga — comento. — Você vai ficar bem sem mim?

Sonya assente.

— Brooke foi embora com Trenton. Agora estão só SJ e Alex.

— Vai ficar tudo bem — prometo.

— Eu sei. Eu tenho você.

Ela abre um sorriso reluzente, lindo. Nossa, como eu amo Sonya.

Eu a beijo mais uma vez. Um beijo doce e simples que nunca tínhamos trocado antes. O tipo de beijo que só é possível quando não há tristeza ou preocupação, ou apreensão com coisas ruins. O tipo de beijo que diz *oi* e *amo você* e *estava com saudades* e *sempre vou estar do seu lado.*

Subo na bicicleta e olho para trás para vê-la mais uma vez. Sonya está parada, me observando como se eu fosse uma obra de arte em um museu — algo inestimável e raro de se ter.

— Espero que você não quebre sua promessa de me mandar uma mensagem — avisa ela. — Eu sei onde você mora. Vou atrás de você.

Droga. Eu amo essa garota maluca, boba e as vezes medrosa.

— Tomara que vá mesmo — digo.

Começo a pedalar ouvindo o som da risada dela.

AGRADECIMENTOS

Quase nunca chove em Los Angeles, então quando isso acontece é um verdadeiro pandemônio. Todo mundo corre para fora de casa, comemorando: "Olha, está chovendo!", "Olha lá, olha lá, tem água caindo do céu!". As coisas ficam bem caóticas.

Mas naquele dia de chuva específico, em vez de estar dirigindo a vinte quilômetros por hora na rodovia debaixo de um temporal, eu estava em um estúdio de gravação.

Lily: Me fala uma coisa que você nunca contou para ninguém.

Eu demorei para responder.

Eu: Bem, eu nunca disse isso para nenhum dos meus colegas compositores, mas sou lésbica.

Lily: Qual é a coisa sobre a qual você sempre quis escrever?

Eu: Sobre o fato de eu ser muito lésbica.

Naquele dia nós escrevemos uma música chamada "Girls Like Girls".

Eu trouxe meu amigo, James Flannigan, do Reino Unido até Los Angeles para produzir a música diretamente da garagem da casa dos meus pais. Eu não tinha dinheiro para bancar uma mixagem profissional, então James usou um daqueles dispositivos de som em que você conecta o iPod. Era terrível, mas mesmo assim a música ficou ótima e a gente seguiu em frente. Eu sonhava em criar uma narrativa bem legal pra o videoclipe, mas as pessoas estavam tendo mais sucesso com remixes de DJs. Então eu me arrisquei e gastei meus últimos cinco mil dólares tentando fazer o vídeo dos meus sonhos acontecer. Gravamos o videoclipe com muita ajuda de meus amigos e de Austin Winchell, meu codiretor. Todo mundo trabalhou na base do favor porque gostou da história.

Na noite antes de postar o vídeo eu estava morrendo de medo. Fiquei pensando nas incontáveis noites em que me senti sozinha, ansiando desesperadamente por um conteúdo *queer* que não existia. Nós precisávamos de mais representatividade. Então, no dia 24 de junho de 2015, lancei o videoclipe de "Girls Like Girls" no YouTube. Eu tinha mais ou menos nove mil inscritos e era só uma artista independente torcendo para que minha música visse a luz do dia.

As semanas foram se passando. Quatrocentas mil visualizações. Quinhentas mil visualizações. Um milhão de visualizações. Depois dois, três, quatro milhões. Não fazia ideia do que estava acontecendo ou de onde aquelas pessoas estavam surgindo. Quem estava compartilhando o vídeo? Como estavam o encontrando? Tudo o que eu queria era encontrar uma comunidade, me sentir valorizada e suficiente. De repente, lá estavam milhões de pessoas que me fizeram lembrar de que eu não estou sozinha em minha existência *queer*. Meus fãs. Vocês. Obrigada, Owen Thomas e Lily May-Young, por proporcionarem um espaço seguro em que pude expressar minha verdadeira essência e por coescreverem a música "Girls Like Girls" comigo. Aquele foi o começo de algo que eu nem imaginava. Obrigada, James Flannigan, por ter produzido a música e por ter inventado o sintetizador com baixo icônico do começo do vídeo. Obrigada às estrelas do videoclipe, Stefanie Scott, Kelsey Asbille e Hayden Thompson, pelas atuações impecáveis que deram vida a essa história. Vocês retrataram e remendaram o coração de muita gente. Obrigada, Austin Winchell, Chris Saul e todo o nosso elenco e equipe por acreditarem nessa história quando ela não passava de uma ideia. Obrigado, Chris Brochu, por ter deixado a gente filmar na sua casa.

Chloe Okonu e Stefanie Scott, obrigada pela parceria desde o começo e por terem me ajudado a criar o universo de "Girls Like Girls".

Sylvan Creekmore, minha antiga editora: seu apoio, seu cuidado extremo e sua dedicação levaram este livro a novos patamares.

À minha editora Sara Goodman. Obrigada por sempre proteger a integridade e a paixão que para mim estão tão enraizadas neste projeto. Sou muito grata a todo o meu time da Wednesday Books/Macmillan, que trabalhou de forma tão diligente e paciente para lançar este livro.

Katelyn Dougherty, minha agente literária. Você foi meu porto seguro enquanto eu navegava em meio a este processo criativo e à montanha-russa do mercado editorial. Obrigada por defender minha história e por não soltar minha mão.

Virgilio Tzaj, obrigada por me apresentar a Cade Nelson, que criou a capa da edição dos Estados Unidos, tão perfeita. E, Cade, obrigada por honrar minhas ideias.

À minha gerente musical Fabienne Leys. E pensar que tudo isso começou em um café da manhã no começo de 2015 enquanto tentávamos decidir entre gravar um vídeo para "Girls Like Girls" ou pagar por um remix caro. Obrigada por me ajudar a construir esse universo. Para minha empresária literária Quincie Li, obrigada por proteger e ecoar minha visão. Obrigada, Ingrid Shaw, por ter estado ao meu lado nos altos e baixos que apenas Hollywood pode proporcionar.

Obrigada a Ghazi Shami, da Empire, que acreditou na minha carreira desde o começo e me proporcionou os recursos necessários para criar o videoclipe que resultou em uma parceria importante com a Atlantic Records. Obrigada, Julie Greenwald e Craig Kallman, por acreditarem e investirem nessa ideia ao longo de todos esses anos. Obrigada Brooks Roach, Chelsey Northern e Andrew George, por defenderem minha voz e minha comunidade de um jeito tão destemido.

Marla Vazquez, obrigada por sempre me lembrar de que minha arte deve ter minha verdadeira essência. Aos meus colegas de banda Lawrence William IV e Valerie Franco: tocar "Girls Like Girls" com vocês todos os dias na turnê continua sendo uma das maiores honras da minha vida. Obrigada a cada amigo, cada pessoa que eu amo, cada colega da minha jornada que me ouviu quando as coisas estavam difíceis, que me encorajou a acreditar em mim mesma e que me incentivou.

Obrigada, mãe e pai, por me permitirem sonhar até onde é possível. Obrigada ao meu irmão Thatcher, por sempre me apoiar, e à minha irmã, Alysse, por ter deixado vários post-its no meu quarto ao longo da vida: "Você é suficiente. Você é importante." Você esteve ao meu lado em todas as minhas decepções e todos os meus corações partidos, e sou muito grata por isso.

Para o amor da minha vida, Becca. Obrigada por me mostrar o que é o amor de verdade. O amor tem raízes profundas e é sempre paciente. Ele dá as caras em meio à adversidade — e é mágico para além das palavras.

E, por fim, obrigada aos meus fãs, os Kyokians. Obrigada por tornarem real um espaço em que me sinto acolhida e em que posso celebrar quem eu sou. Vocês criaram um fandom afetuoso e acolhedor que me dá forças para continuar. A paixão e o carinho de vocês me deram a oportunidade de continuar a história da música "Girls Like Girls"; escrever este livro foi uma das experiências mais recompensadoras que eu já tive. Vocês fazem com que eu me sinta à vontade para ser quem eu sou de verdade, e sempre estarei aqui para lembrar vocês de fazer o mesmo. Amo muito vocês. Vamos continuar a jornada.

Os anos mais difíceis da minha adolescência me fizeram encontrar forças, coragem, uma comunidade e autoestima. Não sei pelo que você está passando, mas prometo que um dia as coisas ficam melhores.

Você consegue.

Você é muito importante.

Você merece encontrar a magia.

1ª edição	JUNHO DE 2023
reimpressão	OUTUBRO DE 2023
impressão	IMPRENSA DA FÉ
papel de miolo	PÓLEN NATURAL 70 G/M²
papel de capa	CARTÃO SUPREMO ALTA ALVURA 250 G/M²
tipografia	BEMBO STD